ABBY GREEN

Vengeance en robe blanche

AZUR

HARLEQUIN

Collection : Azur

Titre original :
« I DO » FOR REVENGE

HARPERCOLLINS FRANCE
83-85, boulevard Vincent-Auriol, 75646 PARIS CEDEX 13
Service Clients — https://www.harlequin.fr/contenu/contactez-nous
ISBN 978-2-2805-1688-4 — ISSN 0993-4448

Édité par HarperCollins France.
Composition et mise en pages Nord Compo.
Imprimé en mai 2025 par CPI Black Print (Barcelone)
en utilisant 100% d'électricité renouvelable.
Dépôt légal : juin 2025.

MIXTE
Papier issu de sources responsables
FSC® C159065

Pour limiter l'empreinte environnementale de ses livres, HarperCollins France s'engage à n'utiliser que du papier fabriqué à partir de bois provenant de forêts gérées durablement et de manière responsable.

1

Vittorio Vitale se versa un whisky. Irlandais. Le meilleur. Il leva son verre en contemplant la vue sur Rome, baignée dans une douce lumière dorée. Le liquide ambré lui arracha un soupir de satisfaction.

Cette journée voyait la réalisation de tous ses…

Le signal intempestif de l'Interphone, sur son bureau, interrompit le cours de ses réflexions. Il avait pourtant demandé expressément à ne pas être dérangé. Sous aucun prétexte.

Il appuya sur un bouton avec un froncement de sourcils irrité.

— Tommaso, je vous ai dit…

— Je sais, monsieur, désolé, mais… hum… votre… Attendez une minute ! Vous ne pouvez pas…

La porte du bureau s'ouvrit, et Vittorio écarquilla les yeux de stupéfaction. Une jeune femme en robe de mariée se tenait sur le seuil. Les flots de tulle et de dentelle obstruaient complètement l'ouverture.

Les joues rouges, les cheveux retenus par un long voile fixé par un diadème, elle serrait convulsivement un bouquet extravagant.

Le secrétaire particulier de Vittorio apparut derrière elle.

— C'est bon, Tommaso.

Vito reposa son verre. Il fêterait son succès un peu plus tard, se dit-il en songeant furtivement à son rendez-vous avec l'une des plus belles top-modèles d'Italie. Cette visite imprévue et intempestive n'allait pas gâcher ses projets.

Mais il fallait d'abord recevoir cette jeune femme qu'il aurait dû épouser en début d'après-midi.

Il jeta un coup d'œil à sa montre et tendit la main.

— Mademoiselle Gavia. Entrez, je vous en prie.

Flora Gavia était tellement en colère que sa vue se brouilla. Vittorio Vitale venait-il vraiment de regarder l'heure ? Comme si elle l'importunait ! Alors qu'elle l'avait attendu vainement à l'église… avant de se résoudre à l'inconcevable.

La fureur de son oncle, déjà palpable, s'était déchaînée quand son assistant lui avait soufflé quelque chose à l'oreille. Il s'était mis à hurler. C'était elle la responsable ! Elle avait tout gâché !

« Non seulement tu as été un fardeau pendant quatorze ans, mais tu n'arrives même pas à te rendre utile. Va au diable ! Tu n'es plus rien pour moi. »

Il avait pris sa femme par le bras, et ils étaient partis rageusement tous les deux en la plantant là.

Paralysée, Flora avait refoulé loin en dedans ses émotions. Comment des gens qui l'avaient recueillie orpheline à huit ans pouvaient-ils l'abandonner ainsi ?

Puis, tandis que les invités quittaient l'église en chuchotant et en la regardant de travers, une colère noire l'avait peu à peu envahie contre celui qui avait osé lui faire cet affront, Vittorio Vitale.

À présent, elle était comme aveuglée par la beauté virile qui se dégageait de sa personne. Très grand, large d'épaules et puissamment musclé, il ressemblait davantage à un athlète de haut niveau qu'à un magnat de l'industrie milliardaire.

Ses cheveux bruns coupés court dégageaient un front haut. L'architecture de son visage offrait une perfection sans faille, avec un nez aquilin, une mâchoire carrée et des lèvres incroyablement sensuelles. La première fois qu'elle l'avait vu, sa bouche l'avait littéralement fascinée.

Séduite au premier regard, elle avait imaginé toutes sortes de scénarios inavouables pour une jeune ingénue sans expérience sexuelle. Elle était d'autant plus choquée qu'aucun homme ne l'avait jamais troublée ainsi... Le projet de mariage arrangé par son oncle se basait strictement sur des intérêts d'affaires, sans aucune connotation romantique.

Mais le mariage n'avait même pas eu lieu. Vittorio Vitale lui avait fait faux bond.

Flora cilla les paupières. La colère l'étreignait de nouveau. En temps ordinaire, elle était d'un naturel doux et calme, et toujours bien disposée à l'égard d'autrui. Les gens étaient normalement animés de bonnes intentions et ouverts à la discussion. Dans les circonstances présentes, rien n'était moins sûr. Vittorio Vitale avait agi de manière infâme.

Il ne paraissait pourtant ni embarrassé ni honteux. Juste... contrarié. Décontracté, il portait une chemise blanche au col ouvert dont il avait relevé les manches.

Flora secoua nerveusement son bouquet, éparpillant des pétales de fleurs sur le sol.

— Vous n'êtes même pas habillé pour une cérémonie ! Vous n'avez jamais eu l'intention de m'épouser, n'est-ce pas ?

Il fallait bien se rendre à l'évidence.

Il fit le tour de son bureau et s'appuya tout au bord, les mains dans les poches, en croisant les chevilles, dans une pose totalement désinvolte.

— Franchement ? Non. En effet.

Elle jeta un regard circulaire. Le siège de l'entreprise occupait un immeuble ultramoderne dans le centre historique de Rome, ce qui en disait long sur le prestige du propriétaire. Vittorio Vitale avait élu ses quartiers au dernier étage. Les immenses baies vitrées offraient une vue fantastique sur la ville antique, avec le Colisée dans le fond.

Impressionnée, Flora se força à respirer.

— Pourquoi ? demanda-t-elle.

Le visage fermé, Vittorio serra les mâchoires. Refusait-il de répondre ?

— J'ai le droit de savoir, insista-t-elle.

Il sortit les mains de ses poches et croisa les bras.

— Que vous a dit votre oncle ?

Flora déglutit avec difficulté en se remémorant la tirade épouvantable qu'il lui avait infligée.

— Pas grand-chose...

Vittorio fronça les sourcils.

— Vous savez tout de même qu'il est au bord de la faillite ?

L'estomac de Flora se noua. Son oncle avait paru extrêmement préoccupé, ces derniers temps, et sa tante très abrupte. Ils arrêtaient de parler dès qu'elle entrait dans la même pièce et la traitaient avec une incorrection qui frisait la grossièreté. Le fait qu'elle accepte un mariage de convenance pour les satisfaire n'avait strictement rien changé.

— Non, je ne suis pas au courant de ses affaires, répondit-elle.

— Vous aviez tout de même connaissance du contrat de mariage, j'imagine ? Une clause vous garantissait de divorcer au bout de six mois. De quoi vous ôter toute illusion, non ?

Elle hocha la tête. Elle avait accepté cet arrangement pour ne plus se sentir redevable envers l'oncle qui l'avait recueillie après la mort tragique de ses parents et de son jeune frère.

Au moins, il lui avait offert un toit et une famille dans l'une des plus belles villes du monde.

Sinon, elle se serait retrouvée en orphelinat ou en pension.

Dans ce cas, ton tuteur n'aurait pas eu accès à ta fortune, souffla une petite voix insidieuse.

Il fallait de l'argent pour subvenir à ses besoins et à son

éducation, argua-t-elle raisonnablement. Cela coûtait cher de payer des employés pour la garder pendant les vacances, quand son oncle et sa tante voyageaient.

La preuve, c'est qu'il ne restait rien de son héritage. Ce projet de mariage garantissait donc son avenir tout en servant les intérêts de son oncle. Ils en bénéficiaient tous les deux.

Mais cela se terminait d'une manière calamiteuse.

— C'est vous qui avez ajouté la clause des six mois, remarqua Flora.

— Pour m'assurer de ne pas être piégé.

Que voulait-il dire ? La colère de Flora resurgit violemment.

— Comment avez-vous osé vous conduire aussi cruellement ? Vous rendez-vous compte de mon humiliation ?

Vito se sentit tiraillé par sa conscience. Finalement, il n'était pas complètement dépourvu de moralité...

Autre chose le perturbait. Il n'avait jamais cherché à cultiver des relations avec Flora Gavia. Étant donné ses intentions, il était parfaitement inutile de jouer la comédie en lui faisant la cour. D'ailleurs, elle aussi avait gardé ses distances. De toute façon, les fiançailles n'avaient duré qu'un mois.

Il lui avait d'autant moins prêté attention qu'elle ne recherchait pas sa compagnie. Contrairement aux autres femmes qui le poursuivaient de leurs assiduités, elle se montrait fuyante.

Quand ils avaient dîné avec son oncle et sa tante, elle lui avait paru très effacée. Brune, les yeux noisette, elle était jolie, mais sans plus.

Aujourd'hui, elle semblait métamorphosée. Peut-être à cause de la robe extravagante et du maquillage. Ses cheveux relevés dégageaient un visage aux pommettes hautes et des paillettes d'or illuminaient ses yeux, beaucoup plus grands que dans son souvenir et frangés de longs cils recourbés.

Et comment n'avait-il pas remarqué sa bouche en cœur et ses lèvres charnues ? Une décharge électrique courut sur sa peau.

Son regard descendit un peu plus bas. Sa poitrine se soulevait, victime de palpitations. Avec sa taille fine et ses hanches rondes, elle avait une jolie silhouette, qu'elle avait cachée jusque-là sous des vêtements informes.

Il la contempla avec intérêt.

— Eh bien ? lança-t-elle en agitant son bouquet. Vous n'avez plus rien à dire ?

Son voile avait glissé. Elle l'arracha avec une grimace et le jeta par terre. Son chignon retomba à moitié, et Vito ressentit l'envie absurde de le défaire complètement pour répandre sa chevelure sur ses épaules.

— Répondez-moi. S'il vous plaît.

L'émotion qui perçait dans sa voix le chavira. Allait-elle se mettre à pleurer ?

Des souvenirs importuns envahirent Vito. Il revit le visage de sa mère, ravagé par un chagrin qu'il ne parvenait pas à consoler.

— Vous n'étiez vraiment au courant de rien ? demanda-t-il.

— De quoi parlez-vous ?

Il se méfiait. Qui sait si Flora Gavia n'usait pas d'un stratagème pour sauver quelque chose de la débâcle en risquant le tout pour le tout ? Il se prêta au jeu.

— La date d'aujourd'hui, celle de notre mariage…

— *Non*-mariage plutôt, rectifia-t-elle.

Il inclina la tête.

— Si vous voulez. Ce jour marque la ruine de votre oncle, déclara-t-il avec un sentiment de triomphe. Ses affaires sont en train de sombrer inéluctablement. Je possède désormais la majorité de ses actions, suffisamment pour tout contrôler. Il pensait conclure un contrat avantageux, alors qu'il a signé sa perte.

De plus en plus désemparée, Flora commença à faire les cent pas en piétinant son voile sans ménagement.

— S'il s'agit d'une simple rivalité, quel besoin aviez-vous de toute cette mise en scène ?

Des années de rage et de détresse avaient endurci Vito jusqu'à la moelle.

— Pour moi, c'était bien plus qu'un rachat d'entreprise.

— Expliquez-vous.

Vito se raidit.

— Votre oncle a autrefois ruiné mon père. Il est responsable de son suicide et de la mort de ma mère qui a suivi.

Flora lâcha son bouquet qui atterrit par terre, à côté du voile.

— C'est épouvantable. Je suis désolée. Je n'avais aucune idée...

Jouait-elle la comédie ? Pour lui, elle symbolisait la famille Gavia tout entière. Vito les méprisait.

— Votre oncle ne se souvenait même pas de moi lorsque nous nous sommes revus. Mon nom ne lui disait rien. J'ai eu les coudées franches pour démanteler son empire. Pas une seule fois le nom de Vitale ne lui a mis la puce à l'oreille. Mon père a pourtant été accusé de corruption à cause de lui. Il a été déshonoré et a failli aller en prison. Au dernier moment, votre oncle a imploré la clémence des autorités en jouant les sauveurs, alors qu'il était l'instigateur de la machination.

Il s'abstint de raconter comment ses parents et lui-même avaient été ostracisés d'un jour à l'autre. Ils avaient perdu leur maison, et la petite amie de Vito avait rompu pour réapparaître au bras de son meilleur ami. Cette double trahison l'avait brisé. À partir de là, il avait appris à ne compter que sur lui-même.

— Votre nom et votre patrimoine jouissent d'une notoriété qui remonte à plusieurs générations. Au contraire, mon père était le premier de sa famille à réussir dans les affaires. Votre oncle, d'une manière tout à fait ridicule, voyait en lui une menace et n'a eu de cesse de le rabaisser. Mon père est mort de honte par sa faute.

Flora écarquilla les yeux de stupéfaction.

— Et votre mère...

Vito regrettait de lui avoir livré son histoire. Il ne voulait pas s'attirer la sympathie d'un membre du clan qui l'avait détruit.

— Elle est tombée malade, conclut-il d'une voix coupante. Nous n'avions pas assez d'argent pour payer les frais d'hospitalisation et le traitement qui aurait pu la sauver. Elle en est morte.

La colère de Flora reflua. Elle était choquée. En même temps, rien ne l'étonnait plus de la part de son oncle maintenant qu'il avait brutalement rompu leurs liens. Manifestement, il s'était servi d'elle de façon éhontée.

— Je ne savais rien de tout cela.

— Ne me prenez pas pour un idiot, maugréa Vito. De toute façon, ce mariage présentait bien des avantages pour vous. La clause des six mois vous garantissait la richesse à vie. L'arrangement n'avait que des bons côtés.

La froideur et le cynisme déformaient les traits de Vito...

Pourtant, d'après l'oncle de Flora, elle n'aurait rien gagné en divorçant au bout de six mois, puisque l'argent reviendrait à lui et pas à elle. Mais peu importait. Elle avait vu dans cette clause le moyen de reprendre sa liberté si elle en éprouvait le besoin. Elle avait accepté ce mariage de convenance par loyauté envers son tuteur, ainsi que pour d'autres raisons, plus compliquées. Vittorio Vitale la fascinait tout en l'intimidant affreusement.

Dans son for intérieur, elle avait conscience de ne pas pouvoir lui plaire. Dans d'autres circonstances, un homme tel que lui ne l'aurait jamais choisie... Une fois mariés, il lui aurait peut-être découvert quelques qualités. Elle n'avait pas eu l'audace d'espérer davantage.

Sa cruelle déconvenue la confortait dans ses doutes. Rien ne pouvait inciter Vittorio Vitale à l'épouser, pas même l'intérêt financier.

— Je n'étais qu'un pion sur un échiquier, observa-t-elle d'un ton maussade. Vous en avez tiré le meilleur parti pour consacrer la défaite de votre adversaire.

Vittorio eut un sourire méprisant.

— Pas d'apitoiement, je vous en prie ! Votre oncle a pris l'initiative de ce projet par pur intérêt, et je me suis réjoui à la perspective de précipiter sa chute. Je ne le nie pas. De votre côté, ne faites pas comme si vous aviez été contrainte et forcée. Vous y trouviez aussi des bénéfices.

Flora se tut. Elle n'allait pas se justifier devant quelqu'un qui refusait de croire à sa bonne foi. Quelle sotte ! Elle s'était ridiculisée en témoignant sa gratitude envers son tuteur, qui l'avait honteusement trompée.

Elle comprenait mieux, maintenant, le style de vie que lui avait imposé son oncle et ne s'étonnait plus d'avoir vécu en recluse. Il la tenait éloignée de toute influence extérieure pour la vendre au plus offrant. Il l'avait même scolarisée à domicile !

Elle se croyait à l'abri, protégée, alors qu'il ruminait des manigances dans son dos. Rétrospectivement, elle en avait la nausée. Son besoin d'amour et d'attention l'avait complètement aveuglée. C'était pathétique.

— Je dois y aller, bredouilla-t-elle, déstabilisée par le regard sévère de Vittorio.

Il lui montra la porte.

— Faites, je vous en prie.

Sur le seuil, elle se retourna.

— Je suis désolée pour ce qui vous est arrivé et je comprends votre désir de vous faire justice. Néanmoins, vous avez eu tort d'agir ainsi, en me rabaissant au niveau de mon oncle. En vous amusant à m'humilier, vous vous êtes montré aussi mesquin et impitoyable que lui.

Il attendit quelques secondes avant de réagir.

— Vous aurez tout oublié d'ici une semaine. Croyez-moi, j'aurais pu être beaucoup plus cruel avec votre oncle. Il lui reste un capital suffisant pour remonter la pente s'il se met au travail. Et vous, vous disposez de ce que vous ont laissé vos parents.

— Qu'en savez-vous ?

Elle n'avait pas l'intention de divulguer la vérité là-dessus... Son oncle lui avait extorqué sa signature pour puiser dans son héritage avant sa majorité. Après ces révélations, elle ne doutait plus de l'usage qu'il en avait fait. Sa propre naïveté la mortifiait.

Vittorio haussa les épaules.

— Je me suis renseigné sur la situation de votre oncle. Finalement, vous devriez me remercier. Vous êtes libre de mener votre vie à présent. À vingt-deux ans, vous aurez d'autres occasions de faire un riche mariage.

Flora trouva la force de relever fièrement le menton.

— J'aurais dû me méfier. Tout était si bizarre, quand j'y pense. Jamais vous n'avez jamais cherché à me voir seule et nous n'avons jamais parlé autant qu'aujourd'hui. Je vous prenais pour un gentleman... J'avais tort.

Il lui jeta un regard dur.

— Vous voilà fixée.

— Oui, je sais à quoi m'en tenir, désormais. En tout cas, vous avez raison. Je suis libre. J'espère ne jamais vous revoir.

Elle pointa l'index sur lui.

— Vous n'êtes pas bienveillant.

Sur sa main, un éclat attira son regard. Impulsivement, elle retira sa bague de fiançailles, un gros solitaire tapageur dans une monture en or sertie de petits diamants. Résistant à l'envie de la lui jeter à la figure, elle la déposa sur une console.

— Reprenez votre cadeau. Je ne vous l'ai pas dit quand vous me l'avez offert pour ne pas vous blesser, mais vous n'avez aucun goût.

Regrettant presque aussitôt cette remarque mesquine, elle s'éclipsa et s'engouffra dans l'ascenseur.

Au rez-de-chaussée, elle traversa le hall en luttant contre un sentiment nauséeux et sortit très vite pour respirer de grandes goulées d'air.

Les gens la fixaient bizarrement, mais elle les ignora. Une panique horrible la saisit. Elle n'avait plus rien, plus personne. Nulle part où aller. Elle était complètement seule et réalisait seulement maintenant qu'elle l'avait toujours été.

Non seulement son oncle et sa tante ne l'avaient jamais aimée, mais ils l'avaient dépouillée de son héritage.

Quant à Vittorio Vitale, il était encore pire. Cruel, cynique, impitoyable...

Néanmoins, elle avait compris une chose, grâce à lui. Elle était libre, dégagée de toute obligation envers les êtres qui l'avaient dupée.

Que faire ? Elle se sentait au bord d'un précipice vertigineux. *Réfléchis, réfléchis*, se répéta-t-elle sur le trottoir, en robe de mariée. Il fallait d'abord trouver un lit pour la nuit et se débarrasser de cet accoutrement ridicule. Ensuite, elle aviserait.

Ignorant les railleries d'un groupe de jeunes à moto, elle garda la tête haute. Elle croyait foncièrement en la bonté des gens, de la plupart en tout cas. Tout s'arrangerait, d'une manière ou d'une autre. Confiante dans sa bonne étoile, elle disparut dans les rues de Rome, sa longue traîne derrière elle.

Debout devant la fenêtre, Vito éprouvait un certain malaise après la scène qui venait d'avoir lieu.

Obnubilé par Umberto Gavia, il avait accepté sans arrière-pensée sa proposition d'épouser sa nièce, n'y voyant qu'une occasion supplémentaire d'écraser un ennemi juré. Comme Flora ne lui avait pas fait forte impression, il ne s'était pas appesanti sur son sort. Il n'avait songé qu'à l'humiliation d'Umberto Gavia, sans se soucier des conséquences pour Flora.

Puisqu'elle consentait à ce mariage, il avait même supposé qu'ils étaient de mèche. Qu'elle méritait donc...

Quoi ? D'être punie, humiliée devant la bonne société de Rome rassemblée dans une église pour assister à ses noces ?

Oui. C'était une Gavia, après tout. Umberto n'avait pas fait du mal seulement à la famille de Vito, mais aussi à un nombre de gens incalculable. Il méritait son châtiment.

Mais Flora ne se comportait pas comme une Gavia sans cœur. Manifestement, les révélations de Vito l'avaient bouleversée.

Était-elle sincère ? Il ne fallait pas être trop naïf. Elle essayait peut-être simplement de sauver ce qu'elle pouvait.

Vous n'êtes pas bienveillant.

En effet. Quand sa mère avait été emportée par la maladie, il était devenu dur, inflexible, et s'était juré qu'Umberto Gavia paierait pour ses méfaits.

Ce jour était arrivé. Peu lui importait Flora Gavia. Son père, le frère d'Umberto, lui avait légué une fortune considérable.

Elle n'avait pourtant rien à voir avec les mauvaises actions d'Umberto. Alors, pourquoi la punir aussi ?

Élevée par lui depuis la mort de ses parents, elle était pratiquement sa fille. Cela suffisait à la rendre coupable.

Il la croiserait sans nul doute bientôt dans une réception au bras d'un autre.

Tout irait bien pour elle.

Vito s'avoua à contrecœur qu'il serait curieux de la revoir. La jeune femme lui avait dévoilé une personnalité insoupçonnée. S'il en avait pris conscience avant, il aurait peut-être agi différemment.

Quoi qu'il en soit, il était trop tard. Il avala sans plaisir le reste de son whisky. La fin de sa journée était gâchée.

2

Six mois plus tard, Rome

— Vitale ! Où avais-tu disparu ?

Vito força un sourire sur ses lèvres et se dirigea vers l'homme qui l'interpellait en se frayant un chemin parmi les groupes. L'élite de la bonne société romaine se pressait dans les salons d'un vénérable palace pour la vente aux enchères d'un gala de bienfaisance. Des personnalités richissimes venaient dépenser des sommes astronomiques pour acheter des yachts et des propriétés dans les Caraïbes.

Depuis quelque temps, ce genre d'événements ennuyait prodigieusement Vito. Cet étalage de richesse ne l'intéressait pas.

Une main de femme se posa sur son bras. Elle avait les ongles parfaitement manucurés, laqués de rouge, et un bracelet de diamants sur sa peau bronzée. Assailli par les effluves d'un parfum un peu trop prononcé, il fronça le nez et releva la tête. Il la connaissait vaguement. Elle était très belle.

Il attendit un peu, ne ressentit rien et passa son chemin.

— Roberto, *ciao*...

Au même moment, un fracas épouvantable retentit derrière Vito. Il se retourna. Une serveuse se pencha pour ramasser son plateau qui venait de se renverser. Les gens s'écartèrent aussitôt.

Irrité par leur attitude, Vito s'approcha pour aider la jeune femme en jupe noire et chemisier blanc.

— Oh ! ne vous donnez pas cette peine ! s'écria-t-elle. Cela va m'attirer des ennuis.

Il se figea en entendant sa voix. Son visage, légèrement de biais, ne lui sembla pas inconnu.

Gênée par son regard insistant, elle lui fit face, livide.

Flora Gavia.

Vito fronça les sourcils. Que faisait la richissime héritière, membre du clan haï, dans cet accoutrement ? Elle aurait dû être en robe du soir…

— Vous… Que… ?

— Laissez-moi, je vous en prie ! souffla-t-elle en jetant un regard inquiet par-dessus son épaule. Quelle malchance… On ne me reprendra jamais, après cela.

Elle s'affaira à rassembler les bris de verres cassés.

Vito referma les doigts sur son poignet gracile. Son parfum floral, très délicat, monta jusqu'à lui.

— Que faites-vous ? Lâchez-moi !

— Vous saignez.

Elle poussa un gémissement accablé.

Avant même que Vito réagisse, quelqu'un surgit pour s'excuser profusément.

— Nous sommes profondément désolés pour cet incident, monsieur. Nous allons faire le nécessaire.

Un véritable bataillon arriva à la rescousse. En quelques secondes, tout fut nettoyé. Vito crut même avoir rêvé.

Il restait néanmoins une minuscule tache de sang par terre, comme une trace pour le convaincre de la réalité de la scène.

Agité par un flot d'émotions contradictoires, Vito quitta la salle de réception et se dirigea vers le hall. Là, il attendit quelques minutes sans trop savoir où aller. Mais bientôt apparut une silhouette aux cheveux ramassés en chignon, chaussée de richelieux à talons plats, avec une veste en jean sur une jupe noire.

Il la rattrapa juste avant qu'elle disparaisse par une petite porte latérale.

— Encore vous ! s'écria-t-elle, très pâle.

— Oui, moi, répliqua Vittorio Vitale en lui prenant le bras.

La coupure à son doigt la lançait sourdement, mais elle n'en avait cure. Pourquoi avait-il fallu qu'elle tombe sur Vittorio Vitale ! Son humiliation ne pouvait que le réjouir !

— Eh bien ? lança-t-elle agressivement. Maintenant que vous vous êtes bien diverti à mes dépens, je peux partir ?

Dans son smoking noir, très classique, il était encore plus beau que dans son souvenir. Elle en avait le vertige.

Il secoua la tête.

— Que faites-vous ici ?

Elle indiqua sa tenue de serveuse.

— Ce n'est pas évident ?

Sans répondre, il s'approcha de la réception en la tirant à sa suite. Aussitôt, un responsable se manifesta.

— Signore Vitale, que puis-je pour vous ?

— Je voudrais une chambre.

Flora resta bouche bée tandis que l'employé, sans un battement de cils, tendait une clé à Vittorio.

Ce dernier l'entraîna vers l'ascenseur sans lui laisser le temps de protester.

Flora finit par se dégager.

— Que faites-vous, à la fin ?

Vittorio appuya sur un bouton.

— Je vous pose la même question.

— Je m'apprêtais à rentrer chez moi après avoir perdu mon emploi, figurez-vous. Je n'ai même pas terminé mon mois d'essai.

— Depuis quand travaillez-vous comme serveuse ?

Flora regarda sa montre ostensiblement.

— Je ne suis plus serveuse depuis dix minutes. Ma carrière a été très brève.

Les portes de l'ascenseur se rouvrirent sur un couloir à la moquette claire, aux murs crème et or. Vittorio s'effaça pour laisser passer la jeune femme, mais elle refusa de sortir.

— Flora, s'il vous plaît. Nous devons parler.

— De quoi ? Nous n'avons plus rien à nous dire depuis le jour où vous avez manqué à vos engagements.

Un muscle tressauta sur la joue de Vito. Au moment où Flora s'apprêtait à redescendre au rez-de-chaussée, un couple élégant arriva. Elle préféra suivre Vittorio pour ne pas attirer l'attention. Cela faisait des mois qu'elle n'avait pas foulé un tapis moelleux. Le *palazzo* de son oncle n'était pas aussi luxueux que ce palace. Il était malgré tout très confortable, même encombré d'antiquités et de portraits d'ancêtres rébarbatifs.

Vittorio ouvrit une porte tout en défaisant son nœud papillon. Une barbe naissante ombrait sa mâchoire, ajoutant encore à son charme.

— Apparemment, vous êtes un habitué, commenta-t-elle.

— Pardon ?

— Le réceptionniste n'a pas cillé quand vous avez demandé une chambre.

— C'est normal, répondit Vittorio avec un sourire en coin. Je suis le propriétaire de cet établissement depuis le mois dernier.

— Oh...

Elle restait sur le seuil, indécise. De quoi avait-elle peur ? Dans les circonstances présentes, une scène de séduction était tout à fait improbable.

— Entrez donc ! lança-t-il.

Au passage, elle huma les effluves musqués de son eau de toilette légèrement boisée. Virile et sophistiquée.

Dans ce décor raffiné, elle prit conscience de sa tenue plus que modeste. Des larges fenêtres donnaient sur un grand balcon fleuri. La silhouette de Vittorio se reflétait sur les vitres.

Elle se tourna vers lui.

— Pourquoi voulez-vous me parler ?

Il déboutonna son col de chemise et tendit les mains devant lui.

— Expliquez-moi votre présence ici. Pourquoi n'êtes-vous pas avec votre oncle ? Aux dernières nouvelles, il était en Amérique du Sud, en train de se refaire un nom et une réputation.

Il en savait plus qu'elle. Son oncle ne s'était plus manifesté depuis le jour de la cérémonie ratée à l'église.

— Peu m'importe, répliqua-t-elle, un peu mortifiée. Je ne l'ai pas vu depuis six mois.

Vittorio haussa les sourcils.

— Pourquoi cela ?

— Comme vous l'avez dit vous-même, je suis désormais libre de faire ce que je veux.

— Que vous est-il arrivé ?

Comme s'il l'ignorait ! songea-t-elle avec rage. Il l'avait jetée dehors, mise à la rue après l'avoir humiliée publiquement...

— Je ne vous dois pas d'explications. Si cela ne vous dérange pas, je vais m'en aller, maintenant.

Elle avait au moins une heure de trajet jusque chez elle, dans une banlieue lointaine.

— Vous avez dilapidé votre héritage en si peu de temps ? demanda-t-il, incrédule.

Elle se retourna, partagée entre le rire et les larmes. Paradoxalement, elle n'avait jamais connu le montant exact de son héritage fantôme. Au début, elle était trop jeune pour avoir une idée précise. Par la suite, son oncle avait toujours éludé la question en l'assurant qu'il gérait son argent au mieux. Vittorio Vitale se moquerait de sa stupidité si elle lui racontait sa triste histoire.

— Oui, c'est cela, déclara-t-elle le plus froidement possible.

J'ai tout dépensé et j'en suis réduite à occuper des petits emplois minables. Au revoir, Vittorio. Bonne continuation.

Vittorio la rattrapa dans le couloir.

— Attendez.

Il ne comprenait rien à cette histoire. Tout cela n'avait aucun sens.

Flora s'immobilisa. Il y avait quelque chose de fragile dans sa posture. Elle avait maigri. Sans savoir pourquoi, il répugnait à la laisser partir ainsi.

— Je peux vous offrir quelque chose à boire ? À manger ?

Elle demeura sans bouger un long moment. Il éprouvait une émotion étrange, totalement inappropriée.

— Un sandwich, peut-être. Avec plaisir. Avec des saucisses, ajouta-t-elle après coup.

Vito revint dans la suite, décrocha le téléphone et passa la commande. Elle le suivit à contrecœur.

— Installez-vous, Flora. Mettez-vous à l'aise. Que voulez-vous boire ?

Elle s'assit tout au bord du canapé.

— Un verre d'eau, merci.

Vito ouvrit le minibar, rapporta une bouteille d'eau pour elle et se servit un whisky.

— Dites-moi si vous souhaitez autre chose.

Elle secoua la tête.

— Non, c'est parfait. Merci.

— Votre doigt saigne encore ! remarqua-t-il soudain.

Elle baissa les yeux sur sa main.

— Oh ! désolée...

Il rappela aussitôt le service d'étage.

— Venez dans la salle de bains.

Elle fouilla dans son sac.

— Ne vous dérangez pas, j'ai d'autres mouchoirs.

— Flora… Laissez-moi au moins regarder et donnez-moi votre veste.

Elle obtempéra, et il accrocha son vêtement au portemanteau, puis ôta le bandage de fortune.

— Ils n'avaient pas de pansements ?

— Je n'ai pas demandé. Le patron était tellement en colère…

Vito étudia ses traits. De tout près, il voyait les taches de rousseur sur son nez. La scène lui parut tout à coup étrangement… intime. Les pommettes roses de Flora la trahissaient. Il lui plaisait et la troublait. Il avait l'habitude de ce genre de situations, mais avec Flora c'était différent.

— Qu'y a-t-il ? demanda-t-elle. J'ai quelque chose sur le visage ?

Une nouvelle fois, il remarqua combien elle était jolie. Au naturel, sans maquillage. Elle avait des yeux immenses, avec de très longs cils, et une bouche incroyablement désirable.

Comment ne s'en était-il pas aperçu lors de leur première rencontre ?

Parce qu'il était obsédé par son oncle.

— Non, murmura-t-il. Vous êtes juste… différente.

— C'est sans doute à cause de mes cheveux, expliqua-t-elle d'un air embarrassé. J'ai arrêté de les défriser. Je n'ai plus les moyens d'aller chez le coiffeur.

Des boucles s'échappaient à ses tempes et sur son front. Résistant à l'envie de dénouer son chignon, il ouvrit le robinet et plaça son doigt sous l'eau froide.

Quelqu'un frappa à la porte.

— Ne bougez pas, je reviens.

On apportait un chariot avec un en-cas et une trousse de secours. Vito donna un pourboire à l'employé, rejoignit Flora et lui essuya délicatement la main. Il remarqua ses ongles coupés court, sans vernis et lui mit un pansement en resserrant les bords de la plaie.

— La coupure était profonde, dit-il.

— Merci, répliqua Flora. Il ne fallait pas vous donner tant de peine.

— Ce n'est rien, je vous en prie.

— Beaucoup de gens ne supportent pas la vue du sang.

Elle se rappela un épisode de son enfance, quand elle s'était entaillé la jambe sur un fil de fer barbelé. Sa tante avait failli s'évanouir. Flora avait fini à l'hôpital pour des points de suture.

— Je me suis occupé de ma mère quand elle était malade, dit Vito. Un bobo comme le vôtre n'a pas de quoi m'effrayer. Venez manger, maintenant.

Manger.

Flora était restée pour cela. Elle n'allait pas faire la fine bouche.

Elle suivit Vittorio dans l'autre pièce. Il avait enlevé sa veste. Elle s'attarda en rougissant sur ses larges épaules et ses fesses musclées.

Il souleva une cloche en argent, découvrant un sandwich toasté avec des frites, et des saucisses sur une petite assiette à côté. Il apporta le plat sur une table et approcha une chaise.

— Asseyez-vous.

Flora s'exécuta et porta une frite à sa bouche avec un soupir de satisfaction.

— Mais vous ? Vous n'avez pas faim ?

Il secoua la tête.

— Arrêtez de me regarder, s'il vous plaît, dit-elle au moment de mordre dans son sandwich. J'ai l'impression d'être une bête curieuse.

Vittorio jeta un coup d'œil à sa montre.

— Je dois voir quelqu'un au rez-de-chaussée. Je vous laisse manger en paix.

Il se retourna avant d'ouvrir la porte.

— Vous serez là quand je reviendrai.

Ce n'était pas une question, plutôt un ordre.

— Je ne peux pas rester très longtemps, objecta-t-elle.

— J'en ai seulement pour quelques minutes. Ensuite, je vous raccompagnerai. Où vous voudrez.

— Oh non, ce n'est pas la peine. Mais je vous attendrai.

Elle ne voulait surtout pas lui montrer où elle habitait.

Après son départ, elle enveloppa soigneusement les saucisses dans une serviette en papier et dévora le reste de bon appétit. Puis, elle enfila sa veste, prête à partir quand Vittorio remonterait. Elle le remercierait et retournerait tranquillement dans un monde où il n'existait pas, en espérant ne plus croiser son chemin. Il la troublait beaucoup trop.

Quand Vito revint, la suite était vide. Un mélange de regret et d'irritation s'empara de lui. Avec une pointe de déception.

Flora était comme tout le monde. Il ne pouvait pas lui faire confiance.

Puis il vit les portes-fenêtres ouvertes. Elle était sur le balcon, accoudée à la balustrade. Immédiatement, il se sentit soulagé.

Il voulait savoir ce qui se passait.

Il éprouvait exactement la même impression que le jour où elle avait quitté son bureau en robe de mariée. Comme s'il avait raté quelque chose d'essentiel. Puis, il se rassura. Il avait tellement l'habitude de tout maîtriser qu'il ne supportait pas l'incertitude.

Il se posait toutes sortes de questions au sujet de Flora.

Pourquoi travaillait-elle comme serveuse ? Était-ce encore un plan ourdi avec son oncle ? Peut-être agissait-elle seule ? En attendant de découvrir le fin mot de l'affaire, Vito l'aurait à l'œil.

3

Éblouie par la vue sur Rome, perdue dans sa contemplation, Flora sursauta au son de la voix de Vittorio.

— Vous avez défait votre chignon.

Elle se retourna en portant les mains à sa tête. Sa tante, qui n'avait jamais supporté ses cheveux au naturel, l'obligeait à les défriser pour paraître présentable.

— Oui, la peau de mon crâne me tirait.

Elle commença à enrouler la masse de sa chevelure, mais Vittorio l'arrêta d'un geste.

— Non !

Désemparée, elle baissa les bras.

— Vous… vous avez des cheveux magnifiques.

Le rouge monta aux joues de Flora. Heureusement, elle était dans la pénombre.

— Merci. Je les tiens de ma mère.

— Qui était anglaise, n'est-ce pas ?

— Oui. Mon père, lui, était italien.

Évidemment, puisque Umberto était son frère. Cet homme lui brouillait les idées.

— Je dois partir, maintenant.

— Vous avez un petit ami ?

Elle écarquilla des yeux ébahis. Comme si elle avait le temps d'avoir une vie sentimentale… La question était presque comique.

— Non, mais... j'habite assez loin. Et Je...

Elle s'interrompit. Vittorio n'avait pas besoin de connaître tous les détails.

— Bien. Merci en tout cas...

— On vous a renvoyée à cause de moi.

— Ce n'est pas votre faute. J'ai renversé mon plateau.

En réalité, elle en avait perdu tous ses moyens en entendant quelqu'un crier « Vitale ». Quel choc ce nom avait provoqué ! Mais ce n'était pas la peine de lui raconter tout cela.

— J'ai aggravé la situation en essayant de vous aider.

Flora fit la grimace.

— Ce n'était pas la première fois. Je ne suis pas très douée pour ce genre d'emploi.

— Ah. Comment en êtes-vous arrivée là ?

Vittorio était trop curieux. Elle retourna à l'intérieur pour prendre son sac.

Il la suivit.

— Je vous raccompagne.

— Non, ce n'est vraiment pas nécessaire.

— J'insiste.

Flora réfléchit deux secondes.

— Bon, d'accord.

Elle lui demanderait de la laisser à proximité, mais sans montrer où elle habitait.

— Ma voiture est en bas. Allons-y.

Flora se figea brusquement quand ils sortirent dans le hall.

— Qu'y a-t-il ?

— Mon patron est là... enfin mon ex-patron, expliqua-t-elle.

— Attendez-moi un instant.

Vittorio s'écarta pour échanger quelques mots avec l'individu en question, qui pâlit puis s'empourpra en hochant vigoureusement la tête.

Revenant vers Flora, Vittorio la prit par le bras pour la guider au-dehors, vers un cabriolet gris métallisé. Un voiturier ouvrit la portière du passager, et Flora se glissa sur le siège en cuir pendant que Vito s'installait au volant.

— Que lui avez-vous dit ? demanda-t-elle après avoir donné une indication générale sur leur destination.

— Je lui ai conseillé de traiter ses employés avec plus d'égards. Sans quoi, je m'adresserai à une autre agence la prochaine fois que j'organiserai un événement.

— Oh.

Elle ne s'attendait pas à cela de la part de celui qui avait ruiné son oncle et l'avait odieusement humiliée. Son comportement courtois, irréprochable, l'intriguait.

Il conduisait vite et bien, se faufilant habilement dans la circulation, toujours très dense à Rome.

— Où dois-je vous déposer, exactement ? s'enquit-il lorsqu'ils atteignirent le quartier qu'elle avait indiqué.

— N'importe où, je suis tout près.

— Donnez-moi votre adresse précise, Flora. Je vous déposerai devant chez vous.

Flora.

Sa façon de prononcer son nom la chavira, et elle obtempéra en soupirant.

Il gara la voiture devant une porte cochère à la peinture écaillée et descendit pour lui ouvrir sa portière.

— Eh bien, merci.

Il fronça les sourcils en considérant l'immeuble décrépit.

— Quel est cet endroit ? Une auberge de jeunesse ? Un... foyer d'urgence ?

Elle saisit aussitôt le prétexte.

— Une pension de famille. Les visites ne sont pas autorisées.

La porte s'ouvrit à ce moment-là sur une vieille dame.

— Flora ? Tout va bien ?

— Oui, Maria. Ce... gentleman m'a raccompagnée.

— Très bien. J'ai besoin de discuter avec vous, Flora. Je crains de ne pas pouvoir continuer à vous héberger si vous gardez Benji.

L'estomac de Flora se noua. Elle redoutait depuis quelque temps cette décision de sa logeuse.

— Qui est Benji ? demanda Vittorio.

— Le bébé de Flora, expliqua Maria.

Il fixa la jeune femme d'un air abasourdi.

— Vous avez un bébé ? Comment... ? Vous étiez enceinte le jour où nous devions nous marier ?

Maria éclata de rire.

— Ce n'est pas un vrai bébé !

— Cessons cette conversation ! lança Flora.

Elle tourna le dos à Vittorio.

— Quand devrai-je déménager ?

Maria semblait sincèrement désolée.

— Le plus vite possible, malheureusement. J'attends les inspecteurs d'un jour à l'autre. S'ils trouvent Benji... Évidemment, cela m'ennuierait de vous créer des ennuis. Vous nous rendez tellement de services ...

— Quel genre de services ? intervint Vittorio.

Maria s'effaça.

— Bon, je vous laisse parler tous les deux. Ensuite, nous tâcherons de voir où vous pourrez aller.

— Merci, Maria, soupira Flora.

Vittorio croisa les bras. Manifestement, il ne s'en irait pas sans avoir les réponses à ses questions.

— Quel est cet endroit, exactement ?

— Un centre d'aide pour les femmes. Je compte sur votre discrétion, naturellement.

— Que faites-vous ici ? Quelqu'un vous a fait du mal ? Que s'est-il passé ?

— J'ai échoué là en désespoir de cause... Je verse une contribution minime. En échange, je donne un coup de main de temps en temps.

— Mais comment... ?

— Écoutez, cela ne vous regarde pas. Vous devriez partir, maintenant.

Vito ne s'en irait pas avant de connaître toute l'histoire.

— Qui est Benji ?

Flora hésita un instant, puis capitula.

— Attendez-moi. Je reviens.

Vittorio s'appuya contre sa voiture en inspectant les alentours. Le quartier tranquille, résidentiel, convenait parfaitement à ce genre de refuge.

Il commençait à s'impatienter quand Flora réapparut avec une boule de poils dans les bras.

— Je vous présente Benji. Je l'ai trouvé dans une benne à ordures le mois dernier. Il est borgne.

C'était un chiot, de race indéterminée, à moitié beagle. Gris et blanc, avec un œil marron et l'autre recouvert d'une taie, il se pelotonnait contre Flora. Il se hérissa et grogna quand Vittorio tendit la main pour le caresser.

— Désolée, il n'aime pas beaucoup les hommes...

Vittorio retira sa main.

— Vous allez devoir déménager à cause de lui ?

Flora hocha la tête.

— Les animaux ne sont pas admis. C'est bien dommage parce que beaucoup d'enfants arrivés ici avec leurs mamans ont dû se séparer de leurs compagnons domestiques. Il n'y a pas de jardin. Il faudrait trouver un autre immeuble, avec plus d'espace, mais les loyers sont trop élevés.

— Qu'allez-vous faire ?

En même temps qu'il parlait, un vague plan se formait dans la tête de Vittorio.

Flora se mordit la lèvre. Vito avait une envie folle de glisser les doigts sous la masse de sa chevelure pour l'attirer vers lui.

— Je ne sais pas encore. Maria aura sans doute une idée.

— Je vous emmène chez moi.

Flora blêmit.

— C'est absurde.

— Si nous nous étions mariés, vous vivriez avec moi.

— Je vous rappelle que vous n'avez pas daigné venir à la cérémonie. De toute manière, six mois ont passé. Nous serions en train de divorcer.

— Vous auriez peut-être décidé de rester ? Conquise par l'expérience de la vie commune...

Flora lui adressa un sourire mielleux.

— Cela vaut également pour vous. Qui sait si vous n'auriez pas été séduit ? Au point de ne plus vouloir me laisser partir...

Ils demeurèrent silencieux un instant.

— Si les inspecteurs arrivent demain à l'improviste, argua Vito, vous serez responsable de la fermeture du centre.

— Je me le reprocherais toute ma vie !

— Alors, venez. Personne n'aura plus rien à craindre.

Il ne comprenait pas son hésitation. C'en était presque insultant. Depuis leur toute première rencontre, elle n'avait jamais manifesté la moindre envie d'être avec lui. Vito n'avait pas l'habitude de ce genre de comportement. D'ordinaire, il plaisait beaucoup aux femmes, qui se disputaient ses faveurs.

Flora posa sur lui de grands yeux tourmentés. Avec cette incroyable cascade de boucles qui encadraient son visage, elle était d'une beauté émouvante, à couper le souffle.

— Alors d'accord, mais juste pour une nuit. Je trouverai une autre solution dès demain.

Vito haussa les épaules.

— Comme vous voudrez.

— Je vais chercher mes affaires. Je n'en ai pas pour longtemps. J'ai une caisse pour Benji.

— Vous voulez de l'aide ?

Elle secoua la tête.

— Non, il vaut mieux m'attendre ici. Les personnes étrangères ne sont pas les bienvenues, surtout les hommes.

Vito prit son mal en patience.

Flora réapparut bientôt, une valise à roulettes dans une main et une cage dans l'autre.

— Je vais garder Benji sur mes genoux pour le rassurer.

Vito mit son bagage dans le coffre avant de s'installer au volant.

— J'ai téléphoné à ma gouvernante pour qu'elle prépare de quoi nourrir un chien.

— Merci.

Tout en conduisant, il l'observa à la dérobée et remarqua des cernes de fatigue. Une émotion inhabituelle, mais qu'il reconnaissait, l'étreignit. Il s'inquiétait.

Des réactions contradictoires l'assaillirent. Il ne devait pas se montrer naïf. Flora était une Gavia avant tout…

— Eh bien, comment vous êtes-vous retrouvée dans ce centre ?

Elle se tourna vers lui et il ressentit comme un choc électrique.

— Je… euh… logeais dans un foyer et quelqu'un m'a parlé de cet endroit. La responsable cherchait une bénévole pour la seconder.

Vito fronça les sourcils.

— Quel genre de foyer ?

— Pour les sans-abri.

Vito fit une embardée et faillit percuter un poteau sur le trottoir. Il préféra garer la voiture.

— Expliquez-moi tout.

— Ce n'est pas le lieu… Attendons d'être arrivés.

— Nous sommes à l'arrêt.

Comme elle se taisait, il revint à la charge.

— Vous n'avez tout de même pas été à la rue ?

— Seulement deux jours.

Vito n'en croyait pas ses oreilles. Complètement affolé, il descendit de voiture et fit le tour pour ouvrir la portière de Flora.

— Nous devons parler. Je veux tout savoir.

Ils étaient dans une rue tranquille, bordée de grands arbres, au clair de lune. Quand Flora sortit du véhicule, le chien glapit et elle le rassura doucement.

Vito croisa les bras avec une expression intransigeante.

— Racontez-moi tout ce qui s'est passé depuis le jour où vous avez quitté mon bureau.

La gorge de Flora se serra convulsivement. Même si elle avait plusieurs fois imaginé cette scène, elle se sentait horriblement mal à l'aise. Vittorio Vitale était beaucoup trop... impressionnant.

— Quand je me suis retrouvée devant votre immeuble, je n'avais plus rien, nulle part où aller et pas un sou.

Vittorio secoua la tête.

— Comment est-ce possible ?

— Je n'ai pas revu mon oncle depuis ce jour-là. Il a coupé les ponts sans ambiguïté, parce que je ne lui étais plus d'aucune utilité. J'ai bien essayé de retourner au *palazzo*, mais tout était déjà fermé.

— Et votre héritage ?

— Mon oncle l'a dilapidé au fil des ans. Je lui avais stupidement signé une procuration jusqu'à ma majorité.

— Cela n'apparaissait pas dans l'enquête que j'ai menée. Il a dû maquiller les comptes. J'ignorais complètement votre situation.

Flora frissonna.

— Ne restons pas là.

Vito reprit le volant jusqu'au centre historique de Rome et s'arrêta devant un immeuble discret, non loin de ses bureaux et du *palazzo* d'Umberto. Un gardien se précipita pour prendre ses clés de voiture pendant qu'un autre domestique se chargeait de la vieille valise de Flora.

— Faut-il sortir le chien ? s'enquit Vittorio. Damiano peut s'en occuper.

Flora libéra Benji et lui attacha une laisse qu'elle tendit au jeune homme.

— Merci.

Le chiot s'éloigna en frétillant.

— Damiano lui plaît davantage que moi, commenta Vittorio.

Elle s'abstint de tout commentaire et se contenta d'un sourire.

Contrastant avec la façade historique, l'intérieur était meublé et décoré dans un style très moderne. Après le *palazzo* vieillot de son oncle, Flora apprécia la sobriété du lieu.

L'appartement de Vittorio occupait tout le dernier étage. L'ascenseur donnait directement sur un hall dallé de marbre, avec une grosse gerbe de fleurs colorées sur une table ronde. Les plafonds hauts accentuaient l'impression d'espace et un grand balcon courait tout le long.

Sofia, la gouvernante, s'empressa à leur rencontre. Elle avait préparé une écuelle et un coussin pour le chien. Sans laisser à Flora le temps de la remercier, Vittorio invita cette dernière dans le salon.

Des piles de livres s'entassaient sur des tables basses, devant des canapés et des fauteuils moelleux. Sur les murs, des tableaux d'art contemporain aux teintes pastel créaient une atmosphère agréable. Flora n'avait qu'une envie, se coucher et dormir pendant une semaine. Elle réprima un bâillement.

— Vous êtes épuisée. Allez au lit.

Elle ne protesta pas. En plus de la fatigue, elle avait besoin de temps pour réfléchir à tous les événements qui venaient de se succéder.

Sofia la conduisit dans une suite somptueuse où on avait déjà apporté sa valise. Tout était préparé pour la recevoir. Flora fut très touchée par cet accueil.

L'attitude de Vittorio la déconcertait. Après l'affront qu'il lui avait fait, elle ne s'attendait pas à un tel assaut de gentillesse.

Elle ne savait plus que penser. Dans la salle de bains luxueuse, elle resta longtemps sous la douche chaude pour tenter de dissiper ses tensions.

Quand elle émergea en peignoir, une serviette autour de la tête, elle s'allongea pour s'octroyer quelques minutes de repos avant de se sécher les cheveux. Mais ses paupières se fermèrent presque aussitôt et elle sombra dans un profond sommeil.

Vittorio faisait les cent pas sur la terrasse, avec le chien qui trottinait derrière lui. Désorienté par l'absence de sa maîtresse au retour de sa promenade, l'animal commençait à glapir et aboyer. Vito se risqua à le prendre dans ses bras pour le calmer et finit par l'apprivoiser.

Il avait les idées embrouillées.

Flora disait-elle la vérité ?

La réponse était pourtant claire. Elle n'avait certainement pas élaboré un scénario aussi compliqué dans l'espoir de le rencontrer et de s'attirer ses bontés. C'était totalement invraisemblable.

D'ailleurs, lui-même avait décidé à la dernière minute de se rendre à ce gala. Rien n'était prémédité.

Ce qu'il avait appris ce soir renforçait ses impressions désastreuses après la visite de Flora à son bureau.

Le jour où tu l'as humiliée publiquement.

Il avait très mauvaise conscience.

Ce jour-là, elle était sous le choc, complètement désemparée. Elle était pourtant repartie tête haute, stoïquement, sans rien dire de sa situation désespérée.

Si elle était réellement victime de son oncle, Vito lui avait causé un tort considérable.

Il rentra à l'intérieur et se dirigea vers la chambre de Flora. La porte était entrouverte, et il l'aperçut, allongée sur le lit, endormie. Des boucles brunes s'échappaient d'une serviette à moitié dénouée. Sa poitrine se soulevait doucement au rythme de sa respiration. Son peignoir s'entrouvrait sur une jolie jambe nue et fuselée.

Au moment où il allait se retirer, gêné de l'observer comme un voyeur, une petite boule de poils surgit. Le chien, qui l'avait suivi, se faufila à l'intérieur et essaya vainement de sauter sur le lit, trop haut pour lui.

Attendri par la scène, Vito le déposa délicatement à côté de Flora et s'échappa avant qu'elle ne se réveille.

Flora Gavia le troublait inconsidérément et son histoire l'intriguait au plus haut point. Non, elle n'avait pas ourdi de ruse pour le berner… En tout cas, il se promit de ne pas la laisser repartir avant d'en avoir le cœur net.

4

Flora émergea le lendemain matin d'un sommeil profond et paisible, comme elle n'en avait jamais connu. Il faisait grand jour. Elle regarda l'heure à son portable sur la table de nuit et se leva d'un bond. Il était midi. Jamais elle n'avait dormi aussi longtemps.

Elle tira sur ses cheveux en bataille et les enroula en chignon. Où était Benji ? Vite, elle enfila un jean et un T-shirt et partit à sa recherche.

Elle entendit des jappements sur la terrasse, par les portes-fenêtres grandes ouvertes. Un jeune homme en costume, celui qui l'avait accueillie dans le bureau de Vittorio le jour du mariage, jouait à la balle avec le chiot.

— Bonjour, Miss Gavia. Je suis Tommaso, l'assistant de Signore Vitale. Je vais lui dire que vous êtes réveillée.

Elle prit Benji dans ses bras pour le câliner. Un vague souvenir lui revint en mémoire. Benji avait-il passé la nuit sur son lit ? Quelqu'un était-il passé ce matin pour le sortir ?

Flora s'empourpra à la pensée que Vittorio avait pu la voir à son insu.

Évidemment, il choisit ce moment précis pour apparaître, en pantalon noir et chemise bleu clair au col ouvert.

— Vous devez avoir faim. Passons à table. Tommaso emmènera Benji en promenade pendant ce temps.

— Merci, mais je peux très bien le faire moi-même, répondit-elle. De toute façon, nous allons repartir bientôt.

— Ce n'est pas un problème, l'assura Vittorio en la conduisant dans la salle à manger. Tommaso est content de rendre service.

Il lui tira une chaise

— Eh bien, où comptez-vous aller ?

L'arrivée de Sofia avec un plat de pâtes au fumet appétissant détourna l'attention de Flora.

— Pardon ? Qu'avez-vous dit ? lança-t-elle en s'asseyant.

— Si vous partez, c'est pour aller où ?

Elle feignit la désinvolture.

— Oh ! je trouverai bien. J'ai quelques contacts.

— On refuse les animaux dans beaucoup d'endroits.

Flora le foudroya du regard. Elle n'avait pas besoin qu'il mette l'accent sur ses craintes et ses difficultés.

— Tout se passera bien, dit-elle évasivement en enfournant une bouche de pâtes.

— Si je récapitule, vous avez connu la rue, un foyer d'accueil et un centre d'aide pour les femmes. Ce n'est pas exactement... glorieux.

— J'ai fait ce que j'ai pu avec ce que j'avais, maugréa-t-elle, sur la défensive. J'espérais tirer davantage d'argent de la robe de mariée.

— Vous l'avez vendue ?

— C'est tout ce que j'avais.

Vittorio blêmit en réalisant jusqu'où elle aurait pu sombrer.

— Je ne serais jamais allée jusque-là, ajouta-t-elle en devinant ses pensées. La robe m'a rapporté quelques centaines d'euros. Cela m'a permis de faire face à l'urgence.

— Elle en valait beaucoup plus ! protesta-t-il.

Il en savait quelque chose. C'était lui qui l'avait achetée.

— Malheureusement, il n'y a guère de clients pour la haute couture dans les friperies...

— Vous auriez gagné beaucoup d'argent avec la bague, si vous l'aviez gardée.

Flora se remémora ses propos acerbes, quand elle la lui avait rendue.

— Pardon d'avoir critiqué vos goûts. C'était méchant.

Vittorio repoussa son assiette.

— Ne vous excusez pas. C'est moi qui me suis conduit comme un malotru en vous envoyant à la rue.

— Vous ignoriez ma situation.

— Pourquoi ne m'avez-vous rien dit ?

Il s'interrompit avec une grimace.

— Il est vrai que je n'étais pas très réceptif...

— En effet.

Sofia apporta le plat principal, du poulet dans une sauce au vin blanc avec des pommes de terre. Flora, qui n'avait pas fait de vrai repas depuis des mois, se contenait pour ne pas se jeter sur la nourriture. Elle voulait garder un peu de viande pour Benji, mais Sofia lut dans ses pensées.

— Ne vous inquiétez pas, Benji aura droit à un bon morceau.

Flora sourit à la gouvernante. Quelle ironie, de trouver un accueil aussi chaleureux chez Vittorio Vitale !

Ce dernier l'observait avec une expression perplexe.

— Qu'y a-t-il ? demanda-t-elle.

Il se gratta la gorge.

— En fait, vous n'avez nulle part où aller.

Elle se raidit.

— Ce n'est pas vrai. J'ai plusieurs pistes...

Elle se tut brusquement. Mentir n'était pas son fort.

— Je trouverai quelque chose. Ce n'est pas votre problème, de toute façon.

— Si, justement. Je me sens responsable de la situation. Je me suis laissé aveugler par mes griefs envers votre oncle. Vous en avez injustement subi les conséquences, et je tiens à réparer mes torts.

— C'est-à-dire ? questionna Flora d'un ton soupçonneux.

Vittorio se leva et alla se planter devant la fenêtre, les mains dans les poches.

— J'ai une proposition à vous faire.

Son air coupable inquiéta Flora.

— Vittorio…

— Vito, corrigea-t-il. Ma mère était la seule à m'appeler Vittorio. Quand elle était en colère…

— Eh bien, Vito… Je vous écoute.

Elle s'interdisait de s'illusionner. Cet homme ne s'intéresserait jamais à elle.

— Notre mariage ne servait pas uniquement les intérêts de votre oncle. Mon célibat est parfois source d'inconvénients dans mes affaires… Les médias font courir toutes sortes de bruits sur… ma moralité. Votre oncle ne se privait pas d'user de cet argument.

— Cela ne vous a pas empêché de vous rétracter.

— Certes. Quoi qu'il en soit, ma situation n'a pas changé.

— C'est-à-dire ?

— On s'interroge toujours autant sur ma vie amoureuse. Et mon comportement avec vous n'a pas amélioré ma réputation.

Le cœur de Flora se mit à battre.

— Vous n'avez… personne en ce moment ?

Cela semblait difficile à croire. Dès le lendemain du jour fatal qui avait fait basculer son existence, une photo de lui avec une des plus belles top-modèles d'Italie avait paru dans la presse. Les paparazzis s'étaient répandus en conjectures. Dieu merci, on ne connaissait pas Flora. Sinon, elle aurait eu droit à des articles dans les magazines people pour raconter sa disgrâce.

Vito secoua la tête.

— Non, personne en particulier.

— Juste des maîtresses occasionnelles, railla Flora sur le ton de la moquerie.

Il pinça les lèvres.

— Même pas.

— Peu importe, cela ne me regarde pas.

— Un peu, tout de même. Je vous propose de renouer.

— Pardon ?

— Une réconciliation rétablirait votre position sociale tout en arrêtant les spéculations sur mon compte.

— Notre mariage reposait sur un arrangement d'affaires. C'était de notoriété publique.

Les chuchotements, à la sortie de l'église, lui revinrent cruellement en mémoire.

Il n'a jamais eu l'intention de l'épouser, c'est évident. Vittorio Vitale n'allait pas s'embarrasser d'une fille comme elle. Il mérite mieux.

Ces commentaires désobligeants l'avaient galvanisée et convaincue de se confronter à lui...

— La situation est différente. On pensera qu'il y a autre chose entre nous, argua Vito.

Flora frissonna tout en essayant d'y voir clair.

— Cela n'a pas de sens ! Vous me détestez.

— Pas vous. Votre oncle.

— Il tentera d'en tirer avantage !

— Cela m'étonnerait. Il n'osera jamais reprendre contact avec moi.

— Je... J'ai besoin de réfléchir. Maintenant que j'ai conquis mon indépendance, je ne voudrais surtout pas la perdre. Mon existence vous paraît peut-être précaire, mais elle me plaît et j'ai confiance en l'avenir.

— Alors saisissez la chance que je vous offre.

Un mélange de cynisme et de rouerie se peignit sur ses traits.

— Combien voulez-vous ?

Elle le regarda sans comprendre.

— Quel est votre prix, Flora ?

Choquée, elle plissa les yeux. En dépit de toutes ses vicissitudes, elle croyait encore naïvement en la bonté et la morale...

Néanmoins, une petite voix perverse lui souffla de jouer le jeu et de prendre Vito à son propre piège. Elle releva le menton.

— Vous avez raison. Je veux de l'argent. Beaucoup d'argent.

Vito se sentait étrangement déçu. Finalement, Flora Gavia était comme tout le monde. Bassement matérialiste.

Il nourrissait encore des doutes à son sujet. L'avait-elle manipulé pour arriver à ses fins ? Tant d'incertitude l'irritait.

Tout à coup, une lueur dans les yeux de la jeune femme attira son attention, comme si elle se moquait de lui.

— À quoi jouez-vous ?

Elle se leva. Son jean et son T-shirt soulignaient les courbes de sa jolie silhouette.

Décidément, Flora Gavia l'embarrassait.

— Vous êtes incroyable ! s'écria-t-elle brusquement. Je n'ai jamais rencontré quelqu'un d'aussi cynique. Vous êtes encore pire que mon oncle.

Vito demeura imperturbable.

— Tout le monde a un prix, Flora. Vous ne me persuaderez pas du contraire.

Sur le point de le contredire, Flora s'abstint néanmoins. Vittorio Vitale était un homme richissime et très influent. Pourquoi ne pas tirer quelque profit de son immense fortune ?

— Si j'acceptais de l'argent, rien ne m'obligerait à le dépenser pour moi, n'est-ce pas ?

Vito haussa les épaules.

— Vous en disposerez comme vous l'entendrez.

Sa désinvolture était presque risible. Vittorio Vitale appartenait au même monde que son oncle et sa tante qui l'avaient dépouillée. Pour eux, tout tournait autour de l'argent, l'ambition et le pouvoir. C'était le seul langage qu'ils connaissaient.

Ruiné dans sa jeunesse, spolié de tous ses biens, Vittorio n'avait eu de cesse de se venger. Malgré tout, depuis la veille, il dévoilait des aspects insoupçonnés de sa personnalité.

— J'ai besoin de réfléchir, répéta-t-elle. Je vais promener Benji. Tommaso a certainement mieux à faire que de s'occuper de mon chien.

Flora s'éclipsa sans laisser à Vito le temps de répondre. Pourquoi hésitait-elle ? Il ne comprenait pas. À sa place, n'importe qui aurait sauté sur l'occasion.

Le comportement de Flora Gavia le déconcertait. Il n'avait que sa fortune à proposer. Généralement, cela suffisait amplement à remporter une négociation. Pourquoi redoutait-il un refus, tout à coup ?

Parce qu'elle t'intrigue. Tu la veux. Tu penses à elle depuis six mois. Tu n'arrives pas à l'oublier.

Pour Vito, la situation était sans précédent. Il n'avait jamais eu aucun mal à conquérir une femme et ne se souciait guère de nouer une relation durable. Jusque-là, une seule obsession l'avait habité, réussir en affaires et se venger d'Umberto Gavia.

Le jour de son supposé mariage avec Flora, il s'était délibérément affiché avec la top-modèle pour claironner sa victoire sur son rival. Le message était clair. Il triomphait et voulait l'annoncer à la terre entière.

En fait, la soirée s'était avérée désastreuse, ennuyeuse à mourir. À la lumière de ce qu'il avait appris depuis sur le sort de Flora, l'aventure lui laissait un goût amer.

À compter de ce jour, sa vie lui avait paru subitement… vide et sans attrait. Le relâchement de la tension, après toutes ces années à poursuivre son but, ne suffisait pas à tout expliquer. Comme à son habitude, il s'était jeté à corps perdu dans le travail pour consolider sa position invulnérable.

Dès qu'il avait revu Flora Gavia, quelque chose s'était réveillé en lui. Mystérieusement.

Il restait malgré tout sur ses gardes. Si elle manigançait un piège, il ne tomberait pas dedans…

Son apparition en robe de mariée, dans son bureau, l'avait marqué. Maintenant qu'il avait pris conscience de sa situation, il était déterminé à lui offrir un toit. Il lui devait au moins cela. Pour le reste… Ses réactions épidermiques ne lui avaient pas échappé. Il savait reconnaître les signes du désir. Céderait-elle à son attirance ?

Il s'enferma dans son bureau pour passer quelques coups de fil et travailler. Il était plongé dans ses dossiers quand on frappa à sa porte.

C'était Flora, son petit chien dans les bras. L'air du dehors lui avait donné des couleurs et quelques boucles s'échappaient de son chignon. Une nouvelle fois, Vito se demanda comment il avait pu être insensible à son charme.

Elle posa Benji à terre et commença à faire les cent pas.

— J'ai réfléchi à votre… proposition.

Vito se crispa. Lui qui se targuait de tout deviner chez autrui ne savait pas du tout à quoi s'en tenir avec Flora.

— J'ai décidé de rester. J'accepte votre idée de… faire comme si nous étions ensemble. Cela m'aidera à recouvrer un peu de dignité et de respect tout en me fournissant l'occasion de témoigner ma reconnaissance.

— Comment cela ?

— J'aimerais faire un don au Centre d'aide pour les femmes. Elles ont besoin de financement pour acquérir un nouvel immeuble. C'est beaucoup vous demander, mais…

— Pas de problème.

Elle écarquilla les yeux d'étonnement.

— Vous voulez bien contribuer ?

Il haussa les épaules.

— Naturellement. J'investis beaucoup dans les œuvres caritatives.

— Cela peut se chiffrer... en millions.

— C'est pour la bonne cause.

— Je ne m'attendais pas à tant de générosité.

— Je cherche peut-être à vous impressionner.

Flora rougit.

— C'est hors sujet.

Décidément, elle refusait l'ambiguïté et n'était pas du genre à flirter.

— Et pour vous-même ? Que souhaitez-vous ? demanda-t-il avec une pointe de curiosité.

— Rien. Quoique... J'ai besoin de payer les notes du vétérinaire. Mais je vous rembourserai quand je le pourrai.

— Ce n'est pas vraiment pour vous, observa-t-il.

— Je n'ai jamais rien possédé. Mon oncle a puisé sans vergogne dans mon héritage jusqu'à me dépouiller complètement. Mais je n'ai même pas de rancune. Cela ne sert à rien. D'ailleurs, il a été puni et n'a que ce qu'il mérite. Je n'en suis pas fâchée.

— Vous ne pensez pas à votre avenir ?

— J'aimerais suivre des études en graphisme et design, avoua-t-elle timidement. C'est moi qui ai créé le nouveau logo du centre d'accueil.

— Je suis prêt à vous aider.

Flora secoua la tête.

— Je tiens à mon indépendance, surtout après m'être sentie toute ma vie redevable envers mon oncle. Il ne m'a jamais laissée oublier qu'il m'avait charitablement recueillie.

— Tout en vous spoliant de votre héritage.

— Oui. En tout cas, si je m'inscris dans une école, ce sera avec mon propre argent. Que j'aurai gagné en travaillant.

Pour Vito, c'était un peu absurde, mais il était de plus en plus persuadé de sa sincérité.

Décontenancé, il saisit un stylo et une feuille de papier et les lui tendit.

— Notez le nom du centre d'accueil. Mon assistant les contactera pour un rendez-vous.

Flora s'exécuta avec une expression presque incrédule.

— C'est fantastique. Je ne sais comment vous remercier.

Vito éprouva une émotion inaccoutumée, une chaleur intérieure réconfortante.

Une petite ride se creusa sur le front de Flora.

— Qu'attendez-vous exactement de moi en échange ? demanda-t-elle d'une voix hésitante. Que devrai-je... faire pour avoir l'air d'être en couple avec vous ?

Interloquée, Flora avait du mal à croire à tant de largesse.

Vito se leva et fit le tour du bureau pour se placer devant elle.

— Vous m'accompagnerez à des dîners et à des réceptions mondaines. Les photos attireront forcément l'attention sur vous. Quand les gens mettront un nom sur votre visage, nous expliquerons que nous nous sommes retrouvés après le mariage raté, et comment une relation s'est nouée malgré nous, sans rapport avec l'arrangement initial.

Quel cynisme...

— Vous avez déjà imaginé le scénario.

Il haussa les épaules.

— Avec les journalistes, il vaut mieux être préparé. Je mettrai les points sur les *i*. Pas question de laisser supposer une réconciliation avec votre oncle.

Flora réprima un élan d'empathie. Umberto ne méritait pas sa pitié. Sans le fatal accident qui avait coûté la vie à ses parents, elle ne se serait jamais retrouvée sous sa garde.

Trop naïve, elle n'avait pris conscience que très récemment de sa malhonnêteté.

Elle se concentra.

— Il suffira d'apparaître ensemble en public ?

— Avec un comportement approprié.

— C'est-à-dire ?

Vito lui tendit la main. Aussitôt, son cœur fit un bond dans sa poitrine et elle lui jeta un regard soupçonneux.

— N'ayez pas peur. Je ne vais pas vous mordre.

Certes... Mais la seule idée de le toucher lui semblait ridiculement audacieuse... Elle obtempéra néanmoins, et il referma les doigts sur les siens pour l'attirer vers lui.

Aussitôt, son parfum épicé et boisé, très masculin, lui tourna la tête. Au prix d'un effort sur elle-même, elle parvint à garder les yeux ouverts.

Comme elle se sentait petite et fragile devant lui ! Il scruta son visage avec attention avant de s'arrêter sur sa bouche. La gorge sèche, elle frémit.

— Que faites-vous ? s'écria-t-elle en luttant contre la langueur qui l'envahissait.

— Je vous montre qu'il ne sera pas si difficile de faire semblant.

— Ah.

Le cerveau de Flora ne fonctionnait plus correctement...

Sans lui laisser le temps de réagir, Vito ôta les épingles de son chignon et enfouit les doigts dans la masse de ses cheveux.

— En réalité, nous n'aurons même pas besoin de simuler, poursuivit-il.

Un frisson courut sur la peau de Flora. Des paillettes dorées brillaient dans les yeux de Vito.

Il la désirait.

L'évidence la frappa en plein cœur. Des palpitations incontrôlables jaillirent au creux de son ventre. Elle serra les cuisses pour les réprimer.

Il fallait rester digne. Mais pouvait-elle cacher les réactions de son corps ? Quant à lui, il jouait bien la comédie. Pour un peu, elle y aurait cru.

Vito prit son menton entre le pouce et l'index et se pencha lentement. Quand sa bouche effleura la sienne, elle s'embrasa tout entière. Jamais elle n'avait ressenti une telle intensité, comme une incandescence.

Il posa les paumes sur ses joues, et elle poussa un long soupir. Quand sa langue s'introduisit entre ses lèvres, un vertige l'emporta. Elle se cramponna à lui. Le temps s'arrêta. Plus rien n'existait, que le plaisir de ce baiser.

Elle rouvrit les paupières quand il s'écarta et desserra l'étreinte de ses doigts sur ses bras.

Benji choisit cet instant pour se manifester par des grognements. Heureuse de cette diversion, elle se baissa en tremblant pour le caresser.

Cela lui permit de maîtriser son trouble et de recouvrer ses esprits.

— D'accord, j'ai compris, dit-elle en se redressant. La démonstration était... très convaincante. J'ai failli me laisser prendre.

Il fronça les sourcils.

— Je ne faisais pas semblant, Flora. J'avais vraiment envie de vous embrasser. Vous sentez bien cette électricité entre nous.

Elle chancela sur ses jambes.

— Je... C'est très nouveau pour moi. Je ne sais pas quoi penser.

Vito lui lança un regard circonspect.

— C'est votre premier baiser ?

Flora hocha la tête, cramoisie.

— Réellement ?

Elle préféra dire la vérité. Vito s'en serait forcément rendu compte, tôt ou tard.

— Je n'ai aucune expérience. Je suis vierge, avoua-t-elle crûment. C'est ce que vous vouliez savoir, non ?

5

Vito avait l'air incrédule. Dans l'univers où il évoluait, une telle révélation paraissait hautement improbable.

— Mais... comment est-ce possible ?

Embarrassée, Flora croisa les bras sur sa poitrine. Elle avait froid, à présent.

— J'ai été scolarisée à domicile et n'ai quasiment pas eu de vie sociale. Après mes études secondaires, mon oncle m'a gardée au *palazzo* pour que j'aide ma tante dans les tâches domestiques.

— Vous auriez pu partir.

— Je me sentais trop redevable. Je n'osais pas. Quand je posais des questions sur mon héritage, mon oncle prétendait qu'il valait mieux attendre pour récupérer les bénéfices de ses investissements. Ce n'était jamais le bon moment. Le projet de mariage avec vous m'a enfin donné l'espoir de me libérer de sa tutelle et de toucher mon dû.

Vito recula en secouant la tête.

— Je ne m'attendais pas à cet aveu. Cela change tout.

Flora songea aussitôt au centre d'accueil pour les femmes.

— Vous allez revenir sur votre promesse ?

— Non. Mais je ne voudrais pas vous mettre mal à l'aise.

Flora perdit contenance.

— Vous avez menti alors, tout à l'heure ? Vous n'éprouvez pas vraiment de désir ?

— Si. Comme cela ne m'est pas arrivé depuis très longtemps, répondit-il sombrement.

Ridiculement soulagée, elle ne put s'empêcher de poser la question qui lui brûlait les lèvres.

— Alors, où est le problème ?

Vito serra les mâchoires.

— Je ne séduis pas les jeunes filles. Je ne serai pas votre premier amant, Flora. Si je commençais à vous toucher, je serais incapable de me retenir. Un baiser comme celui que nous venons d'échanger ne peut pas finir autrement que dans mon lit.

Une chaleur intense envahit Flora tandis que des images torrides se présentaient à son esprit.

Elle essaya de se draper dans sa dignité.

— Vous êtes très présomptueux. Qui vous dit que je céderais ?

Ses doigts de pied se recroquevillèrent dans ses chaussures. Qui croyait-elle tromper ? Elle se serait donnée à lui sans l'ombre d'une hésitation.

— Si vous résistiez, vous seriez plus forte que moi.

Lui faisait-elle réellement autant d'effet ? La tête lui tourna.

— Ma virginité vous refroidit ? demanda-t-elle.

— Je ne suis pas un homme pour vous, Flora. Je n'ai à vous offrir que quelques instants de plaisir fugitifs. Je vous quitterai dès que j'aurai obtenu ce que je veux. Vous méritez mieux. Il vous faut de la douceur, de la délicatesse.

Flora se retint de protester. La douceur lui paraissait presque incongrue au vu de ce qu'elle ressentait. Elle désirait cet homme de tout son être. Un baiser avait suffi pour la perdre !

— Je ne savais pas que vous me teniez en si haute estime, railla-t-elle.

Vito la foudroya du regard.

— Et si je n'étais pas vierge ? lança-t-elle.

— Cette conversation n'aurait pas lieu.

Flora frissonna. Si elle n'avait rien dit, ils seraient en train de faire l'amour...

— Ne vous inquiétez pas, je tiendrai ma promesse pour le centre d'accueil, ajouta-t-il. Sentez-vous libre de rester chez moi jusqu'à ce que vous trouviez un travail.

— Cela ne nuira pas à votre précieuse notoriété ?

— Je m'en accommoderai.

— Si vous tenez tant à sauver votre réputation, il ne doit pas manquer de femmes qui seraient prêtes à parader avec vous en public. Pourquoi avoir jeté votre dévolu sur moi ?

Parce qu'aucune autre ne me plaît suffisamment, songea Vito en son for intérieur. Avant Flora, personne ne lui avait inspiré ce stratagème. L'idée ne l'avait même pas effleuré.

Maintenant, il regrettait sa précipitation. Il avait manqué de finesse, en obéissant à une pulsion... Il n'avait pas résisté au désir de l'embrasser. Juste pour *savoir*. À présent, il n'avait plus de doute.

Malheureusement, il avait pour règle de ne pas séduire les ingénues. Il craignait qu'elles s'attachent émotionnellement et il ne voulait pas s'engager. Par peur de souffrir. Après la mort de ses parents, Vito s'était juré de ne plus nouer de liens affectifs.

Il ne voulait ni se marier ni fonder une famille. De cette façon, il ne risquerait pas de perdre une nouvelle fois des êtres chers. Il ne s'en serait pas remis.

Même si cette éventualité était hautement improbable, il préférait se protéger.

Lâche.

Ses activités professionnelles suffisaient à remplir une existence agrémentée de quelques plaisirs bien mérités. Il avait enfin restauré la dignité des Vitale, dont le nom avait été entaché par des rumeurs de corruption infondées. En anéantissant l'empire d'Umberto Gavia, il avait atteint l'objectif de sa vie. Tout le reste était superflu.

— La discussion est close, déclara-t-il sèchement. Vous pouvez loger chez moi le temps qu'il faudra pour retomber sur vos pieds. N'attendez rien de plus.

Flora plissa les yeux d'un air soupçonneux. Y avait-il du calcul dans son expression ? Il n'en était pas absolument sûr… Cela ne dura qu'une fraction de seconde.

Elle se baissa pour prendre Benji dans ses bras.

— Merci. Je me ferai discrète. Vous remarquerez à peine ma présence.

Quand elle quitta la pièce, Vito eut envie de la rattraper pour finir ce qu'ils avaient commencé…

Il réprima un juron. Quel curieux moment pour découvrir qu'il avait une conscience morale…

Vito fut distrait et irritable toute la journée. Il n'arrêtait pas de penser à ce baiser qui avait allumé en lui un désir inassouvi.

Il rentra tard, après un dîner d'affaires particulièrement ennuyeux. C'était le jour de congé de Sofia. Flora était probablement couchée. Il l'imagina étendue dans son lit, auréolée d'un halo de boucles brunes sur l'oreiller… Il se versa un whisky pour la chasser de son esprit.

Debout devant la fenêtre, il contemplait Rome. Généralement, la vue magnifique le rassérénait. Il mesurait avec satisfaction le chemin parcouru depuis la chute et la disgrâce de son père.

À quoi bon cette belle réussite si personne n'en bénéficie après toi ? Sans descendance, rien ne te survivra.

Il fronça les sourcils en considérant son reflet sur la vitre. D'habitude, sa vie libre, sans contraintes, lui convenait parfaitement. Aujourd'hui, il avait l'impression de laisser passer une chance inattendue, exceptionnelle. *Flora.*

À ce moment précis, il entendit un bruit et se retourna.

— Flora ? C'est vous ?

Elle tarda à répondre.

— Oui, c'est moi, dit-elle enfin depuis le hall.

— Que faites-vous ?

— Je sors.

Il posa son verre et s'approcha. En la voyant, il faillit s'étouffer. Elle était méconnaissable.

— Comment êtes-vous habillée !

Flora, qui tremblait comme une feuille, refusa de se laisser impressionner par la réaction de Vito. Sa robe, cadeau d'une femme du centre d'accueil, était très provocante, mais elle l'avait choisie précisément pour cette raison.

C'était la tenue parfaite pour réaliser le but qu'elle poursuivait. Perdre sa virginité.

Vito lui avait lancé un défi sans le savoir. Elle était décidée à le relever. L'environnement où elle avait grandi ne la prédisposait pas aux illusions romantiques. Elle avait donc résolu, d'une manière très pratique, de se débarrasser de sa virginité encombrante.

— Cela ne vous plaît pas ? lança-t-elle sur un ton arrogant.

De fines bretelles retenaient sur ses épaules le fourreau en lamé, profondément décolleté et qui s'arrêtait à mi-cuisse.

— C'est très suggestif. Et aguichant, répliqua Vito.

Sa remarque galvanisa Flora.

— Tant mieux. C'est exactement l'effet recherché.

— Pourquoi ?

— Puisque vous ne voulez pas être mon premier amant, je vais chercher quelqu'un d'autre. Ma virginité ne sera plus un obstacle entre nous. Vous n'aurez plus d'excuse.

Elle se dirigea vers la porte en espérant ne pas trébucher sur ses talons aiguilles.

— Où allez-vous ?

— Au *Diablo*. Apparemment, c'est le meilleur night-club de Rome.

— Vous savez combien coûte l'entrée ?

— On invite gratuitement les jolies femmes, lança-t-elle avec plus d'assurance qu'elle n'en avait.

— Vous risquez de rencontrer des individus peu recommandables.

— Vous parlez en connaissance de cause ? ironisa-t-elle.

Il s'approcha.

— Vous ne trouverez pas celui qu'il vous faut dans ce genre d'endroit, Flora.

— Qu'en savez-vous ?

Elle sortit sur le palier.

— C'est de la folie ! protesta-t-il en la poursuivant. Vous n'oserez jamais aller là-bas !

— Vous me sous-estimez ! lança-t-elle en pénétrant dans l'ascenseur.

6

Vito scrutait la foule sous les lumières stroboscopiques. Les basses de la musique assourdissante résonnaient dans sa poitrine.

Il ne voyait nulle part sa tentatrice aux cheveux fous.

— Vito ! Cela fait longtemps !

Ignorant l'ami qui l'interpellait, il traversa le bar et vint s'accouder à la balustrade, au-dessus de la piste de danse. Les corps ondulaient en rythme, pressés les uns contre les autres, dans une atmosphère moite et décadente. Quel plaisir avait-il eu à fréquenter un tel endroit ?

Plein de prédateurs.

Comme toi.

Il esquissa une grimace qui découragea une habituée de sa connaissance.

C'est alors qu'il la vit. Au milieu d'un petit groupe d'hommes, une flûte de champagne à la main, elle riait, mais d'une manière contenue. Manifestement, elle n'était pas très détendue.

Elle l'aperçut à son tour et leva son verre. Puis, elle le vida d'un coup, comme pour se donner du courage, et se laissa entraîner sur la piste.

Vito se précipita dans l'escalier. D'humeur assassine, il avait envie de hurler *Elle est à moi. À moi !* Sa bonne conscience l'avait complètement abandonné.

Personne d'autre que lui ne posséderait Flora.

Un peu étourdie après avoir bu d'un trait sa flûte de champagne, Flora s'abandonna à une douce euphorie. Désormais, aucun homme ne lui dicterait plus sa conduite. Elle avait vécu trop longtemps recluse dans le *palazzo* de son oncle. Il n'était pas question de supporter d'autres brimades. Elle voulait vivre. Pleinement.

Son cavalier la dévorait des yeux en fixant obstinément son décolleté. Son regard lubrique la mettait mal à l'aise. Elle avait envisagé les choses différemment...

Tout à coup, quelqu'un d'autre le remplaça. Plus grand, plus large d'épaules. *Vito.*

Les mâchoires crispées, il paraissait très en colère.

Elle s'immobilisa, les mains sur les hanches.

— Allez-vous-en.

— Non.

— J'aurai ma première relation sexuelle ce soir. Ce n'est pas vous qui m'en empêcherez.

— Dans ce cas, ce sera avec moi et personne d'autre.

Le cœur de Flora se mit à battre la chamade.

— Pardon ?

Il la prit par la taille et l'attira vers lui.

— Vous avez très bien entendu.

— Répétez.

Vito la pressa contre lui. Elle frissonna au contact de ses mains sur son dos nu.

— J'ai envie de vous, Flora.

Elle frémit en sentant son érection.

— Mais... Vous ne vouliez pas être mon premier amant.

— J'ai changé d'avis.

Sa barbe naissante, sur ses joues, assombrissait ses traits. Elle la toucha du bout des doigts, timidement. Quand il appuya sa paume sur ses lèvres, elle chancela sur ses jambes.

Il la soutint de son bras.

— Partons.

Comme elle hésitait, il s'impatienta. Un désir fou se lisait sur ses traits. Pour elle.

— J'aimerais rester encore un peu. C'est la première fois que je mets les pieds dans un night-club…

D'abord surpris, il hocha la tête.

— D'accord. Juste une chanson…

Elle se mit à bouger et virevolter devant lui. Quel bonheur de vibrer ainsi, de se sentir jeune et belle sous le regard d'un homme ! À la fin du morceau, elle eut brusquement envie de sensations plus vives, plus… physiques.

— Nous pouvons y aller, maintenant, murmura-t-elle.

Le trajet jusque chez Vito s'effectua en silence. En proie à une excitation indescriptible, Flora jetait de temps en temps un regard inquiet en direction de Vito.

— Si vous changez d'avis…, risqua-t-elle au moment où ils arrivaient.

Il s'arrêta devant l'immeuble et donna les clés au concierge pour mettre la voiture au garage.

— Je n'ai jamais été aussi sûr de moi, répondit-il.

Elle humecta ses lèvres sèches.

— C'est-à-dire ?

S'il se contentait de la ramener à l'appartement sans donner suite, elle sauterait dans un taxi pour retourner à la boîte de nuit.

— Je serai ton premier amant, Flora. Tu seras à moi.

Une sorte de décharge électrique la transperça.

— Je… D'accord.

Il lui prit la main pour la guider vers l'ascenseur. Quand les portes se refermèrent, Flora enleva ses hauts talons.

— Je ne sais pas comment les femmes supportent de marcher avec cela, marmonna-t-elle.

Dès qu'ils furent arrivés dans le vestibule, Vito prit ses chaussures, les jeta par terre et plaqua Flora contre le mur.

— J'ignore si cette petite mise en scène était préméditée, mais cela a marché.

Flora plissa le front. Elle avait agi impulsivement, sans prévoir les réactions de Vito.

— Je... je voulais simplement écarter l'obstacle qui... nous empêchait de...

— Faire l'amour ?

Elle hocha la tête, soulagée qu'il achève sa phrase, et regarda fixement sa bouche.

— Arrêtons de parler, maintenant.

Il l'embrassa avec une telle ardeur qu'elle se cramponna à lui pour ne pas vaciller. En même temps, il la caressait fébrilement, et elle se tortilla entre ses bras tout en se frottant contre lui.

Il s'écarta brusquement.

— Pas ici.

Il la souleva dans ses bras et la porta dans le couloir, jusqu'à sa chambre.

— Attends ! s'écria-t-elle soudain. Benji...

— Damiano s'en occupe. Nous le récupérerons demain matin.

Il avait dit « nous ». Le cœur de Flora chavira. Vito n'oubliait pas son petit chien.

Ils seraient bientôt seuls, sans crainte d'être dérangés. Flora s'apprêtait à vivre une étape décisive de son existence qui la changerait à tout jamais. L'impatience et le désir la dévoraient. Tout se bousculait en elle, comme si une tempête se déchaînait avant de l'emporter vers l'inconnu.

Quand Vito la reposa sur ses deux pieds, un grand embarras l'envahit. Elle éprouvait aussi une certaine fierté à l'idée de figurer dans le catalogue des conquêtes de Vittorio Vitale, quoique certainement pas à la place d'honneur...

Il la contempla avec une sorte d'admiration éperdue, et elle se raccrocha à cette illusion.

— Je veux te voir nue, dit-il.

Elle frémit d'appréhension. Elle se sentait trop vulnérable pour se déshabiller.

— Toi d'abord.

Sans hésiter, il enleva sa chemise. Elle n'eut pas le temps de contempler sa musculature que déjà il ôtait son pantalon. Son caleçon suivit, et elle resta médusée devant son érection.

Inconsciemment, elle serra les cuisses, comme pour contenir son trouble.

Sans réfléchir, elle effleura la toison de son torse. Une ligne sombre descendait vers son abdomen jusqu'à son sexe. Il avait un corps absolument parfait. Bouleversée par sa virilité, elle s'affola tout à coup. Il avait tellement d'expérience, comparé à elle...

— Vito... Finalement, ce n'est peut-être pas une bonne idée. Tu seras forcément déçu...

Il posa un doigt sur ses lèvres.

— Tu ne veux plus ?

— Si... Je n'ai jamais rien désiré aussi fort.

— Alors, enlève tes vêtements.

Elle fit glisser une bretelle par-dessus son épaule. Puis l'autre. Vito tendit la main et tira légèrement sur la robe qui tomba par terre dans un bruissement. Il retint une exclamation.

Elle n'osait pas lever les yeux pour voir sa réaction.

— Tu es... encore plus belle que dans mes rêves.

Elle plongea le regard au fond du sien, impénétrable. Il avait donc rêvé d'elle ?

Il posa les paumes sur ses seins, puis les caressa doucement, avec le pouce.

Flora se mordit la lèvre. Et tandis que Vito se penchait pour capturer sa bouche, elle passa les bras autour de son cou pour mieux s'offrir à son baiser. Ils étaient collés l'un à l'autre, totalement. De la tête aux pieds, toute la surface de leurs corps était en contact. C'était une sensation étonnante, vertigineuse.

Éperdue de désir, elle se laissa porter sur le lit. Une mèche de cheveux retombait sur le front de Vito. Cela lui donnait un air juvénile.

Il pressa de nouveau sa paume contre sa bouche.

— Vito... Je t'en prie... Je te veux.

Il la scruta avec attention.

— Je veux m'assurer que tu es prête. La première fois risque de te faire un peu mal.

Elle se débarrassa de sa petite culotte en dentelle.

— Tout se passera bien. Je ne suis pas en verre.

Il eut une expression attendrie.

— C'est vrai.

Il glissa la main sur son sexe et se mit à l'explorer délicatement. Complètement offerte, elle s'ouvrit sous ses caresses en bougeant les hanches, la tête renversée en arrière.

Une vague de plaisir l'emporta, et elle retint son souffle un long moment avant de recouvrir ses esprits.

Quand elle rouvrit les paupières, Vito était en train de mettre un préservatif. Il se positionna entre ses jambes en s'appuyant sur les coudes.

Les spasmes de son orgasme se calmaient à peine que Flora arquait déjà les reins à sa rencontre.

— Un peu de patience, chuchota Vito.

Elle poussa un petit cri étonné au moment où il la pénétra, puis retint sa respiration pendant qu'il s'enfonçait en elle très doucement, en guettant ses réactions. Il se retira et recommença, plusieurs fois, avant de commencer à bouger, sur un rythme immémorial, aussi vieux que l'humanité.

Emportée par un véritable maelström, Flora n'était plus qu'une boule de sensations incandescentes. Tout au bord de la jouissance elle noua les chevilles autour des reins de Vito en poussant une sorte de sanglot.

Il prit une pointe de sein entre ses lèvres, puis la mordit doucement. Le plaisir déferla, et il sombra en même temps dans un océan de plaisir, avec des soubresauts d'une violence inouïe.

Dehors, l'aube rosissait le ciel de Rome, mais Vito demeurait indifférent à la splendeur de l'aurore. Une serviette autour des reins, il contemplait Flora encore endormie. À peine sorti de la douche, il se surprit à regretter son odeur sur sa peau.

La situation le rendait nerveux. Que lui arrivait-il ? Il ne se reconnaissait pas.

Il faut dire qu'elle était ravissante. Un bras alangui posé au-dessus de sa tête soulevait légèrement sa poitrine ronde et menue. Ses mèches auburn éparpillées lui rappelaient l'instant où il avait enfoui les doigts dans la masse de sa chevelure, quand le paroxysme l'avait emporté. Jamais il n'avait éprouvé un plaisir aussi fort. Parce qu'elle était vierge.

Non. C'était plus profond. Dès le premier baiser, il avait compris qu'ils s'accorderaient merveilleusement. Et même que leur intimité embellirait au fil du temps.

Les plaisirs de la chair ne l'avaient jamais transporté à ce point.

Une sorte de panique s'empara de lui, avec une impression de claustrophobie. Il parvint néanmoins à se maîtriser. Après toutes les épreuves qu'il avait surmontées, il avait acquis une force de caractère indestructible. Flora n'entamerait pas sa détermination, même si le sexe dépassait tout ce qu'il avait connu jusque-là.

Il n'allait pas perdre la tête pour une femme !

Vito était un solitaire qui n'avait nullement l'intention de changer. La vie l'avait endurci à tout jamais. Il ne s'attacherait à personne.

Il fallait établir clairement les limites de sa relation avec Flora, afin qu'elle n'imagine rien au-delà d'une intimité purement physique. Pour commencer, il allait la ramener dans sa chambre. D'habitude, il dormait seul, même après l'amour.

Elle ouvrit les yeux au moment où il se penchait pour la soulever dans ses bras. Immédiatement, son regard pailleté d'or l'ébranla.

Elle s'appuya sur un coude, dans une pose délicieusement langoureuse. Sexy.

— Comment te sens-tu ? demanda-t-il.

Elle réfléchit un instant.

— Bien... Pendant une seconde, j'ai cru que j'avais rêvé. Mais non...

Elle toucha ses joues rasées de frais.

— Tu es bien réel. C'est incroyable.

Au lieu d'exécuter la décision qu'il venait de prendre, Vito enleva sa serviette et se glissa dans le lit en respirant son odeur.

Pourquoi diable la remmènerait-il dans sa chambre alors qu'elle se pelotonnait douillettement contre lui, avide de caresses et de baisers ?

— Tu as mal ? demanda-t-il.

Elle rougit un peu.

— Pas vraiment. Je... J'ai encore envie de toi, Vito. Est-ce que... c'est trop ?

Elle enfouit la tête au creux de son épaule comme pour cacher son embarras. Aussitôt, Vito refoula une émotion intempestive.

Il s'agissait de sexe et rien d'autre.

Il prit son menton entre le pouce et l'index et plongea les yeux dans les siens.

— Non, ce n'est pas trop. Moi aussi, j'ai envie de toi. Mais cette fois-ci... nous allons prendre tout notre temps.

Elle retint son souffle tandis qu'il explorait les replis de son sexe brûlant, réveillant une urgence qui les précipita très vite dans une autre dimension.

7

Il faisait grand jour quand Flora s'éveilla. Elle bondit en regardant l'heure à sa montre. Midi. Encore. Jamais elle n'avait dormi aussi tard.

Puis, elle s'immobilisa en se remémorant les événements de la nuit. Elle n'était pas dans sa chambre, mais dans celle de Vito, nue, dans un lit aux draps froissés. Une délicieuse langueur coulait dans ses veines. Elle avait envie de se recoucher pour savourer son bien-être.

Un léger frisson la parcourut. La découverte de la sexualité l'avait transformée à un point inimaginable. Elle se sentait autre, merveilleusement... femme.

Vito avait fait preuve d'une douceur et d'une délicatesse sans pareilles. Un mélange de joie et de gratitude lui gonfla le cœur. Extrêmement attentif, il avait deviné le moindre de ses désirs. Capable d'une patience infinie, il savait aussi se montrer ardent et impétueux.

Au plus fort du plaisir, elle l'avait sauvagement mordu à l'épaule. Rouge de confusion, elle cacha son visage dans ses mains.

— Qu'y a-t-il ? Tu ne te sens pas bien ? Tu as mal ?

La voix de Vito la fit sursauter. Au même moment, une petite boule de poils atterrit sur le lit et lui lécha affectueusement les joues. Elle négligeait affreusement Benji...

— Tu aurais dû me réveiller, s'écria-t-elle en ramenant pudiquement un drap sur elle.

Debout sur le seuil, vêtu d'un pantalon de lin noir et d'un polo à manches courtes, Vito paraissait tout droit sorti des pages glacées de *Vogue Italia*.

Il haussa les sourcils.

— Pourquoi ? Tu n'as rien à faire. Profites-en pour te reposer.

Avant le jour fatal où sa vie avait basculé, Flora s'occupait sans relâche du *palazzo* de son oncle et sa tante. Depuis, elle vivait dans l'urgence et avait du mal à refaire surface

— Il faut que je cherche du travail.

— Tu en trouveras sans problème. Mais la situation a changé, maintenant. Nous revenons au plan A.

— C'est-à-dire ?

— Nous faisons semblant d'être en couple. Après cette nuit, les gestes tendres ne te poseront plus de problème en public.

Son arrogance irrita Flora. Mais comment protester ? C'était elle qui avait insisté.

— Je... peut-être, bredouilla-t-elle.

— Sofia t'a préparé un brunch. Ensuite, une *team glamour* s'occupera de toi.

— Une *team glamour* ?

— Une styliste avec une coiffeuse, une esthéticienne et une maquilleuse. Nous faisons notre première sortie ce soir.

— Ce soir ! s'écria-t-elle, affolée.

— Cela t'inquiète ?

— Je n'ai pas vraiment l'habitude des réceptions, en dehors de celles que donnait mon oncle au *palazzo*.

Vito resta silencieux un long moment.

— Tu ne sortais pas ?

— J'étais libre de mes mouvements dans la journée. Généralement, je me contentais de faire le marché avec la bonne. Quand ils étaient en voyage, j'allais dans les musées et les galeries d'art.

— Tu n’avais pas d’amis ? Pas d’invitations ?

— Pas vraiment, avoua-t-elle avec embarras. Comme je t’ai dit, on m’a fait la classe à la maison.

— As-tu déjà quitté l’Italie ? demanda-t-il tout à coup.

Flora secoua la tête.

— Non, pas depuis que je suis arrivée d’Angleterre après la mort de mes parents et de mon petit frère Charlie.

— Cet homme te gardait recluse, comme Cendrillon. Il ne te manquait que deux méchantes demi-sœurs !

Flora n’avait jamais porté de jugement de valeur sur le comportement de son oncle. Sa loyauté envers celui qui l’avait recueillie le lui interdisait.

— Je ne me plains pas. J’ai vécu dans un beau *palazzo* et j’ai reçu une bonne éducation.

Vito étouffa un juron.

— Un *palazzo* décrépit qui n’aurait même pas servi de décor pour un film des studios Cinecittà.

Flora éclata d’un rire spontané.

— Mon oncle a juste des goûts un peu vieillots…

— Disons plutôt qu’il est très avare.

Vito avait raison, bien sûr. Flora avait toujours soupçonné la vérité sans se l’avouer vraiment. Elle se rendait maintenant à l’évidence. Umberto l’avait empêchée de voler de ses propres ailes pour mettre le grappin sur son héritage.

Cette prise de conscience lui faisait d’autant plus apprécier la chance que Vito lui offrait. Elle allait mettre les bouchées doubles pour rattraper le temps perdu.

— À quelle heure vient la *team glamour* ?

— Quinze heures.

— Quand repars-tu au bureau ?

— Je devrais déjà y être.

Rassemblant tout son courage, Flora rejeta le drap et se leva. Nue.

— Puisque tu es déjà en retard, un peu plus ou un peu moins n'a aucune importance.

L'espace d'une fraction de seconde, Vito sembla hésiter. Puis, il s'approcha, prit Benji dans ses bras, le mit fermement dehors, referma la porte et rejoignit Flora tout en se déshabillant.

Le soleil inondait la pièce. Nimbé par un rayon de lumière, il était beau comme un dieu.

— Si tu continues à me regarder ainsi, nous serons encore là demain matin, murmura Vito en la prenant par la taille.

Elle se serra contre lui en frissonnant au contact de son érection.

— Je ne demande pas mieux..., chuchota-t-elle, étonnée par sa propre audace.

Vito enroula une mèche de cheveux autour de son poignet.

— Pas question. Je tiens à t'emmener à cette soirée, pour montrer au monde entier le joyau qu'on lui a trop longtemps caché.

Une émotion indicible étreignit Flora. Anxieuse de dissimuler son trouble, elle enlaça Vito par le cou et ils retombèrent tous deux sur le lit dans un enchevêtrement de bras et de jambes. Bientôt, les soupirs et les murmures envahirent le silence, et ils se perdirent dans l'ivresse des sensations.

Flora contemplait son reflet dans la glace avec une expression soupçonneuse. Même Benji paraissait ébahi.

— C'est bien moi, Ben, l'assura-t-elle sur un ton de reproche.

Elle huma le parfum déposé au creux de son poignet, floral et musqué en même temps. Il lui plaisait, même s'il ne lui correspondait pas tout à fait.

Visuellement, elle était presque méconnaissable. Comme la Cendrillon du conte, on l'avait métamorphosée.

La styliste et son équipe l'attendaient déjà quand elle avait émergé de la chambre avec Vito, rompue de plaisir et un peu coupable, comme une enfant prise en faute.

— Surtout, ne lissez pas les cheveux de madame, avait recommandé Vito en la confiant aux esthéticiennes.

Ses consignes avaient singulièrement ému Flora, comme si sa vulnérabilité soigneusement refoulée éclatait soudain au grand jour.

Entre la manucure, le massage facial, la coiffure et les essayages, un véritable tourbillon l'avait emportée jusqu'au résultat final, époustouflant.

Le bustier de sa robe rose pâle, un peu trop décolleté à son goût malgré les conseils personnalisés de l'habilleuse, soulignait la minceur de sa taille. La jupe de mousseline de soie s'évasait en flots vaporeux jusqu'aux chevilles.

Une parure de diamants très simple complétait sa toilette, avec une bague assortie à l'index.

Sa lourde chevelure, relevée sur un côté par un clip en diamant, retombait souplement sur une épaule. La coiffeuse lui avait donné des produits miraculeux pour discipliner ses boucles tout en conservant leur beauté naturelle.

Au plus grand soulagement de Flora, son maquillage, bien que très recherché, ne paraissait le moins du monde sophistiqué. Une ombre dorée sur les paupières mettait en valeur ses grands yeux aux longs cils noirs. Un voile de blush sur ses joues rehaussait ses pommettes et une pointe de rouge rendait ses lèvres incroyablement sensuelles et provocantes. Elle s'apprêtait à les essuyer avec un mouchoir quand Vito apparut.

Subjuguée par sa prestance, Flora oublia instantanément ses préoccupations personnelles. La pensée de s'afficher avec lui en public lui donnait un trac fou.

Vito fronça les sourcils.

— Qu'y a-t-il ? Tu as l'air inquiète.

Il approcha une chaise. Elle flageolait littéralement sur ses jambes. Il s'était passé tant de choses au cours des dernières vingt-quatre heures…

Vito sentait délicieusement bon, ce qui n'arrangeait rien. Elle s'obligea à respirer longuement pour calmer sa respiration et les battements de son cœur.

Vito lui donna un verre d'eau, et elle but une gorgée.

— Je ne sais pas si j'y arriverai, murmura-t-elle.

— À quoi ?

— Sortir avec toi. T'accompagner. Je n'ai pas l'habitude des mondanités, tu le sais. Personne ne me connaît dans la haute société. Cela explique pourquoi les gens étaient si nombreux à mon mariage. Ils étaient curieux de me voir.

Vito crispa les mâchoires.

— Flora, si j'avais imaginé les conséquences pour toi…

Elle l'interrompit d'un geste.

— Ce n'est pas ta faute. Tu ne pouvais pas te douter.

Vito lui tendit la main.

— Viens.

Elle se leva à contrecœur. Dès qu'il la prit par les épaules, une petite décharge électrique la parcourut. Son corps s'accordait magnifiquement à cet homme, comme un instrument de musique vibrant sous les doigts d'un interprète.

Il la mena devant la glace.

— Regarde-toi !

Oubliant sa panique, elle remarqua sa haute taille et ses mains brunes qui contrastaient avec la blancheur de ses épaules.

— C'est toi qu'il faut regarder ! lança-t-il.

Elle obtempéra timidement. Sa voix résonnait le long de son dos tandis qu'il lui parlait.

— Tu es belle, Flora. J'ai honte de ne pas m'en être aperçu avant le jour où tu as débarqué dans mon bureau. J'étais obnubilé par mes problèmes avec ton oncle.

Le cœur de Flora recommença à battre très vite.

— Toi, tu m'as plu tout de suite, dès la première fois, avoua-t-elle à mi-voix.

— Tu te cachais dans les coins sombres.

— Tu m'intimidais beaucoup.

— Si je n'avais pas été aussi obsédé par ma vengeance, les choses se seraient peut-être déroulées autrement.

— Tu ne m'aurais quand même pas épousée, s'esclaffa Flora.

— C'est vrai. Je ne veux pas me marier. Mais... nous aurions pris conscience de nos désirs beaucoup plus tôt.

Flora secoua la tête et se retourna vers lui en se dégageant.

— Non, tu avais trop de haine.

— Peut-être.

— Quoi qu'il en soit, je suis très contente d'avoir définitivement rompu les liens avec mon oncle. Je suis fière de mon indépendance.

Mais tu y renoncerais pour lui...

Cette révélation l'ébranla. Jamais Vittorio ne s'attacherait durablement à elle. Pour le moment, elle lui plaisait, mais son intérêt faiblirait quand sa culpabilité serait apaisée. Il partirait alors à la conquête d'une autre.

C'était pour le mieux. Flora n'était pas sûre elle-même de savoir ce qu'elle voulait pour l'avenir. Son oncle l'avait tellement bridée qu'elle voulait surtout profiter de sa liberté.

Et de Vito, souffla une petite voix intérieure.

Il la considéra d'un air satisfait.

— Tu as repris des couleurs. Enfin.

— Allons-y ! suggéra-t-elle pour se soustraire à son regard scrutateur.

Il acquiesça sans rien ajouter. Après avoir installé Benji dans un coin de la cuisine, ils descendirent au rez-de-chaussée, où le chauffeur les attendait dans le hall.

Pendant le trajet, Flora repensa à la manière catégorique dont Vito écartait toute idée de mariage.

— À quoi bon être aussi riche si tu n'as pas d'héritiers ? demanda-t-elle.

Vito secoua la tête avec une expression de totale indifférence.

— Je n'ai pas besoin de descendants. J'ai perdu la seule famille que j'avais et je n'en veux pas d'autre. J'ai redonné du lustre au nom de mon père. C'est tout ce qui m'importe.

Le cœur de Flora se serra. Elle comprenait parfaitement ses réactions.

Leur arrivée à destination mit un terme à ses réflexions. Une foule scintillante se pressait à l'entrée d'un illustre musée où se tenait le vernissage d'une exposition. Les invitations s'étaient arrachées à prix d'or. Les bénéfices seraient reversés intégralement à des œuvres caritatives.

Sans crier gare, une peur panique s'empara de Flora. Les femmes arboraient des chignons compliqués... Aussitôt, ses complexes resurgirent avec force. Elle agrippa la main de Vito.

— On aurait dû me coiffer autrement.

— Pas du tout ! Tu vas faire des envieuses, au contraire.

Flora aurait préféré passer inaperçue. Mais déjà la voiture s'arrêtait. Vito descendit le premier et fit le tour pour lui ouvrir sa portière. Il était trop tard pour reculer.

Elle avait tout déclenché la veille au soir en essayant de s'échapper, déterminée à perdre son innocence...

Elle était parvenue à ses fins. Le rouge lui monta aux joues quand elle repensa à la succession des événements. Par une sorte de fatalité, Vito avait lui-même supprimé l'obstacle de sa virginité. À présent, elle devait s'acquitter de son rôle.

Elle inspira profondément en sortant du véhicule.

— Prête ? lança Vito.

Elle hocha la tête en se cuirassant mentalement.

Rien ne l'avait préparée à la meute des paparazzis qui se pressaient au bord du tapis rouge. Les flashs des appareils photo crépitèrent, couverts par les questions qui fusaient.

— Vito ! Regardez par ici ! Qui est cette jolie femme ?

Ils ne reconnaissaient pas celle qu'ils avaient vainement guettée sur le parvis de l'église le jour du mariage. Heureusement, le prêtre lui avait épargné cette humiliation superflue en la faisant sortir discrètement par une porte dérobée de la sacristie.

Ignominieusement rejetée par son oncle et sa tante, folle de rage, elle s'était fait conduire au bureau de Vito. Quelle stupéfaction de le trouver là comme un jour ordinaire !

— Vito, qui vous accompagne ?

Vito pressa la main de Flora.

— Vous ne reconnaissez pas Flora Gavia ?

Un silence presque comique suivit sa déclaration. Puis, le tumulte reprit pendant qu'ils gravissaient les marches. Ce fut seulement en arrivant dans le grand hall que Flora comprit la portée de sa réponse. Vittorio Vitale avait renoué avec sa fiancée et l'annonçait publiquement !

Elle jeta un coup d'œil circulaire. Les invités montaient le grand escalier en marbre, sous un lustre de cristal qui brillait de mille feux. Des gerbes de fleurs, dans des vasques en pierre, ponctuaient l'espace de notes colorées. En comparaison, les fresques du plafond paraissaient presque ternes.

Parvenus sur le palier du premier étage, ils furent dirigés vers une vaste salle qui renfermait habituellement les sculptures de l'Antiquité, entreposées ailleurs pour l'occasion.

Vito prit deux coupes de champagne sur un plateau et lui en tendit une. Des portes-fenêtres ouvraient sur une terrasse qui surplombait un jardin magnifique.

— Tu es déjà venue ici ? demanda Vito.

— Oui, avec mon précepteur. J'y suis revenue souvent par la suite. Je passais parfois des après-midi entiers, assise sur un banc, à regarder les gens.

— Avec l'autorisation de ton oncle ?

— Pas vraiment. Je profitais de ses absences ou de ses voyages...

Elle se tut, un peu gênée.

— Tu dois me juger très faible d'avoir subi une telle emprise sans me rebeller.

— Pas du tout. Il faut beaucoup de courage et de grandeur d'âme pour supporter un tel environnement en gardant une nature aussi douce.

Flora n'eut pas le temps de savourer le compliment. Tout le monde la dévisageait et une remarque, dans son dos, la hérissa.

— C'est vraiment elle ? Non, je ne crois pas... Elle n'était pas aussi jolie.

Vito l'entendit probablement, car il l'enlaça par la taille avant de se retourner.

— Ah, *Contessa*, vous connaissez sans doute Flora Gavia ?

La comtesse rougit violemment et tendit la main.

— Naturellement. Quel plaisir, Miss Gavia ! Comment va votre oncle ?

— Je n'en ai aucune idée, répliqua Flora avec un large sourire. Je ne sais même pas où il est. Probablement en train de fomenter un mauvais coup.

Vito réprima une petite exclamation de surprise avant de prendre congé.

— Si vous voulez bien nous excuser, *Contessa*...

Il attendit d'être sur la terrasse pour éclater de rire.

— Me voilà rassuré. Tu sais comment remettre les vautours à leur place.

Flora haussa les épaules.

— Ce genre de snobs ne m'impressionne pas.

— Finalement, tu n'as peur de rien, alors ?

Elle hésita un peu.

— Si... D'être invisible. Comme je l'ai été au *palazzo*, toutes ces années.

Il resta silencieux un long moment, le regard perdu sur la foule des invités, derrière elle.

— Cela ne devrait plus t'inquiéter.

En se retournant, elle découvrit tous les regards fixés sur eux. Cramoisie, elle faillit enfouir le visage au creux de l'épaule de Vito.

— Ils s'ennuient et sont à l'affût du scandale, dit Vito en la serrant contre lui.

Elle s'empourpra davantage. Il était grand, solide, rassurant. Et il avait envie d'elle…

— Faisons-leur plaisir, reprit-il en l'embrassant à pleine bouche.

Incapable de réfléchir aux conséquences d'un tel comportement dans cette assemblée choisie, elle s'abandonna sans réserve à son baiser. Une autre peur, inavouable, commençait à la tourmenter. Elle redoutait le moment où Vito cesserait de la désirer.

Quelques heures plus tard, dans un demi-sommeil, Vito se remémorait le déroulement de la soirée. Pelotonnée contre lui, Flora avait glissé une jambe entre les siennes. Étonnamment, il prenait plaisir à leur intimité et n'avait pas envie de dormir seul.

Flora avait brillé tout au long de la réception, non seulement par sa beauté, mais aussi par sa spontanéité et sa gentillesse.

Sa douceur naturelle désamorçait le cynisme ambiant sans même qu'elle ouvre la bouche, coupant court aux médisances des femmes et à la concupiscence des hommes.

Vito se sentait très possessif, sans trop comprendre pourquoi.

Sans doute à cause d'un sentiment de culpabilité. Il ne se pardonnait pas de l'avoir littéralement jetée à la rue. Cette explication le soulageait.

En rentrant, dans la voiture, Flora lui avait retourné sa question et demandé ce qui lui faisait peur.

— Pas grand-chose, j'imagine, avait-elle ajouté.

Sur le point de se dérober, il s'était finalement confié. Comme elle, il s'était retrouvé sans rien, au fond du gouffre. Sa plus grande peur était de tout perdre à nouveau.

— C'est ce qui t'empêche de fonder une famille ?

— Oui. Je me consacre à mes affaires. Si jamais je faisais faillite, je m'en remettrais. On peut reconstruire une entreprise, mais on ne remplace pas des êtres humains.

Il l'avait scrutée attentivement.

— Tu as des souvenirs de ta famille ?

— Pas beaucoup. J'étais très jeune.

Il n'avait pas insisté. La psychologie et les émotions ne l'intéressaient pas vraiment. De toute façon, ils arrivaient.

— Je vais promener Benji, avait-il annoncé. Je te rejoins dans *ma* chambre.

Elle avait soigneusement plié sa robe sur une chaise et disposé les bijoux sur une commode. Contrairement à n'importe laquelle de ses maîtresses, elle ne l'attendait pas dans son lit, mais sur le balcon, en peignoir, accoudée à la balustrade, en train de contempler la ville. Tous ces détails l'émouvaient...

Fallait-il réagir ? La renvoyer dans sa chambre pour mettre un peu de distance ?

Comme si elle lisait dans ses pensées, elle se blottit contre lui et commença à le caresser, tout en déposant des baisers sur son torse. Il cessa de s'interroger...

Elle savait exactement à quoi s'en tenir. Puisqu'il avait clairement exclu toute possibilité de relation à long terme, pourquoi ne pas profiter simplement du présent ?

Il l'attira sur lui. Ses cheveux retombèrent en cascades autour d'eux.

— Ouvre les jambes, dit-il.

Elle obtempéra et s'installa à califourchon pour le prendre en elle. Ils firent l'amour fougueusement et s'abîmèrent dans un plaisir si intense que Vito en oublia toute méfiance.

8

— Cela te plairait d'aller à New York ?

Assise à la table du petit déjeuner devant un bol de granola au yaourt, Flora s'immobilisa, la cuillère en l'air.

— Tu es sérieux ?

Vito hocha la tête.

— J'ouvre une succursale aux États-Unis, avec une grande soirée d'inauguration.

Une délicieuse excitation envahit Flora.

— J'ai toujours rêvé d'aller à New York.

— Eh bien, réjouis-toi, nous partons demain.

Flora s'assombrit.

— Je n'ai pas de passeport… Je ne vais pas pouvoir t'accompagner.

Elle se sentait au-dessous de tout, complètement inadaptée à la vie normale.

Vito la rassura.

— Ne t'inquiète pas, je vais régler cela.

— Ce ne sera pas possible d'ici demain.

— Tu me connais mal.

Une étrange lueur au fond des yeux, il lui tendit la main et elle se leva pour s'installer sur ses genoux. Elle n'en revenait pas d'être ici, chez Vittorio Vitale, dont la générosité la stupéfiait. Sa robe de bal l'avait métamorphosée en princesse de conte de fées.

— En fait, tu n'as pas le choix, reprit-il. J'ai besoin de toi.

Il ne lui laissait pas le temps de se bercer d'illusions...

— Il faut mettre notre plan à exécution, montrer que nous sommes en couple.

— Bien sûr, répliqua-t-elle avec une fausse désinvolture.

Elle se dégagea et retourna s'asseoir en face de lui.

— Flora...

Elle s'obligea à lever les yeux.

— Notre arrangement reste provisoire, tu dois le comprendre. Rien n'est changé, même si notre relation physique est... très intense. De toute façon, je n'aspire pas à autre chose. Le moment venu, nous repartirons chacun de notre côté. Je veillerai à ce que tu ne manques de rien. C'est le moins que je puisse faire après...

Sur un geste de Flora, il se tut. Il avait raison de lui parler ainsi. L'impact émotionnel l'affectait déjà beaucoup plus qu'elle ne voulait l'admettre...

— Je suis contente d'avoir gagné mon indépendance et ma liberté. Cela me suffit amplement. Si je m'engage un jour, ce sera avec un homme en qui j'aurai une entière confiance. Tu n'as pas d'inquiétude à avoir, Vito. Je n'ai aucun penchant autodestructeur. Je sais parfaitement que je ne dois rien attendre de toi.

Il s'absorba dans le silence, pendant un long moment.

— Tu n'as pas confiance en moi.

Il avait l'air vexé, presque... blessé.

— Si ! Mais seulement jusqu'à un certain point. Je t'ai donné ma virginité, mais je ne commettrai jamais la sottise de t'offrir mon cœur.

La mine sombre, Vito contemplait Flora assoupie sur son siège, dans l'avion qui les emmenait à New York. Elle était tellement triste à l'idée de se séparer de Benji qu'il avait fait des pieds et des mains pour obtenir toutes les vaccinations et les documents nécessaires pour le voyage.

Flora portait des vêtements choisis par la styliste, un pantalon de cuir noir et un chemisier en soie couleur crème. Ses cheveux flottaient librement sur ses épaules.

Bizarrement, il n'arrivait pas à oublier ses paroles de la veille. *Je ne commettrai jamais la sottise de t'offrir mon cœur.*

Cela aurait dû le rassurer. Il avait mal interprété son expression rêveuse et nostalgique…

Pourquoi se sentait-il… insatisfait, déstabilisé ?

Il n'avait pas supporté qu'elle évoque une rencontre avec un autre homme. Habituellement, il n'était pas possessif. Jamais jaloux non plus.

Il secoua la tête. Non, ce n'était pas de la jalousie. Le jour où il n'éprouverait plus de désir, il partirait sans arrière-pensée.

En réalité, leur histoire était faussée par ce qui s'était passé six mois plus tôt. Il avait des remords car elle avait vécu dans des conditions périlleuses à cause de lui.

Il se devait de réparer ses torts. L'alchimie sexuelle, imprévisible, compliquait momentanément ses projets. Tout finirait par rentrer dans l'ordre.

Le chien le regarda d'un œil mauvais, comme pour le mettre en garde.

Vito s'égarait… Il alluma son ordinateur pour travailler un peu, mais Flora se manifesta au même instant.

— Où sommes-nous ? J'ai dormi longtemps ? demanda-t-elle en s'étirant voluptueusement.

Son chemisier remonta légèrement en laissant entrevoir son ventre satiné. Un désir fulgurant s'empara de Vito. Incapable de résister, il referma son ordinateur.

— Nous sommes à peu près à mi-chemin, avec un peu de temps devant nous. Viens, je vais te montrer la chambre.

Elle fronça les sourcils, puis s'empourpra violemment.

— Oh.

Elle installa Benji dans son panier, et Vito la conduisit avec empressement à l'arrière de la cabine.

Plus il cédait au feu qui le consumait, plus vite il s'éteindrait.

— Waouh ! Fantastique…

Les mots manquaient à Flora pour exprimer son admiration à la vue des gratte-ciel autour de Central Park, depuis la terrasse où ils dégustaient un cocktail. Les bruits de la circulation, tout en bas, leur parvenaient très assourdis.

Le paysage urbain l'émerveillait.

— Ton enthousiasme fait plaisir à voir, commenta Vito.

— Toi aussi, tu es resté sans voix la première fois que tu es venu à New York ?

Un rictus étira le coin de sa bouche.

— Malheureusement, j'étais tellement affecté par le revers de fortune de mon père que j'ai été complètement insensible au décor.

Quel dommage pour lui ! songea Flora dans un élan d'empathie.

Elle était encore tout étourdie d'avoir fait l'amour dans l'avion. Ils s'étaient endormis après une étreinte passionnée. Le steward avait dû les réveiller avant l'atterrissage. Elle avait rougi d'embarras sous le regard amusé de Vito, manifestement rompu à ce genre de situation.

Benji trottinait allègrement sur la terrasse. Elle saisit le premier prétexte pour faire diversion.

— Je peux aller le promener au parc ?

— Naturellement. Sens-toi libre de faire ce que tu veux, Flora. New York est à toi.

Elle soupira de bonheur. L'idée d'arpenter à sa guise cette ville mythique la comblait de joie, mais elle espérait secrètement que Vito les accompagnerait.

Elle s'éclaircit la voix pour vaincre un accès de timidité.

— Euh… Tu es occupé ? Tu pourrais venir avec nous…

Vito secoua la tête.

— J'ai des réunions tout l'après-midi. Si tu as faim, le chef peut te préparer un repas léger.

— Je m'arrêterai quelque part pour manger un hot-dog ou une part de pizza.

— Tu as ton portable ?

— Oui. J'ai enregistré ton numéro et celui de ton assistant.

— N'hésite pas à m'appeler si tu as besoin.

Elle leva les yeux au ciel.

— J'ai l'habitude des grandes villes. Rome est une capitale cosmopolite.

À sa surprise, Vito prit son menton entre le pouce et l'index et planta un baiser ardent sur sa bouche. Puis, il s'écarta, impénétrable.

— À plus tard. Nous avons un cocktail en début de soirée. Ma gouvernante s'occupera de défaire les bagages. Tu as rendez-vous à 17 heures avec la *team glamour.*

Un peu vexée de ne pas se débrouiller seule en matière de maquillage et de coiffure, Flora était en même temps soulagée de se reposer sur les conseils de spécialistes.

— D'accord. Merci.

Vito s'éclipsa, emportant avec lui ses réserves de charisme et de vitalité. Flora expira lentement. Ce répit lui permettrait peut-être de recouvrer ses esprits.

— Cesse de t'agiter.

Sur la banquette arrière du taxi, Flora tirait nerveusement sur l'ourlet de sa jupe.

— Elle est beaucoup trop courte, chuchota-t-elle.

Vito posa la main sur sa cuisse.

— Elle te va très bien. Tu ne t'es pas posé la question le jour où tu es sortie en boîte de nuit…

— Ce n'est pas pareil, répliqua-t-elle, cramoisie.

— Oui. Tu as un amant, maintenant.

Les doigts de Vito remontèrent sous la robe de cocktail rose framboise.

— C'est parfait pour les caresses, en tout cas.

Elle se tortilla d'un air gêné.

— Le chauffeur…

Sur un ordre de Vito, ce dernier abaissa la vitre de séparation, et ils se retrouvèrent dans un cocon, à l'abri du monde extérieur.

Vito la serra contre lui pour l'embrasser. Instantanément, elle s'embrasa et entrouvrit les jambes, par pur réflexe. Dans un murmure de satisfaction, il écarta la dentelle de son string, avec une précision experte. Très vite, un flot d'adrénaline emporta Flora jusqu'au vertige.

Elle retomba entre ses bras, secouée par des tremblements incontrôlables.

La violence de ses sensations la grisait et l'effrayait tout à la fois. Dès qu'il la touchait, elle n'était plus maîtresse d'elle-même.

En rouvrant les yeux, elle aperçut son expression ardente, pleine d'un désir inassouvi. Dans un élan de hardiesse, elle plaça la main sur son entrejambe. Une étincelle brilla dans son regard.

— Si nous n'étions pas aussi proches de notre destination, je me livrerais volontiers à tes caresses, chuchota-t-il.

Flora se ressaisit, ravie de se découvrir un pouvoir insoupçonné. Sur le chemin du retour, elle oserait peut-être revenir à la charge pour s'en convaincre.

— À quoi penses-tu ?

— À rien, répondit-elle d'un ton innocent.

Intérieurement, elle se promit de jouer plus souvent les tentatrices. D'ailleurs sa minirobe bustier audacieuse l'y invitait, à moins qu'elle ne crée le scandale au cours de la soirée qui les attendait.

La réception, organisée par une grande dame très en vue, se tenait sur le rooftop d'un gratte-ciel, devant Central Park, presque en face de chez Vito, mais de l'autre côté. Les gens étaient plus décontractés qu'à Rome, beaucoup moins guindés. Flora n'était pas la seule à exhiber une tenue provocante.

Dieu merci, elle n'était plus au centre de l'attention, en butte à la curiosité malsaine de la bonne société romaine.

— C'est une occasion à ne pas manquer pour développer mon réseau, avait expliqué Vito.

Flora lorgnait les plateaux de canapés appétissants, mais résistait de peur de salir sa robe à cause d'une maladresse.

— Vous craignez de vous tacher, comme moi !

Flora se tourna vers la jolie blonde qui l'interpellait.

— Comment avez-vous deviné ?

La jeune femme, probablement anglaise, se mit à rire en montrant son fourreau couleur crème.

— Je n'ai pas déjeuné à midi et je meurs de faim ! Venez donc vous installer à une table avec moi. Ce sera moins périlleux que debout.

Ravie de cette rencontre sympathique, Flora accepta sans hésiter.

— Avec plaisir !

— Qui était la femme avec qui tu parlais ? demanda Vito sur le chemin du retour.

— Désolée de t'avoir faussé compagnie. J'aurais dû rester près de toi ?

— Pas du tout. Tu es libre de tes mouvements.

Il effleura sa joue d'une caresse, en maudissant secrètement l'effet incroyable qu'elle avait sur lui. Sa présence l'avait distrait tout au long de la soirée. Il avait guetté continuellement sa silhouette sexy et les effluves de son parfum.

— Merci. Quand je sortais avec mon oncle, si par exemple ma tante était malade, je ne devais jamais m'éloigner. Il m'obligeait à mémoriser les noms de toutes les personnes à qui je parlais et m'interrogeait en rentrant.

— Comme moi en ce moment ? répliqua Vito, un peu penaud.

Elle secoua la tête, et quelques mèches s'échappèrent de son chignon flou.

— Tourne-toi, commanda-t-il impulsivement.

Il faillit ouvrir la fermeture Éclair de sa robe. Il se comportait vraiment comme un adolescent… *Maledizione.*

Il se contenta de retirer les épingles à cheveux de Flora, dont les boucles se répandirent sur ses épaules. Il y enfouit les doigts pour lui masser le crâne.

— Mmmh, soupira-t-elle avec une sensualité désarmante.

— Et donc ? Cette femme ? reprit Vito. Je te pose la question parce que j'ai vaguement l'impression de la connaître.

— Elle s'appelle Carrie Black.

Il se figea.

— Tu la connais ?

— Pas directement. C'est l'épouse de Lord Massimo Black, un philanthrope susceptible d'investir dans mes affaires. De quoi avez-vous discuté ?

— De banalités… Elle est charmante.

Flora se mordit la lèvre nerveusement.

— En fait… elle m'a reconnue.

— Comment cela ?

— Elle était à Rome quand… le jour du fiasco. Les journaux ont ressorti des photos de moi avec mon oncle. Quand elle a réalisé que j'étais avec toi, elle m'a demandé si tu avais réussi à te faire pardonner.

Vito ne pouvait pas lui en vouloir. Sa conduite inqualifiable le tourmentait constamment.

— Que lui as-tu dit ?

— Que tu avais fait amende honorable, bien sûr. Elle m'a donné son numéro en me proposant une promenade au parc avec ses enfants.

De son côté, Vito avait repris contact avec Massimo Black, qui avait émis l'idée de le revoir pour discuter affaires.

Par un effet de pur hasard, la présence de Flora facilitait ses projets. Son célibat n'avait pas toujours été un atout, mais plutôt une faiblesse. La respectabilité sociale présentait des avantages non négligeables.

— Ma rencontre avec Carrie ne nuit pas à tes relations avec son mari, j'espère ?

— Pas du tout. Au contraire, même. De toute façon, tu n'as pas à te soucier de cela.

Vito la serra contre lui pour la tranquilliser.

— Ne t'inquiète, Flora. Ta douceur et ta bonté ne peuvent que jouer en ma faveur. Tu es une belle personne, ce qui est un vrai miracle quand on pense aux individus qui se sont occupés de toi.

— Tu es gentil, répondit-elle, sincèrement émue.

Personne n'avait jamais dit cela à Vito. La naïveté et l'innocence de Flora le déconcertaient, provoquant au fond de lui un instinct protecteur inconnu.

Il se rassura du mieux qu'il put. Flora savait parfaitement à quoi s'en tenir. En fait, de toutes les femmes qu'il avait connues, c'était certainement la moins encline à croire aux contes de fées. Les traumatismes qu'elle avait traversés la garantissaient contre les illusions. Tout comme lui.

Les pommettes roses, elle parut soudain saisie par un accès de timidité.

— Tout à l'heure, à l'aller, j'avais envie de faire quelque chose, mais nous n'avions pas le temps...

Saisissant l'allusion, Vito demanda au chauffeur de garer la voiture et d'abaisser la cloison de séparation.

— À présent, nous avons tout le temps, déclara-t-il.

Flora défaisait déjà la ceinture de son pantalon. Fascinée par son sexe viril, elle l'enserra dans sa main en exerçant des mouvements de va-et-vient.

Il faillit lui dire d'arrêter, tant le plaisir était fort. Avertie par un sixième sens, Flora suspendit un instant ses caresses et se pencha lentement. En sentant son souffle l'effleurer, Vito renversa la tête en arrière sur la banquette et s'abandonna au plaisir que sa bouche lui offrait.

Quand il émergea de son étourdissement, Flora arborait un sourire satisfait, très féminin, sans trace d'innocence ou de naïveté. Elle s'était transformée en une tentatrice consommée. Comment avait-il pu en douter ?

Flora s'éveilla le lendemain matin avec une sensation de langueur et d'assouvissement sensuel presque familière. Tout lui revint par bribes, depuis le trajet de retour en voiture jusqu'aux ébats passionnés qui avaient ponctué une folle nuit d'amour.

Après s'être livré à elle, Vito avait victorieusement repris la maîtrise de la situation. Elle avait connu entre ses bras des jouissances inouïes, éblouissantes.

Elle ouvrit les yeux. Il faisait grand jour.

Benji sauta sur le lit quand Vito ouvrit la porte. En costume trois-pièces, rasé de frais, il était si beau que le cœur de Flora se serra.

— Matthew, le majordome, l'a sorti ce matin de bonne heure. Tu peux te rendormir.

— Je n'ai pas l'habitude de faire la grasse matinée, dit Flora, sur la défensive. C'est à cause de toi…

Il croisa les bras.

— Il n'y a pas de quoi te sentir coupable. Tu as besoin de repos. Tu trouveras une carte de crédit à ton nom dans l'entrée, sur la console. Va faire du shopping ou offre-toi un massage dans un spa. Fais-toi plaisir. Mon assistant peut prendre rendez-vous pour toi.

Pour quelqu'un qui s'était toujours senti à charge, c'était très nouveau et complètement déstabilisant.

Vito vint s'asseoir au bord du lit et écarta le drap pour contempler sa nudité.

— Tu es parfaite, murmura-t-il.

Elle lui sourit avec une expression suggestive, mais il ne répondit pas à l'invitation.

— Malheureusement, je dois te résister. J'ai un rendez-vous dans une demi-heure.

— À plus tard ? lança-t-elle en espérant cacher son impatience.

— Ne m'attends pas ce soir, dit-il avec une grimace dépitée. J'ai un dîner d'affaires.

Flora disposait de toute la journée pour découvrir cette ville fascinante. Cette perspective avait de quoi l'enchanter.

Un instant, Vito sembla hésiter, mais il la quitta comme à regret. Réprimant une pointe de déception, Flora se leva et se dirigea vers la salle de bains.

Son histoire avec Vito finirait tôt ou tard, et certainement plus vite qu'elle ne s'y attendait. Il valait mieux ne pas s'attacher et reprendre goût à son indépendance. D'ailleurs, la solitude ne l'effrayait pas. Elle en avait l'habitude.

9

Ce soir-là, Vito rentra épuisé, mais en même temps impatient de retrouver Flora. Sa hâte n'avait cessé de croître tout au long de l'interminable repas qui l'avait retenu. Il avait fini par invoquer une vague excuse pour l'écourter.

Il desserra son nœud de cravate et déboutonna son col de chemise dès le vestibule. Depuis sa rencontre avec Flora Gavia, il aurait vécu nu à longueur de temps.

Un sourire aux lèvres, il remarqua quelques détails inhabituels dans l'appartement faiblement éclairé. Les jouets de Benji sur le tapis, une veste sur une chaise, un bouquet de fleurs dans un vase. Les lieux semblaient... habités. C'était une impression très nouvelle, assez agréable.

Un bruit attira son attention. Devant l'apparition de Flora, toute pensée cohérente le quitta.

Nimbée d'une douce lumière dorée, elle portait un vaporeux négligé en soie, retenu par de fines bretelles sur les épaules. À en juger par ses cheveux emmêlés et sa mine endormie, elle venait de se réveiller.

Instantanément, il eut envie d'elle.

Il s'approcha, anxieux d'enfouir les doigts dans ses boucles soyeuses. Mais, se souvenant tout à coup de quelque chose, il porta la main à la poche intérieure de sa veste et en sortit un écrin allongé.

— C'est pour toi. Carrie Black avait raison. J'ai beaucoup à me faire pardonner.

Flora parut choquée. Et réticente.

— Tu ne me dois rien.

— Accepteras-tu ce cadeau si je te dis que je l'ai choisi moi-même dans la boutique ?

Elle regarda avec curiosité l'étiquette d'un joaillier célèbre.

— C'est beaucoup, trop, Vito.

— Attends de voir.

Elle ouvrit le paquet et poussa une exclamation de pur ravissement. Arrêté par un embouteillage dans la Cinquième Avenue, Vito avait aperçu le bijou dans une vitrine et avait bondi pour l'acheter. C'était une simple fleur en or, avec une perle au centre de pétales délicats, et suspendue à une chaîne ciselée.

L'espace d'un instant il regretta presque le choix d'un bijou aussi... personnel. Un bracelet en diamants aurait convenu. Mais c'était trop tard.

— C'est magnifique, Vito ! s'écria Flora.

Il haussa les épaules avec une fausse désinvolture.

— Cela m'a immédiatement fait penser à ton prénom, Flora.

Il sortit le collier.

— Je peux ?

Elle hocha la tête et releva ses cheveux.

Après avoir accroché le fermoir, il lui prit les mains et la tourna vers lui. La fleur en or reposait sur sa peau ivoire, juste à la naissance de ses seins.

Elle l'effleura du bout des doigts.

— Merci. Vraiment, il ne fallait pas, mais cela me plaît beaucoup.

Manifestement, elle n'était pas habituée à recevoir des cadeaux. Non seulement son oncle et sa tante ne la gâtaient pas, mais ils l'avaient honteusement dépouillée.

Vito entraîna Flora vers la chambre qu'ils partageaient. Il avait abandonné l'idée de dormir seul pour conserver une distance. Tant pis s'il n'était plus vraiment capable de marquer une frontière...

Il regarda Flora. Le bijou lui allait bien. Il était content, maintenant. La poitrine de Flora se dessinait clairement sous la nuisette. Il se contrôla à grand-peine, soucieux de garder une certaine maîtrise de lui-même. Il ne fallait pas perdre de vue son objectif essentiel, redonner du lustre au nom des Vitale, afin que plus personne ne doute de l'intégrité de son père.

Mais ce n'était pas le moment de penser à cela.

Son regard descendit. Il imaginait le sexe moite et gonflé de Flora...

— Vito..., implora-t-elle.

Il céda de bonne grâce et se pencha pour saisir la pointe d'un sein entre ses lèvres. Elle renversa la tête en arrière et tout se précipita, hors de contrôle.

La soulevant dans ses bras, il la porta sur le lit, où ils sombrèrent sous l'ivresse des sens, bras et jambes enchevêtrés dans une communion charnelle étourdissante.

Le lendemain après-midi, au cours d'une réunion pourtant importante, Vito se surprit à vagabonder en pensée. Tout en contemplant distraitement la vue de Manhattan depuis la fenêtre, il se désolait de ne pas s'enthousiasmer davantage à la perspective de toucher au but.

Sa réussite était totale. Il avait rebâti l'empire financier de son père et même considérablement augmenté sa fortune. Bientôt, le nom des Vitale suciterait de nouveau l'admiration de tous. On aurait complètement oublié les vicissitudes qui l'avaient injustement entaché.

Au lieu du triomphe qu'il aurait dû éprouver, une sourde culpabilité le tenaillait.

Au petit déjeuner, Flora avait insisté pour proposer ses services.

— Je n'aime pas me sentir inutile. J'ai passé une très bonne journée hier, mais je pourrais certainement t'aider. Le travail de bureau ne me rebute pas. Je peux rédiger des lettres, faire des photocopies... Même préparer du thé ou du café. Cela ne me dérangerait pas.

— Toi peut-être, mais moi oui, avait-il répondu un peu trop sèchement. Ma maîtresse ne s'abaissera pas à ce genre de tâche.

Il s'était levé pour partir et avait déposé un baiser sur ses lèvres.

— Je serai de retour pour le dîner.

— Je pourrais cuisiner, avait-elle suggéré.

Il lui avait rappelé qu'il avait un chef à demeure. Elle n'avait pas caché sa déception.

— Je n'aime pas être inoccupée.

Vito ne lui demandait rien d'autre que d'être là, chez lui, pour son plaisir. Sa présence lui suffisait.

Elle n'est pas comme les autres...

Tout en contemplant la célèbre skyline de New York, il imagina Flora en train d'explorer la ville. Pour la première fois de sa vie, il n'arrivait pas à se concentrer. Il avait envie d'être avec elle, de partager ses découvertes.

Sur le point de lui envoyer un texto, il résista résolument. Avait-il oublié qu'elle était une Gavia ? Même s'il était à peu près sûr, maintenant, qu'elle n'avait jamais été de mèche avec son oncle, il ne devait pas oublier ses objectifs. Sa vengeance serait accomplie lorsque l'empire Vitale rayonnerait au sommet d'une gloire sans égale.

Chassant Flora de son esprit, il revint vers la table de réunion.

— Où en étions-nous ?

Trois jours plus tard

Vito était prêt à admettre sa défaite. Il s'était jeté à corps perdu dans le travail, au prix d'efforts désespérés. L'énergie dépensée l'épuisait, sans venir à bout de son désir insatiable.

Le soir, il s'enfermait dans son bureau et se plongeait dans ses dossiers jusqu'à une heure tardive après le dîner, même s'ils sortaient. Quand il rejoignait Flora dans leur chambre, elle dormait déjà, aussi belle et innocente que la Belle au bois dormant du conte.

Il s'empêchait de la réveiller, en dépit de pulsions de plus en plus impérieuses, qu'il redoutait de dévoiler.

Ce jour-là, mû par un élan irrépressible, il téléphona à la gouvernante.

— Flora est là ?

— Non, monsieur. Elle est sortie.

— Vous savez où elle est ?

— Euh… En train de promener les chiens, je crois.

— Les chiens ? Elle n'a que Benji.

— Eh bien… Elle a rencontré la voisine, qui s'est foulé la cheville et ne peut pas sortir. Du coup, elle s'est proposée pour sortir ses lévriers avec Benji. Depuis, d'autres personnes de l'immeuble ont fait appel à ses services.

Vito raccrocha d'un air pensif avant de se tourner vers son secrétaire particulier.

— Vous pouvez gérer les affaires courantes ?

— Bien sûr. Je vous appellerai si j'ai un problème.

Vito s'en alla sans même savoir pourquoi, et demanda à son chauffeur de le ramener chez lui. Il n'en revenait pas de rentrer si tôt dans d'après-midi. Cela ne lui était jamais arrivé.

Quand la voiture se gara devant l'immeuble, il aperçut Flora au carrefour, qui attendait pour traverser. Son cœur bondit. Elle avait délaissé ses jolis vêtements pour un jean délavé, avec un vieux T-shirt et des baskets, et tenait six laisses enroulées autour du poignet.

Elle passa devant lui sans le voir et s'engouffra dans le hall.

Vito monta à l'appartement, où elle le rejoignit peu après, accompagné du seul Benji.

— Oh ! je ne m'attendais pas à te voir si tôt.

Il réprima un petit remords devant sa joie si évidente.

— Tu ne m'avais pas dit que tu avais trouvé à t'occuper.

Flora fronça les sourcils.

— Tu m'as vue dans la rue ? Avec les chiens ?

Elle rougit quand il hocha la tête.

— Cela te déplaît ? Je ne peux pas rendre service ?

Mais si, naturellement.

— Tu te fais payer ?

— Bien sûr que non ! protesta-t-elle. Les gens de l'immeuble sont très gentils. Mme Weinberg s'est foulé la cheville...

Vito l'arrêta d'un geste.

— Tu n'as pas à t'occuper des voisins.

Flora croisa les bras dans une posture défensive.

— En quoi cela te dérange-t-il ? Tu as peur que ta... *maîtresse* nuise à ton image ?

Il secoua la tête.

— Pas du tout ! Mais pourquoi fais-tu cela ?

— Parce que je m'ennuyais, voilà pourquoi ! Je n'avais pas envie de courir les boutiques de luxe et les salons de beauté. Je voulais me rendre un peu utile.

Elle marqua une pause.

— J'ai essayé de t'en parler hier soir, mais tu n'étais pas disponible. Je me suis endormie en t'attendant... et tu ne m'as pas réveillée.

À présent, elle esquivait son regard, et Vito savait très bien pourquoi.

— Je n'ai pas voulu te déranger, prétexta-t-il.

Menteur.

— J'ai quelque chose pour toi, dit-elle tout à coup. Attends-moi, je reviens.

Benji s'approcha pour renifler Vito, qui se pencha et le prit dans ses bras. Le chien lui lécha affectueusement le visage. Il s'attachait insensiblement à lui…

Flora revint avec un petit écrin dans la main. Depuis la mort de sa mère, aucune femme n'avait offert de cadeau à Vito.

Il l'accepta avec une certaine réserve et l'ouvrit.

C'étaient des boutons de manchettes en argent, délicatement gravés en forme d'aigles.

— Je les ai trouvés chez un marchand d'antiquités, dit Flora. Ils m'ont fait penser à toi, planant haut dans le ciel, attendant le moment propice pour fondre sur ta proie en criant vengeance.

C'était troublant. Vito avait toujours eu une fascination pour ces oiseaux. Enfant, il regardait sans jamais se lasser des documentaires animaliers sur les rapaces. Sa passion intriguait beaucoup ses parents, car ils avaient toujours vécu en ville.

Encore une fois, il était déstabilisé.

— Il ne fallait pas, dit-il en refermant la boîte.

— Cela me faisait plaisir, répliqua-t-elle.

Sa réaction la décevait.

— J'ai payé avec mon argent, précisa-t-elle après une légère hésitation.

Il secoua la tête.

— Tu ne me dois rien, Flora.

Il commençait à mesurer à quel point la situation lui échappait. Flora se démarquait complètement des femmes qu'il avait connues avant, et s'écartait des rôles conventionnels. Loin de se calmer, le désir de Vito s'exaspérait. Il imaginait de plus en plus difficilement la rupture. Était-il trop tard pour remettre des distances ?

Il lui rendit l'écrin piteusement.

— Rends-les à l'antiquaire et récupère ton argent. Je n'ai besoin de rien.

La honte le submergea aussitôt devant l'expression humiliée de Flora. Mais il était trop tard pour se rattraper.

— Je croyais naïvement te faire plaisir, bredouilla-t-elle gauchement. J'aurais dû me douter que tu préférais des cadeaux plus... sophistiqués.

Elle se détourna, mais Vito la rattrapa par le bras.

— Excuse-moi. Je suis horriblement ingrat. C'était une attention charmante. Je te remercie.

Il avait désespérément envie de se racheter, à présent.

— Cela te dirait d'aller au spectacle ? Je n'ai pas d'obligation, ce soir.

Elle haussa les épaules.

— Pourquoi pas.

— Des suggestions ?

Elle esquissa un sourire contraint.

— Je te laisse choisir.

Vito prit des billets pour un show en vogue, tout en sachant pertinemment que Flora ne serait pas impressionnée.

Elle attendait d'autres marques d'attention.

Flora ne parvenait pas à se laisser emporter par l'exubérance du spectacle qui se déroulait sur la scène. La réaction de Vito l'avait profondément blessée. D'abord agréablement surpris par son cadeau, il s'était refermé presque aussitôt sur lui-même.

Le message était clair. Il l'avait remise à sa place en rétablissant une limite à ne pas franchir.

Elle aurait dû comprendre plus tôt. Depuis plusieurs jours, il marquait ostensiblement des distances.

Elle en souffrait. Beaucoup. Ce qui signifiait qu'elle s'était trop attachée à lui.

Il était déjà trop tard. Elle était en train de tomber amoureuse. Pour sa plus grande humiliation, car il l'avait publiquement outragée devant la bonne société. Pour une raison obscure, il avait maintenant une liaison avec elle. Sans doute avait-il besoin de soulager sa conscience. Mais la rupture viendrait vite. Jamais il ne s'engagerait durablement avec une Gavia, une femme qui portait le nom de son ennemi juré.

Il l'éconduirait à la première occasion, dès que s'estomperait le mélange explosif de désir et de culpabilité.

Néanmoins, après l'avoir révélée à elle-même, il était le seul à la voir telle qu'elle était. Elle était incapable de rompre la première. Pas tout de suite, en tout cas.

Il avait ébranlé les remparts qu'elle avait érigés pour se protéger, et elle s'épanouissait grâce à lui, même de façon éphémère. Rencontrerait-elle jamais un autre homme qui saurait la voir et la désirer ? Elle l'espérait de tout son cœur, car Vittorio Vitale ne partageait pas ses sentiments. De cela, elle était certaine.

De retour à l'appartement cette nuit-là, ils firent l'amour avec une intensité silencieuse, comme s'ils comprenaient l'un et l'autre que la fin était proche.

Vito resta longtemps en elle, bien après que les derniers spasmes se furent dissipés. Bras et jambes refermés autour de lui, Flora ne se décidait pas à bouger. Elle emmagasinait inconsciemment ces moments de plénitude, comme des trésors à se remémorer plus tard.

À sa surprise, Vito l'entraîna à la salle de bains quand il se leva.

— Mes cheveux ! protesta-t-elle faiblement sous le jet d'eau chaude.

— Ce n'est pas grave. Ne t'inquiète pas.

Elle se laissa savonner docilement, puis le lava à son tour, caressant avec plaisir son corps viril et musclé. Le désir s'empara d'eux à nouveau sans crier gare, et ils s'étreignirent avec fougue, debout sous la douche.

— Je n'avais aucune arrière-pensée, murmura Vito, le front contre les carreaux de marbre. Mais tu es irrésistible.

Il recula un peu. Des gouttelettes ruisselaient sur son visage et le long de son cou. Flora les lécha du bout de la langue.

— Je peux dire la même chose de toi, répondit-elle avec une ombre de tristesse.

Elle n'arrivait pas à oublier son affront.

Il la contempla longuement, puis s'écarta pour s'essuyer.

Elle hésita un peu.

— Je vais dans ma chambre, me sécher les cheveux.

La main de Vito se referma sur son bras.

— Reste.

Elle céda, malgré sa conscience qui lui soufflait de résister…

Allongée dans le lit, envahie par une lassitude agréable, Flora s'appuya sur un coude pour contempler Vito. Il avait les yeux fermés. Une barbe naissante bleuissait sa mâchoire, et ses longs cils ourlaient la ligne de ses paupières.

Fugitivement, l'image d'un petit garçon qui aurait ses traits lui traversa l'esprit. Surprise par une nostalgie irraisonnée, elle prit peur. Jamais elle n'avait imaginé fonder un jour une famille. Cette idée lui donnait le vertige, comme si elle se tenait en équilibre au bord d'un précipice, sans rien pour se raccrocher.

Elle se raidit quand Vito bougea. Il ne fallait pas se montrer ainsi, vulnérable et rêvant à un avenir impossible… Heureusement, il ne se réveilla pas.

Dans un sursaut de lucidité, elle se releva et sortit sans bruit pour se diriger vers la chambre qu'elle n'avait encore pas occupée. Il était temps d'affronter l'inévitable.

10

— Tu n'étais pas dans mon lit, ce matin, observa Vito au petit déjeuner.

Flora évita son regard.

— Non... Je... J'avais les cheveux mouillés. Je préférais les sécher.

— Tu as décidé de faire chambre à part ?

Flora prit son courage à deux mains.

— Ce serait probablement une bonne idée.

Vito réfléchit un instant avant de répondre.

— Tu as sans doute raison.

Il avala une dernière gorgée de café et reposa sa tasse en s'essuyant la bouche.

— Au fait, nous partons pour Londres cet après-midi, avant de rentrer à Rome. Cela ne te dérange pas ?

Flora secoua la tête imperceptiblement. Avec Vito, elle avait l'impression d'être sur des montagnes russes.

Elle n'était jamais retournée à Londres depuis la mort de ses parents et de son frère. Cette perspective l'effrayait un peu.

— Combien de temps resterons-nous ? demanda-t-elle en refoulant les souvenirs de la tragédie.

Elle dormait chez des amis quand l'accident s'était produit.

— Deux jours. Nous assisterons à un gala. Je dois aussi rencontrer Massimo Black.

La perspective de revoir Carrie Black enchantait Flora.

— À quelle heure est fixé le départ ? demanda-t-elle. J'ai promis à Mme Weinberg de sortir son chien et de lui faire ses courses.

Vito sourit d'un air perplexe.

— Les gens qui habitent cet immeuble ont les moyens de payer quelqu'un pour ce genre de services.

— Je n'en doute pas. Mais, à mon avis, elle se sent seule et a besoin de contacts humains. Comment lui refuser cela ?

Vito s'approcha et posa les mains sur ses épaules en scrutant ses traits, comme pour sonder sa sincérité.

— Je n'ai jamais rencontré quelqu'un comme toi…

— Qu'y a-t-il de si extraordinaire ? Tu ne me crois pas ? s'écria-t-elle, vexée. Ton cynisme ne te fatigue jamais ? Dois-tu toujours douter des apparences ?

L'expression de Vito se durcit.

— J'ai des raisons d'être méfiant.

— Alors, je te plains. Tu dois te sentir très seul.

Un éclair brilla dans les yeux de Vito.

— Pas avec toi… Pour l'instant, ajouta-t-il en tournant les talons.

Ces derniers mots résonnèrent toute la matinée dans la tête de Flora. *Pour l'instant… Pour l'instant.* Vito enfonçait le clou douloureusement, comme s'il ne l'avait pas déjà suffisamment prévenue.

On étouffait à Londres dans une chaleur humide, sous un ciel gris et bas. Un orage se préparait, et Flora se sentait à l'unisson. Entre Vito et elle, la tempête couvait et risquait d'exploser d'un moment à l'autre. Elle serait bientôt brisée, le cœur en miettes, et ne se relèverait peut-être jamais de son chagrin.

Triste et maussade, elle s'efforçait néanmoins de faire bonne figure. Ils logeaient dans une suite somptueuse, au dernier étage d'un célèbre palace londonien. Elle n'avait pas à se plaindre.

Après le relatif anonymat de New York, l'accueil des paparazzis britanniques l'avait un peu déstabilisée, malgré les mises en garde de Vito. À l'affût de célébrités, les journalistes guettaient en permanence l'atterrissage des jets privés à l'aéroport. Vêtue d'un pantalon crème et d'un chemisier en soie assorti, ses cheveux sagement tressés sur le côté, Flora était impeccable et espérait donner le change.

Elle n'était pas très à l'aise dans cet hôtel. L'opulence du décor, avec ses tapis moelleux, ses tentures raffinées et ses meubles anciens, l'impressionnait. Elle ne se sentait pas à sa place. *Tu n'as jamais appartenu à ce monde, même chez ton oncle...*

Benji surgit à ce moment-là. Quand il commença à renifler le pied d'une console, elle le prit dans ses bras et sortit sur la terrasse. Elle était songeuse, mais pas seulement à cause de ce retour à Londres après tant d'années... Elle était en train de tomber amoureuse d'un homme qui se servait d'elle pour établir sa bonne réputation.

Prise au jeu dangereux du désir et de la séduction, elle se sentait à sa merci. Il pouvait la quitter n'importe quand, sans cérémonie, de la même manière qu'il avait annoncé leur départ pour Londres...

— Tu devrais rentrer. Il commence à pleuvoir.

La voix de Vito la tira de ses réflexions. Submergée par des émotions tumultueuses, elle le considéra avec une animosité incontrôlable.

— Je fais ce que je veux.

Il la scruta en fronçant les sourcils.

— Que se passe-t-il ?

Elle ne comprenait pas elle-même ses réactions.

— Je ne suis pas une poupée.

— Ce n'est pas du tout ce que je pense de toi ! protesta-t-il en s'approchant.

— Il faudra tout de même me prévenir un peu à l'avance ! lança-t-elle.

— Te prévenir de quoi ?

Elle se mordit la lèvre.

— Quand tu voudras rompre. Je ne veux pas l'apprendre brusquement un beau jour au petit déjeuner.

— C'est peut-être toi qui te lasseras la première.

C'était peu probable. Néanmoins, elle fit semblant d'y croire.

— Qui sait ? Peut-être qu'un matin je ne serai plus là à ton réveil.

Après tout, ce n'était pas complètement impossible. Elle avait bien survécu au désastre d'un mariage annulé sans préavis... Paradoxalement, l'homme capable de lui infliger un chagrin d'amour lui avait aussi révélé sa force d'âme. Quelle contradiction étonnante !

Un éclair zébra le ciel, et le tonnerre retentit tandis que les premières gouttes commençaient à tomber.

Indifférent aux éléments, Vito la saisit par la taille.

— Cela n'arrivera pas. Tu es à moi.

— Pour l'instant..., répondit-elle en l'enlaçant par le cou.

En même temps, elle pressa sa bouche contre la sienne et ils se perdirent dans un baiser fou.

Vito la porta à l'intérieur, où ils se dévêtirent fébrilement.

— Fais-moi l'amour, Vito, dit-elle en s'étendant sur le lit.

Il s'allongea sur son corps offert et la pénétra d'une seule poussée.

— Tu es à moi, Flora. À moi.

Elle s'abandonna à sa possession lucidement. Son plaisir n'aurait qu'un temps.

Le lendemain, Vito se montra distrait en réunion. Il n'essayait même plus de chasser Flora de ses pensées et lui envoya un texto pour savoir où elle était. En prévision du gala, il lui avait organisé un rendez-vous avec une *team glamour*, même s'il la préférait au naturel, avec ses boucles folles et ses taches de rousseur sur le nez.

Le souvenir de leurs ébats s'attardait en lui avec l'écho de ses paroles.

Je ne suis pas une poupée… Qui sait ? .Peut-être qu'un matin je ne serai plus là à ton réveil.

En la découvrant blottie contre lui le matin, il l'avait serrée dans ses bras avec un soulagement inattendu. *Ce n'est pas pour aujourd'hui*, s'était-il dit, tranquillisé.

Mais il ne se leurrait pas. La rupture surviendrait un jour ou l'autre. Pourquoi s'inquiétait-il ? Après tout, il n'espérait rien.

— Vito ?

Il sursauta. Son esprit était à mille lieues de l'objet de la réunion. Son téléphone vibra. Flora lui envoyait un message de Mayfair. Que faisait-elle dans ce quartier résidentiel ?

Il expédia l'ordre du jour avec une rapidité qui le surprit lui-même.

Il avait besoin de retrouver Flora.

Un frisson avertit mystérieusement Flora. *Vito*. Elle ne lui avait pas demandé expressément de venir, mais il était là.

Il la rejoignit au fond du jardin d'une maison en vente.

— Tu veux t'installer à Londres ?

— Non, Je suis arrivée par hasard, en même temps que l'agent immobilier.

— Ah… Que fais-tu ici ?

La gorge de Flora se serra.

— C'est là que j'habitais avec mes parents et mon frère. Jusqu'à mes huit ans. Mon oncle l'a vendue après leur mort.

Malgré l'émotion qui l'étreignait, elle s'obligea à regarder Vito droit dans les yeux. En revenant sur les lieux de son enfance, elle n'avait pas imaginé rentrer dans son ancienne maison. Quelle coïncidence…

— Je peux la racheter, si tu as envie, déclara-t-il très sérieusement.

Elle secoua la tête.

— C'est gentil, mais non. De toute façon, je m'en souviens à peine. J'ai refoulé tous mes souvenirs de cette époque heureuse...

Elle prit Vito par la main.

— Viens, je veux vérifier quelque chose.

Elle le conduisit vers un vieil arbre au tronc noueux. Là, elle s'accroupit et écarta les feuilles en passant les doigts sur une inscription, sur l'écorce.

— Regarde !

Elle lut à voix haute.

— Flora, Charlie et Truffles.

— Qui était Truffles ?

— Notre chien, un labrador adorable. Mon oncle n'a pas voulu que je l'emmène à Rome.

Vito se redressa, la mine sombre et orageuse.

— Qu'y a-t-il ? demanda Flora.

— Il s'est vraiment comporté d'une manière inqualifiable avec toi. Cela attise encore plus mon envie de vengeance. Il mériterait...

Elle l'arrêta d'un geste.

— Ne gaspille pas ton énergie. Il n'en vaut pas la peine.

— Tu n'es pas en colère ?

— C'est un luxe que je ne pouvais pas me permettre. Je dépendais totalement de lui. De toute façon, il n'est pas responsable de l'accident de voiture qui a causé la mort de mes parents et de mon frère Ce serait plus ma faute à moi que la sienne. Je voulais aller dormir chez une amie. Il faisait un temps épouvantable, à ne pas mettre le nez dehors.

Cet aveu la torturait depuis des années. Si elle n'avait pas tant insisté pour aller chez cette amie... il ne serait rien arrivé...

— Ne te fais pas des reproches inutiles. Quoi qu'il en soit, ton oncle t'a honteusement spoliée.

Flora haussa les épaules.

— Je n'attache pas beaucoup d'importance à l'argent.

— Tu te sentais coupable de vivre alors qu'ils étaient morts ?

Comment un homme aussi froid, qui l'avait humiliée publiquement et sans scrupule, pouvait-il deviner ses émotions les plus secrètes ?

— Peut-être, concéda-t-elle tristement. Avais-je le droit d'hériter, alors que mon frère a disparu à tout jamais ?

Flora eut brusquement envie de détourner l'attention de Vito.

— Et toi ? Serais-tu très différent si tu ne t'étais pas retrouvé orphelin ?

— Qui sait ? Les circonstances nous façonnent malgré nous. Si mon père n'avait pas été ruiné, je n'aurais pas la même soif de réussite.

Flora plissa le nez.

— Pas sûr... Tu es très ambitieux.

— J'aurais peut-être croisé le chemin de ton oncle, qui ne supporte aucun rival et m'aurait mis des bâtons dans les roues.

— Tu es content d'avoir obtenu ta vengeance ?

Il réfléchit un instant.

— Je ressens plutôt un grand vide. Cela me rongeait depuis si longtemps...

— En même temps, cela t'a évité d'être trop malheureux. Tu avais un objectif.

— Et toi, tu as beaucoup souffert ?

— Je n'ai pas pleuré pendant longtemps. Après, oui, je me suis sentie très seule.

Elle s'écarta du sujet trop douloureux.

— Aurais-tu fondé une famille si tu n'avais pas consacré toute ton énergie à te rendre justice ?

Vito secoua la tête.

— Je n'en éprouve pas le besoin. Mon père, un bourreau de travail, m'a formé et initié aux affaires. Ma mère cachait sa tristesse de ne pas avoir eu d'autres enfants. Nous étions très proches, tous les trois. Nous nous aimions beaucoup. Je n'ai jamais regretté de ne pas avoir de frères et sœurs. Je ne serais pas un très bon père, je crois.

Flora avait l'impression de le pousser dans ses retranchements. Qu'espérait-elle ?

— Et toi ? demanda-t-il soudain.

Elle prit brutalement conscience de ses aspirations profondes, dans ce jardin plein de souvenirs doux-amers.

— Un jour… j'aurai des enfants, oui, et je m'efforcerai de les rendre heureux, répondit-elle rêveusement

— Tu réussiras, Flora. Tu le mérites. Moi, je suis trop égoïste.

Flora refoula sa déception et redressa le menton.

— Tu ne désires rien ?

— Si, toi.

Pour l'instant… Elle se pressa contre lui comme si cela pouvait la consoler. Malheureusement, ses rêves ne se concrétiseraient pas avec Vito.

Le gala se déroulait dans l'une des plus prestigieuses galeries d'art de Londres.

Avant d'entrer, Flora pressa le bras de Vito. Elle avait quelque chose d'important à lui dire et n'en avait pas eu le temps tout à l'heure. Il avait surgi inopinément après le départ de la *team glamour*. Un vent de folie les avait emportés, ruinant complètement la coiffure élaborée de Flora. Ses cheveux indomptables auréolaient maintenant son doux visage.

Elle avait encore le rouge aux joues alors que Vito arborait un calme olympien.

— Qu'y a-t-il ? dit-il en haussant un sourcil interrogateur.

Elle rassembla difficilement ses esprits.

— Je voulais te remercier. J'ai reçu un mail de Maria. Grâce à ta générosité, le centre a fait l'acquisition d'un nouvel immeuble avec un grand jardin. On pourra accueillir les enfants et même les animaux domestiques. Tu n'as pas idée de ce que cela représente…

Elle se tut, débordée par l'émotion.

Il lui serra la main affectueusement.

— Après tes confidences d'aujourd'hui, je comprends parfaitement.

Flora lui jeta un regard éperdu, avec l'impression de se noyer. La connexion, entre eux, était tellement intense… Il le sentait forcément.

Avait-elle tort de soupçonner de la bonté et de l'empathie chez ce milliardaire vengeur et taciturne ?

Elle n'eut pas le temps de s'appesantir sur ses pensées. Quelqu'un lui tapota l'épaule. C'était Carrie Black. Ravie de retrouver un visage sympathique parmi tous ces inconnus, Flora l'embrassa chaleureusement pendant que les deux hommes se saluaient courtoisement.

— Je suis ravie à la perspective de bavarder avec vous pendant que Vito discute affaires avec votre mari !

Elles s'éloignèrent gaiement bras dessus, bras dessous. Après les émotions de la journée, cette diversion était la bienvenue pour Flora.

Vito, qui avait perdu les deux femmes de vue depuis un bon moment, les cherchait du regard.

— Pardon ? Vous pouvez répéter ? demanda-t-il à Massimo Black, un peu gêné de sa distraction.

— Ne vous inquiétez pas, je sais ce que c'est d'être amoureux !

Vito n'eut pas le temps de le détromper.

— Jusqu'à maintenant, votre réputation me retenait d'investir dans vos sociétés, poursuivit Massimo. Mais j'ai changé d'avis en vous voyant avec Flora. Vous pouvez la remercier.

Black lui tendait la main. Manifestement, l'affaire était conclue.

— Merci, dit Vito sans dissimuler son étonnement. Et… en quoi ma relation avec Flora vous a-t-elle influencé ?

— Je vais peut-être vous paraître vieux jeu, mais je fais confiance aux gens responsables et moralement irréprochables.

Vito se contenta de hocher la tête pensivement.

Quand Carrie rejoignit son mari, ils échangèrent un regard complice, d'une telle intimité qu'il se sentit presque de trop.

Il se gratta la gorge.

— Flora n'est pas avec vous ?

— La voilà !

Elle était très pâle, avec un sourire forcé. Il voulut lui prendre la main, mais elle se cramponna à son sac.

— Mon assistant vous appellera pour fixer un rendez-vous, dit Massimo.

— Oui, avec plaisir.

Carrie les salua chaleureusement.

— À bientôt, j'espère.

La sympathie entre les deux femmes était tangible. Vito se surprit à imaginer son existence avec Flora à ses côtés. Bien des difficultés seraient aplanies ! D'ailleurs, n'était-ce pas le but poursuivi en l'exhibant à son bras ?

— J'ai une terrible migraine, annonça Flora, la mine défaite.

— Tu veux t'en aller ?

— Oui. Si tu veux rester, je rentrerai en taxi.

— Non, je pars avec toi. Massimo Black était la seule personne que je voulais voir.

Déconcerté par l'attitude de Flora, il s'enferma dans un silence circonspect.

En arrivant à l'hôtel, elle évita soigneusement son regard.

— Je vais dormir à côté pour ne pas te déranger.

— Tu veux voir un docteur ?

— Non, c'est juste un mal de tête. Tout ira mieux après une nuit de sommeil.

Vito se rassura du mieux qu'il put.

— Bonne nuit.

Pour dissiper son malaise, il se versa une rasade de whisky qu'il but en ruminant de sombres pensées. Massimo Black signerait seulement si Flora restait dans sa vie.

11

Flora détestait les mensonges. Elle n'avait pas mal à la tête mais mal au cœur. Pour cela, il n'y avait pas de remèdes. Elle resta longtemps étendue dans son lit à fixer le plafond.

Par le plus pur des hasards, à moitié cachée par une plante verte, elle avait surpris la fin de la conversation entre Massimo Black et Vito en revenant des toilettes. Ce dernier se servait d'elle et s'était bien gardé de détromper son interlocuteur.

Pouvait-elle lui en tenir rigueur ? Il ne lui avait rien dissimulé du profit qu'il tirait d'un… arrangement, dont elle bénéficiait d'ailleurs elle aussi.

Les investissements de Massimo Black propulseraient Vito au sommet de la réussite. Flora ne pouvait pas lui refuser cela. Elle l'aimait et souhaitait le meilleur pour lui. D'un autre côté, elle redoutait de plus en plus de souffrir en prolongeant une relation superficielle, forcément décevante.

Comment Vito réagirait-il si elle lui avouait ses sentiments ? Serait-il affecté ? Il n'était peut-être qu'un monstre de froideur et de cruauté…

Avait-elle réellement envie de lui ouvrir son cœur, au risque de s'exposer à une rupture immédiate ? Lui demanderait-il de rester pour assurer la suite de sa carrière ? Les deux scénarios lui donnaient également la nausée.

Flora n'arrivait pas à dormir. Selon toute probabilité, Vito choisirait sans doute de la quitter. La pensée de ne plus le voir la dévastait. Galvanisée par cette idée terrifiante, elle se leva et poussa la porte de la chambre de Vito.

Il reposait torse nu, éclairé par la lune, un drap entortillé autour de la taille comme s'il s'était débattu dans son sommeil. Sentant sans doute sa présence, il ouvrit les yeux à son approche et s'appuya sur un coude.

— Flora ?

Elle s'immobilisa tout au bord du lit.

— Mon mal de tête est parti.

Menteuse.

Elle avait besoin de Vito, même si c'était la dernière fois.

Elle saisit sa main tendue comme si sa vie en dépendait et se retrouva allongée sur le dos sous son regard ardent.

— Je rêvais que tu étais partie, murmura-t-il. Je te cherchais désespérément…

Elle posa une main sur sa joue.

— Chut, je suis là.

Ce n'était pas le moment de lui dire la vérité. La force lui manquait et elle avait trop envie de lui.

Deux jours plus tard

Rome étincelait sous la lumière dorée du soleil. À l'arrière de la voiture qui les conduisait de l'aéroport à l'appartement, Vito, sans lâcher la main de Flora, répondit au téléphone.

— Désolé, dit-il en raccrochant.

— Ne t'excuse pas, je t'en prie.

Elle hésita imperceptiblement.

— Ton rendez-vous avec Massimo Black s'est bien passé ?

Ils s'étaient revus la veille à Londres, longuement.

Vito hocha la tête en souriant.

— Nous signons le contrat la semaine prochaine. Lui et Carrie veulent nous inviter à dîner pour fêter cela.

Elle tressaillit quand il déposa un baiser au creux de sa paume. Seraient-ils encore ensemble ? De plus en plus amoureuse, elle envisageait de prendre sagement des distances…

Vito fronça les sourcils.

— Tout va bien ? Tu n'as pas l'air très en forme depuis l'autre soir.

— Juste un peu fatiguée…

— Je n'ai rien de prévu pour ce soir. Nous pourrions commander des plats à emporter ?

Elle sauta sur l'occasion, même si Vito avait déjà refusé sa suggestion par le passé.

— Et si je cuisinais ?

Il lui jeta un regard indulgent.

— Cela te ferait plaisir ?

Elle hocha la tête.

— Alors d'accord. Mais j'attends mieux qu'un plat de *pasta arrabiata*.

— Je relève le défi !

Debout sur le seuil de la cuisine, Vito observait Flora avec curiosité. La situation était totalement nouvelle. Aucune de ses maîtresses n'avait jamais cuisiné pour lui.

Pieds nus, sans maquillage, les cheveux attachés et vêtue d'un short en jean et d'une chemise blanche dont elle avait relevé les manches, elle s'affairait aux fourneaux.

— Où as-tu appris à cuisiner ? demanda-t-il.

— Avec une gouvernante de mon oncle. Gianna, une Sicilienne. Il la payait en heures supplémentaires pour me garder quand il s'absentait.

Comme chaque fois qu'elle évoquait son enfance, Vito sentit la colère monter. Mais Flora ne nourrissait aucune acrimonie.

— Tu es plus heureuse ici qu'en robe de gala à un cocktail, n'est-ce pas ?

Il commençait à la connaître, à force de la côtoyer nuit et jour. Il n'avait jamais passé autant de temps avec une femme, songea-t-il, non sans un certain trouble.

— Oui, acquiesça-t-elle d'un air penaud. Je détestais les soirs où je devais accompagner mon oncle à des mondanités. Je n'étais pas sûre de moi et ne savais pas comment me comporter. Avec toi, c'est différent. Cela m'amuse de me préparer, de prendre soin de mon apparence.

— Tu es très à l'aise en société, Flora. Tu devrais avoir davantage confiance en toi.

Il le pensait sincèrement. Flora était sympathique et chaleureuse.

Elle pointa son couteau sur lui.

— Tu vas t'habiller pour dîner, j'espère ?

Il sortait de la salle de sport et portait un pantalon de jogging avec un T-shirt délavé.

— Quel est le dress code ?

Elle pencha la tête sur le côté.

— Costume et chemise blanche. Tu peux te dispenser de la cravate.

Le ton de Flora, badin et intime à la fois, émut étrangement Vito. À la mort de ses parents, il avait effacé de sa mémoire les souvenirs de bonheur domestique. Maintenant, la présence de Flora éveillait une nostalgie irrépressible, comme si une petite fenêtre s'ouvrait pour éclairer les sombres recoins de son être.

Il se ressaisit. Il ne voulait surtout pas donner prise à l'émotion.

Flora le congédia en riant.

— Laisse-moi. Le dîner sera prêt dans une heure.

Vito s'en alla à regret. Il avait tort de s'inquiéter pour Flora. Sa force de caractère la protégeait. Elle ne souffrirait pas longtemps quand leurs chemins se sépareraient. Loin de le soulager, cette perspective l'irritait. Finalement, c'était peut-être lui qui aurait le plus de mal à se remettre…

Flora inspecta son reflet dans la glace. À peine maquillée, les cheveux lâchés, elle avait choisi un fourreau de soie couleur bronze fendu sur le côté, avec une épaule nue. Tentée de rester pieds nus, elle compléta néanmoins sa tenue avec des hauts talons à lanières dorées.

En retournant dans la cuisine pour les derniers préparatifs, elle sentit son cœur battre comme pour un premier rendez-vous. Pourtant, il n'y avait aucun enjeu. Vito ne romprait pas avant d'avoir signé son contrat avec Massimo Black.

Heureusement, car elle n'était pas du tout prête. L'alchimie sexuelle était toujours aussi intense.

— Suis-je assez bien pour toi ?

Elle leva les yeux. Rasé de près, les cheveux encore humides, il était magnifique. Elle huma avec délice son parfum boisé.

— Ça ira, plaisanta-t-elle en cachant son trouble.

Il s'approcha en la dévorant du regard.

— Tu es très… appétissante.

Les jambes flageolantes, elle lui mit deux assiettes dans les mains.

— Porte cela à la salle à manger. J'arrive tout de suite.

Avant de le rejoindre, elle fit couler de l'eau froide sur ses poignets pour calmer son pouls.

Il l'accueillit avec un verre de vin blanc.

— À ta santé, Flora ! Quelle table superbe !

Elle avait coupé quelques fleurs sur la terrasse pour les disposer en bouquet. Un peu embarrassée par le compliment, elle s'empourpra.

— Les *arancini* vont refroidir.

Ce plat traditionnel sicilien, des boulettes de riz et de fromage panées et frites à l'huile d'olive, était une de ses spécialités.

— Je n'ai jamais rien mangé d'aussi bon, déclara Vito.

Flora devint encore plus cramoisie.

— Tu es gentil.

— Je le pense vraiment.

Elle avala une bouchée en s'efforçant de ne pas perdre contenance.

— Ta mère était bonne cuisinière ?

Vito fit la grimace.

— Pas du tout ! Et mon père n'était pas non plus un fin gourmet. Pour des Italiens, c'est un comble !

— Elle travaillait ?

— Elle aidait son mari des tâches administratives. Elle a toujours regretté de ne pas avoir une famille nombreuse.

— C'est triste...

— Oui. D'autant plus qu'à l'époque c'était plutôt la norme.

— Mais, toi, tu n'avais pas envie d'avoir des frères et sœurs, n'est-ce pas ?

— Non. J'avais beaucoup de camarades de jeu qui habitaient dans notre rue. Pour être honnête, je préférais être fils unique pour ne pas partager.

Surprise par ses élans de sincérité, Flora ne cessait de s'interroger sur la personnalité de Vito. Elle l'avait d'abord cru de la même étoffe que son oncle, autoritaire, impitoyable et avide de pouvoir. Talentueux et intelligent, il possédait peut-être une bonté cachée, mais elle n'en était pas encore très sûre...

— J'apporte le plat principal ? lança-t-elle avec large sourire.

— Avec plaisir.

Elle avait concocté une sauce au citron, ail et origan pour accompagner une viande rôtie avec des pommes de terre au four.

— Je me régale ! s'écria Vito. Quel cordon-bleu ! Tu pourrais devenir une grande cheffe.

— Merci. J'adore cuisiner, mais cela ne m'intéresse pas assez pour en faire mon métier.

— C'est le graphisme, ta passion, n'est-ce pas ?

Elle hocha la tête.

— Petite, j'étais constamment en train de dessiner. Mon grand-père maternel était un peintre assez connu. Je tiens probablement de lui.

— Tu n'avais pas de famille en Angleterre pour t'accueillir quand tes parents sont morts ?

— Non…

Elle réprima la tristesse qui menaçait de la submerger. Depuis qu'elle était avec Vito, ses défenses s'amenuisaient. Elle se sentait très vulnérable.

— Ma mère, qui était fille unique, a perdu ses parents assez jeune. Du côté de mon père, il n'y avait que son frère.

Vito s'essuya la bouche avec sa serviette.

— J'ai quelque chose pour toi.

Il s'éclipsa et revint quelques minutes plus tard avec une carte de visite.

— C'est un avocat spécialisé dans les affaires de succession. Il va prendre contact avec toi.

Elle fronça les sourcils.

— Il ne reste rien de mon héritage !

Vito secoua la tête.

— Ton oncle n'est pas sur la paille. Même s'il n'a plus assez d'argent pour relancer ses affaires, il lui en reste suffisamment pour te rembourser, avec les intérêts. Je le lui ai signifié.

Quand il mentionna le montant, Flora en eut le vertige.

— Je n'imaginais pas une somme aussi astronomique !

— Ton oncle devra apprendre à vivre chichement. Il sera bien obligé de s'exécuter s'il ne veut pas se retrouver au tribunal.

Flora avait visiblement des scrupules.

— Je pourrais très bien te donner cet argent moi-même, dit Vito. Mais ce ne serait pas la même chose. D'ailleurs, tu ne l'accepterais pas. Ton oncle doit réparer ses torts, ce n'est que justice. Tes parents seraient d'accord avec moi.

Vito avait raison, naturellement. Les yeux de Flora s'embuèrent à la pensée de ce qu'il faisait pour elle. Depuis ses huit ans, c'était la première fois que quelqu'un veillait à ses intérêts.

Il lui prit la main d'un air inquiet.

— Tu ne m'en veux pas ?

Elle refoula ses larmes tant bien que mal.

— Non... Jusqu'à maintenant, personne ne s'est occupé de moi. Je n'osais pas me défendre.

Vito l'attira sur ses genoux et la serra dans ses bras.

— Tu n'as pas à te sentir coupable envers un homme qui a abusé de ta faiblesse. Tu ne lui dois rien. C'est lui qui a des dettes envers toi.

— On m'a tellement persuadée du contraire que j'ai du mal à m'en convaincre.

— Il n'a jamais fait attention à toi. Il était juste intéressé. Tu mérites tellement mieux ! Tu as tant à offrir, dans tous les domaines !

Flora avait envie de pleurer.

Elle existait vraiment pour Vito.

Cela la bouleversait.

Elle se perdit dans les profondeurs de ses yeux mordorés. Soucieuse de ne pas laisser échapper un aveu imprudent, elle pressa ses lèvres sur les siennes avec ferveur.

Il accepta son baiser et le lui rendit fougueusement. C'était chaque fois nouveau et pourtant familier.

Vito glissa une main sur sa cuisse, et elle s'enflamma aussitôt. Les sensations physiques offraient un exutoire aux émotions.

— Allons danser, suggéra-t-elle, avide de s'étourdir pour penser à autre chose.

Vito haussa un sourcil perplexe.

— Je préférerais rester tranquillement ici.

Elle insista. Il lui fallait une diversion. Elle avait trop peur de trahir ses sentiments à fleur de peau.

— Je ne suis allée qu'une fois en boîte de nuit...

Elle se tut en se remémorant cette nuit-là. Il lui semblait que des années s'étaient écoulées depuis...

Vito capitula.

— D'accord. Mais je ne te promets pas de rester très longtemps.

Dehors, les gens flânaient sur les trottoirs en profitant de cette belle nuit embaumée. Les amoureux marchaient main dans la main. Des familles avec des enfants mangeaient des glaces tout en se promenant.

Flora se sentait délicieusement libre. Et pleine d'espoir pour l'avenir malgré le chagrin d'amour qui se profilait à l'horizon. Elle avait résisté à d'autres tempêtes et finirait par se remettre.

Tu crois vraiment ?

L'espace d'une seconde, la désolation s'abattit sur elle à l'idée de ne plus voir Vito. Elle n'avait rien éprouvé de semblable depuis la disparition des siens.

— Que se passe-t-il ? Tu as changé d'avis ? demanda Vito. Tu es toute pâle.

Elle secoua la tête. Elle avait plus besoin que jamais de se distraire.

— Merci, ajouta-t-elle impulsivement.

— Pour quoi ?

— Tu t'occupes de mes intérêts alors que rien ne t'y oblige.

— Après ce que je t'ai fait, c'est la moindre des choses.

— J'appartiens au clan de ton pire ennemi et tu m'as pardonné quand même. C'est beaucoup.

J'appartiens au clan de ton pire ennemi et tu m'as pardonné quand même. C'est beaucoup.

Les paroles déconcertantes de Flora résonnaient encore au fond de Vito quand ils pénétrèrent dans le night-club. Avait-il tort de lui faire confiance ? Était-elle aussi pure et innocente qu'elle en avait l'air ?

Grâce à lui, elle s'était relevée d'une humiliation publique et recouvrerait bientôt son héritage. Sans son aide, elle n'y serait jamais parvenue.

Avait-elle savamment orchestré toute l'affaire ?

Il s'efforça de se remémorer l'enchaînement des événements. Seul le hasard l'avait remise sur son chemin.

Irrité par les doutes qui s'insinuaient dans son esprit, il commanda une bouteille de champagne. Assise à côté de lui, Flora contemplait le décor avec une expression de profonde satisfaction, comme si, en effet, elle se félicitait d'être parvenue à ses fins.

Il se secoua. Tant mieux si Flora récupérait son dû. Il était ridicule de soupçonner une collusion avec son oncle. La violence de ce dernier en témoignait.

Flora but une gorgée et reposa son verre.

— Viens danser.

Elle le conduisit sur la piste sans attendre sa réponse et commença à bouger au rythme de la musique. Les hommes lui jetaient des regards admiratifs, mais se détournaient en apercevant l'expression férocement possessive de Vito, qui la couvait jalousement.

Finalement, peu importait s'il s'était laissé abuser. À la place de Flora, il aurait lui aussi profité de la situation.

De toute manière, il avait cessé depuis longtemps de croire aux belles histoires.

En rentrant à l'appartement, Flora avait l'impression de flotter sur un nuage. Le champagne lui avait un peu tourné la tête. Elle se débarrassa de ses chaussures en gloussant.

— Je crois que j'ai un peu trop bu…

Elle se jeta à son cou.

— Emmène-moi au lit et fais-moi l'amour, Vito.

Il avait une impression désagréable, comme si, décidément, quelque chose ne tournait pas rond.

Il la souleva dans ses bras.

— Tu vas plutôt te coucher sagement, d'accord ?

— Rabat-joie, murmura-t-elle.

Elle glissa les doigts sur son torse pour le caresser.

— Flora..., protesta-t-il.

— Chut.

Saisie par une autre ivresse, celle du désir, elle déboutonna sa chemise pour embrasser sa peau.

— Tu ferais mieux de dormir, suggéra-t-il en arrivant dans la chambre.

Elle fit la sourde oreille.

Avec une moue aguicheuse, elle défit le haut de sa robe qui glissa jusqu'à sa taille, puis par terre.

Incapable de résister, Vito ôta sa veste. Elle frissonnait d'impatience.

— Tu joues les tentatrices ? lança-t-il.

Pour toute réponse, elle le débarrassa de sa chemise.

— J'ai trop envie de toi...

Vito acheva de se déshabiller et roula sur le lit avec elle. Éperdue, elle referma la main sur son sexe et entrouvrit les jambes en s'offrant à lui.

Il se redressa au dernier moment dans un sursaut de lucidité, en réprimant un juron.

— Tu m'ensorcelles. J'ai failli oublier le préservatif.

Flora n'avait même pas remarqué. Par pure insouciance ou parce qu'elle était prête à courir le risque ? Elle chassa bien vite cette pensée.

Vito revint et s'enfonça en elle pour son plus grand bonheur. Les émotions retenues tout au long de la soirée resurgirent avec une violence décuplée. Les spasmes du plaisir la secouèrent longtemps tandis qu'elle s'accrochait de toutes ses forces aux épaules de Vito en criant son nom. Jamais elle n'avait éprouvé une telle intensité.

Les jambes nouées autour de ses reins, elle essuya du bout de la langue une goutte de sueur sur sa peau.

— Attends un peu, ne bouge pas, implora-t-elle doucement.

Ils étaient intimement unis, dans une parfaite communion physique. Instinctivement, elle éprouva le besoin de graver à tout jamais cet instant dans sa mémoire.

Il fallait que Vito sache... Elle ne pouvait pas retenir plus longtemps l'aveu qui lui brûlait les lèvres.

Les mots surgirent tout seuls de sa bouche.

— Je t'aime.

12

Un lourd silence tomba. Puis, sans rien dire, Vito se retira et se leva d'un bond pour aller à la salle de bains.

Flora se couvrit du drap en espérant très fort qu'elle n'avait pas vraiment prononcé ces mots tout haut… Un frisson courut le long de sa colonne vertébrale. Son euphorie était retombée d'un coup. Elle était glacée.

Vito réapparut, une serviette autour des reins, le visage fermé.

— Qu'est-ce que tu as dit ?

Elle se mordit la lèvre. Elle pouvait très bien répondre « rien » et mettre cet aveu imprudent sur le compte d'une légère ivresse causée par le champagne. Mais tout en elle s'y refusait.

— Je t'aime, répéta-t-elle résolument.

— Pourquoi ? Euh… c'est-à-dire… comment cela ?

Elle lui jeta un regard affolé à l'idée de se livrer davantage.

— C'est arrivé malgré moi, Vito, sans que je m'en aperçoive.

Il prit un ton accusateur.

— Je t'avais prévenue dès le début. Tu n'as rien à attendre de moi. Je ne t'ai jamais rien promis.

— Je sais, murmura-t-elle misérablement.

— Que se passe-t-il ? demanda-t-il d'un ton sec. À quoi joues-tu ? Cela ne te suffit pas de récupérer ton héritage ? Que veux-tu d'autre ?

Flora se figea douloureusement. Comme elle se sentait fragile tout à coup…

— Donne-moi un peignoir, s'il te plaît.

Il s'exécuta, et elle s'en vêtit pudiquement. Puis elle se planta devant Vito, les bras croisés.

— Ton cynisme ne devrait plus me surprendre… Mais qui te dit que je vais accepter mon héritage ? Je n'ai plus envie de cet argent sale.

— Ne refuse pas, il est à toi. Tu pourras toujours le redonner à une œuvre caritative, persifla-t-il à mi-voix.

Elle bondit.

— Il y a une minute, tu m'accusais d'être opportuniste ! Il faudrait savoir, Vito. Pour qui me prends-tu ?

— Justement, je n'en sais rien.

Flora était abasourdie. Comment pouvait-il douter d'elle à ce point ? Il avait l'air complètement découragé et résigné.

Elle avait envie de le secouer par les épaules.

Tu me connais pourtant ! s'écria-t-elle naïvement, dans son for intérieur.

Malgré tout ce qu'ils avaient partagé, il ne lui faisait toujours pas confiance. À ses yeux, elle restait une Gavia, une ennemie. C'était à désespérer.

Un instinct profond, peut-être masochiste, la poussa à insister.

— Tu es insensible à mes sentiments ?

Ses traits demeurèrent de marbre, indéchiffrables.

— Désolé…

Cette fois-ci, elle battit en retraite. Elle avait besoin de s'isoler pour panser ses blessures.

— Je… Je vais jeter un œil sur Benji. Je dormirai dans ma chambre.

— Nous parlerons demain matin.

Quelques instants plus tôt, Flora et cet homme étaient si

étroitement unis qu'ils ne formaient plus qu'une seule et même personne. Quelle illusion...

Elle se détourna et quitta la pièce comme un automate.

Après avoir sorti Benji sur la terrasse, elle l'emmena dans sa suite où il se blottit à ses pieds, sur la couverture.

Vito était encore debout devant la fenêtre, les yeux dans le vague, quand les premières lueurs de l'aube apparurent dans le ciel. Contrairement à son habitude, la rupture ne lui procurait aucun soulagement. D'ordinaire, ses relations n'excédaient jamais une semaine. Avec Flora, il avait largement dépassé ses limites. Il ne savait même plus combien de temps ils avaient passé ensemble. Inexplicablement, son cerveau refusait de fonctionner normalement. Des mots résonnaient en boucle dans son esprit, comme un disque rayé. *Je t'aime.*

C'était impossible. Elle se trompait.

D'ailleurs, il se souvenait très précisément d'autres paroles, totalement contradictoires.

Tu n'as pas d'inquiétude à avoir, Vito. Je n'ai aucun penchant autodestructeur. Je sais parfaitement que je ne dois rien attendre de toi.

Elle n'avait pas changé aussi radicalement. C'était impensable. Totalement absurde. Quelle personne sensée pouvait aimer un homme comme lui, miné par le chagrin, consumé par la vengeance ? Il s'était barricadé contre les émotions depuis la mort de ses parents.

Dans les premiers instants, l'aveu de Flora l'avait étrangement troublé, provoquant même une chaleur réconfortante, presque capable de le faire fondre. Probablement le choc de la surprise...

La signification de cet aveu déraisonnable l'avait vite rattrapé. Néanmoins, encore enveloppé par la douce tiédeur de Flora, il avait failli céder à la faiblesse. Deux pulsions contraires le tenaillaient. *Reste en elle, au plus profond, et retiens-la pour toujours,* soufflait une petite voix intérieure. *Laisse-la et sauve-toi vite*, commandait une autre.

Il avait choisi la fuite. Mais au prix de quelle tension ! Malgré la distance qu'il avait délibérément installée entre eux, les mots de Flora le poursuivaient, réveillant des souvenirs anciens, enfouis dans un coin secret de son cœur. Il avait autrefois connu le bonheur et la sécurité, protégé par l'amour de ses parents.

Ce monde avait explosé dans une déflagration qui avait tout détruit. Il avait tout perdu irrémédiablement quand ils étaient morts. Vito ne laisserait plus jamais prise au malheur.

Flora se réveilla transie le lendemain matin. Après la douche, elle s'habilla avec des vêtements à elle, un jean délavé et un chemisier, et disciplina ses cheveux en se coiffant avec une tresse.

Elle s'en voulait d'avoir précipité la fin de sa relation avec Vito en dévoilant ses sentiments... Mais c'était peut-être pour le mieux. À présent, il fallait aller de l'avant. Seule.

Elle alla dans la cuisine pour donner à manger à Benji.

— Désolée d'avoir laissé tout en désordre, dit-elle à Sofia en se remémorant la soirée de la veille.

La domestique secoua la tête aimablement.

— Je vous en prie. Il Signore Vitale est dans la salle à manger.

Flora le rejoignit en se promettant de ne pas montrer sa tristesse.

Contrairement à elle, il paraissait frais et dispos, nullement affecté par les événements.

— Bonjour, dit-elle en affichant un sourire avenant.

— Bonjour. Je te sers du café ?

Elle lui tendit sa tasse en réprimant un tremblement et but une gorgée rassérénante du délicieux nectar. Puis, elle se concentra sur le contenu de son assiette.

Vito se gratta la gorge.

— Flora.

Elle leva les yeux.

Oh non…

Elle n'avait que faire de sa pitié.

— Écoute, pour hier soir…

Elle l'arrêta d'un geste.

— Il n'y a rien à ajouter. Je ne veux pas en reparler. Je m'en irai dès aujourd'hui et…

— Ce n'est pas nécessaire.

— Pour moi, si.

— Non, sincèrement. Je pars à New York et à Londres pour une dizaine de jours. Je ne te jette pas dehors.

Elle ravala sa fierté.

— Merci. Cela me laisse le temps de m'organiser.

— Tu contacteras le notaire ?

— Faute de mieux ? Pour me consoler de ne pas avoir décroché le gros lot ? railla-t-elle.

Une légère rougeur monta au front de Vito.

— Désolé. Tu ne méritais pas cela.

Flora ne se radoucit pas.

— Tu as toujours des doutes ?

— Je suis un solitaire. Je ne fais confiance à personne d'autre que moi-même, Flora. Je n'ai jamais prétendu le contraire.

Le cœur de Flora se serra. Cet homme avait pourtant tellement à offrir… Un jour, peut-être, il changerait, mais pour une autre.

— Si tu en es convaincu… C'est dommage, surtout pour quelqu'un qui s'est acharné toute sa vie à se dépasser.

Il la dévisagea intensément et s'apprêtait à lui répondre quand la sonnerie de son téléphone retentit. Flora tressaillit en voyant *Massimo Black* s'afficher sur l'écran.

— Je peux te rappeler dans quelques minutes ? lança Vito.

Il raccrocha presque aussitôt.

— J'ai surpris la fin de ta conversation avec Black, le soir du gala, dit Flora. Cet homme d'honneur est rassuré sur ta bonne moralité depuis que tu es avec moi. Tu t'es gardé de le détromper.

— Tu me juges malhonnête ?

— Pas exactement. Tu ne m'as jamais caché tes intentions. Et nous n'avions pas fixé la durée de notre… relation.

— Malgré tout, je n'ai pas été très clair avec lui, reconnut-il.

— Je serai à tes côtés si tu as besoin de moi pour ce dîner à Londres, déclara-t-elle avec noblesse.

Il secoua la tête.

— Non. Tant pis si Black se désiste. Il aurait de toute façon appris notre rupture prochainement.

C'était donc la dernière fois que Flora voyait Vito… Elle se leva de table.

— À propos de ce que je t'ai dit hier soir…

— Tu n'as pas à t'expliquer.

— Je sais.

Elle était néanmoins résolue à exprimer le fond de ses pensées.

— J'étais sincère, Vito. Je t'aime. Tel que tu es. Tu es un homme bon, qui mérite mieux qu'une vie solitaire. Tu trouveras peut-être un jour ton âme sœur, et je suis sûre que tu seras un bon père. Je n'espérais rien en retour en te faisant cet aveu.

Elle se tut et Vito la fixa longuement avant de répondre.

— Tu me fais un grand compliment, Flora, surtout après ce que je t'ai infligé. Mais… je n'éprouve pas la même chose.

Flora releva le menton.

— Cela ne fait rien, Vito. Tu ne m'as jamais rien promis. Je voulais juste que tu saches que j'étais totalement désintéressée.

Elle se mordit la lèvre.

— J'avais l'impression que tu me voyais telle que j'étais. Je me suis trompée. Mais j'ai foi en l'avenir. Un jour, je rencontrerai un homme qui aura confiance en moi. Au revoir, Vito.

Flora se dépêcha de quitter la pièce de peur de s'effondrer. Elle resta dans sa chambre jusqu'au départ de Vito et se prépara à affronter une succession de jours gris et sans joie. Peu importait le temps qu'il faudrait, elle finirait par triompher de sa désillusion.

13

Londres, une semaine plus tard

— Quelle mine féroce ! lança Massimo Black en tendant à Vito un verre de whisky.

Le souvenir de Flora obsédait Vito nuit et jour. Ses paroles le hantaient sans répit.

Je t'aime. Tel que tu es... Tu seras un bon père... J'ai foi en l'avenir. Un jour, je rencontrerai un homme qui aura confiance en moi...

Vito se secoua. Black l'avait invité à boire un verre dans son bureau avant le dîner au restaurant. Ils n'avaient encore rien signé, mais sa mauvaise conscience taraudait Vito.

— J'ai quelque chose à t'avouer, commença Vito.

Black haussa les sourcils.

— Tu veux m'annoncer ta rupture ?

Vito en eut le souffle coupé.

— Comment es-tu au courant ?

Il n'avait rien communiqué à la presse, préférant attendre d'avoir parlé à Black. De plus, une part de lui-même résistait encore.

Black but une gorgée de whisky.

— Carrie a eu un coup de fil de Flora, qui voulait me faire passer le message.

— Qu'a-t-elle dit ? s'enquit Vito, le plus poliment possible.

Il aurait voulu demander de ses nouvelles, savoir où elle était, comment elle allait...

Elle avait déménagé sans laisser d'adresse.

— Elle tenait à s'assurer que votre rupture ne ternirait pas ta réputation, parce que tu es quelqu'un de bien.

L'intervention de Flora en sa faveur mit du baume au cœur de Vito.

Je t'aime. Tel que tu es...

Il jeta un regard circonspect à Massimo.

— Je ne vais pas te mentir, reprit ce dernier. Si tes histoires de femmes recommencent à défrayer la chronique, je n'investirai plus dans ton entreprise. Je déteste le tapage médiatique.

Vito n'avait aucune envie de renouer avec sa vie dissolue. L'idée lui répugnait.

— Tu n'as pas d'inquiétude à avoir de ce côté-là, bougonna-t-il.

— Alors pourquoi... ? Ne me réponds pas si tu juges ma curiosité déplacée.

Malgré l'importance de l'enjeu, Vito battit en retraite. De toute façon, il n'avait plus de certitude et se sentait perdu.

— Je n'ai pas envie d'en parler.

— Comme tu voudras.

— Tu vas me retirer ton soutien financier ?

Black le considéra longuement.

— Finalement, non. Je fais confiance au jugement de Flora, même si je ne l'ai rencontrée que deux fois. Mais je ne tolérerai pas de scandale, c'est compris ?

— D'accord, répliqua Vito sombrement, au lieu de se réjouir.

Il se reprochait amèrement sa conduite impardonnable et irrattrapable.

Vito espérait retrouver sa tranquillité d'esprit en rentrant chez lui à Rome.

Mais l'absence de Flora continua à lui peser horriblement.

Son parfum, son sourire, son enthousiasme communicatif, tout lui manquait, jusqu'à ce satané chien auquel il s'était attaché.

L'appartement était désespérément vide. Il se sentait seul comme jamais. L'obsession de la vengeance l'avait totalement habité depuis la mort de ses parents. Ensuite, Flora avait comblé le vide.

Il aperçut un écrin sur une console, accompagné d'une carte.

Vito, je n'ai pas envie d'emporter ce cadeau. Je t'en prie, accepte-le en remerciement. J'espère que tu trouveras le bonheur dans ta vie. Flora.

Il contempla les boutons de manchettes qu'elle avait voulu lui offrir à New York, avec les aigles aux ailes déployées.

J'espère que tu trouveras le bonheur dans ta vie...

Il n'avait jamais envisagé cette éventualité. Avant de rencontrer Flora, seule la réussite professionnelle lui importait. Mais sa vie avait changé en l'espace de quelques semaines... Flora l'avait rendu heureux pour la première fois depuis longtemps. Depuis la mort de ses parents.

Une douceur inaccoutumée s'était glissée en lui, comme une promesse de jours meilleurs.

Quelle ironie. Les Gavia avaient finalement le dernier mot. Flora lui avait jeté un sort à son insu. Sa présence lui était devenue nécessaire. Il savait désormais qu'il ne pourrait pas vivre sans elle. Mais aurait-il le courage de rendre les armes et d'admettre sa défaite ?

— Flora, tu es merveilleuse.

— Merci, Maria. Mais franchement, je ne suis pas la mieux qualifiée pour ce rôle. Tu devrais trouver quelqu'un d'autre...

Flora s'interrompit brusquement en voyant quelqu'un franchir le seuil du nouveau centre d'accueil pour les femmes.

Vito. Son cœur se mit à battre follement. Elle avait des hallucinations…

Maria s'avança vers le nouveau venu qu'elle accueillit comme un héros. Elle connaissait bien ce donateur généreux.

— Signore Vitale, merci du fond du cœur. Vous n'imaginez pas tout ce que nous avons pu accomplir grâce à vous.

Vito lui serra chaleureusement la main.

— Remerciez plutôt Flora, dit-il en glissant un regard dans sa direction.

— Nous lui devons beaucoup aussi, en effet. Nous voudrions la payer, mais elle insiste pour travailler bénévolement.

Flora, qui n'avait pas encore parlé à Maria de sa nouvelle situation financière, avait quelques remords. À la suite de son entrevue avec le notaire, elle avait pu louer un appartement et rentrerait bientôt en pleine possession de son héritage.

— Je t'en prie, tu m'as aidée quand j'étais en difficulté. C'est la moindre des choses, murmura-t-elle.

— Que pouvons-nous pour vous, Signore Vitale ? demanda Maria.

Flora, qui évitait soigneusement le regard de Vito, leva les yeux sur lui. Il était… différent. Changé. Vêtu d'un jean usagé et d'un T-shirt sous un blouson, il portait un casque de moto sous le bras. Rose.

— Flora, tu veux bien venir avec moi quelques instants ?

— D'accord, répliqua-t-elle, déconcertée.

— Tu en as fait suffisamment pour aujourd'hui, dit Maria.

Flora enfila sa veste et emboîta le pas à Vito jusque sur le trottoir où était garée sa moto.

— Elle est à toi ?

— Oui. Mais je ne m'en étais pas encore servi avant aujourd'hui.

Il lui tendit le casque rose et attacha la courroie sous son menton. Elle frissonna au contact de ses doigts sur sa peau.

— Que fais-tu ici, Vito ?

— J'ai envie de parler un peu avec toi.

Incapable de proférer un son, Flora se posait toutes sortes de questions. Voulait-il s'excuser ? Renouer ?

Il l'aida à s'installer à l'arrière.

— Tiens-toi à moi, recommanda-t-il.

Elle obtempéra sans plus chercher à comprendre, passa les bras autour de sa taille, et il démarra sur les chapeaux de roues.

Il l'emmena tout en haut de la colline du Janicule, l'un des meilleurs points de vue sur Rome. Un peu abasourdie, Flora contempla le panorama d'un air indécis.

Vito la conduisit un peu à l'écart. Il paraissait tendu.

— Je venais souvent ici, après la mort de mes parents. Nous avions tout perdu. Absolument tout. J'imagine tout ce que tu as traversé en sortant de mon bureau le jour où nous devions nous marier parce que je suis passé par là moi aussi.

— Tu as été à la rue ?

— Pendant un temps, oui, avant de trouver un lit en dortoir dans une auberge de jeunesse. Je me suis reconstruit petit à petit à partir de là.

Que d'efforts il avait dû déployer…

— Je venais là, reprit-il, et j'imaginais ton oncle en train de festoyer dans son *palazzo* grâce à l'argent extorqué à mon père. À cette époque, j'ignorais qu'il t'avait aussi volé ton héritage.

Il se tut un instant.

— À présent, quelqu'un d'autre accapare mes pensées…

— Qui ? s'enquit-elle timidement.

— Toi, bien sûr. Je me demande où tu es, avec qui. Si tu es heureuse… Quel usage tu fais de la fortune qui est enfin à toi. Je te connais. Tu es pure et trop bonne, en dépit de toutes les épreuves traversées.

Flora secoua la tête avec une expression embarrassée.

— Je ne suis pas une sainte.

Il effleura sa joue d'une caresse si légère qu'elle crut l'avoir rêvée.

— Comparée à moi, si. Je me suis laissé dominer par la colère et le chagrin, au point d'étouffer tous mes rêves et mes espoirs. Je ne pensais qu'à ma vengeance. Et puis tu es apparue dans ma vie pour me montrer tout ce qui me manquait. J'ai soif d'avenir, Flora, de bonheur et d'accomplissement, au-delà du succès matériel.

Prise de vertige, Flora ferma les paupières en répétant les mots importants.

— Soif d'avenir...

— Oui, Flora. Avec toi à mes côtés et personne d'autre. Je t'ai rejetée par lâcheté, uniquement.

Elle secoua la tête.

— Tu es l'homme le plus courageux que je connaisse.

Vito posa une paume contre sa joue.

— Tu as infiniment plus de courage que moi. Tu l'as prouvé en m'ouvrant ton cœur. Moi, je n'aurais jamais osé. Je me raccrochais aux émotions négatives qui m'habitent depuis trop longtemps, le chagrin et la soif de vengeance. Elles m'empêchaient de m'ouvrir à autre chose.

— Qu'es-tu en train de me dire, Vito ?

Une lueur brilla dans son regard.

— Je t'aime, Flora. À la folie. Ces quinze derniers jours, j'étais désespéré. Je n'avais plus le choix... Je capitule. Je me rends, corps et âme. Tu veux bien encore de moi ?

Bouleversée, Flora resta comme paralysée, sans trop y croire. Il fallait pourtant réagir. L'inquiétude jetait déjà une ombre dans les yeux de Vito.

— Je sais que je ne te mérite pas..., reprit-il.

Elle ne le laissa pas terminer et se jeta à son cou.

— Flora ?

— Je t'aime, Vito, de tout mon être, et je t'aimerai toujours, toute ma vie.

Il poussa un long soupir de soulagement.

— Dieu soit loué ! Un instant, j'ai cru qu'il était trop tard.

— Mais non, murmura-t-elle en lui offrant ses lèvres.

Quand les touristes applaudirent autour d'eux, elle se blottit tout contre lui pour enfouir son visage au creux de son épaule.

Après avoir déménagé les affaires de Flora dans l'appartement de Vito, ils s'enfermèrent dans la chambre pour le reste de l'après-midi et firent l'amour avec une passion redoublée.

À présent, ils reposaient dans les bras l'un de l'autre. La chevelure cuivrée de Flora formait comme une auréole sur l'oreiller. Jamais elle n'avait paru aussi belle à Vito, qui découvrait le bonheur avec une sorte d'effroi. Malgré tout, sa peur s'estompait peu à peu, remplacée par l'espoir et la foi en l'avenir.

Flora pressa un baiser sur son torse, et il s'appuya sur un coude pour la contempler.

— Au fait, j'ai une question…

— Je t'écoute.

Il se détourna pour prendre quelque chose dans le tiroir de la table de nuit. Soudain assailli par un accès de nervosité, il hésita quelques secondes avant d'ouvrir un petit écrin.

Flora se redressa en portant la main à sa bouche. Elle avait pâli.

— Oh…

Incapable d'en dire davantage, elle l'interrogea du regard, et il hocha la tête.

— Oui, c'est une demande en mariage.

Il prit délicatement la bague Art déco et la passa en tremblant à son doigt.

— Tu acceptes, Flora ?

— Oui…, bredouilla-t-elle, au bord des larmes. C'est mon rêve le plus cher.

— Elle est moins tape-à-l'œil que la première, n'est-ce pas ?

Elle éclata de rire.

— Oui ! Elle est magnifique.

— Une dernière chose.

— Tout ce que tu voudras.

— Un jour, quand tu auras fini tes études de graphiste…

— À l'université ?

— Bien sûr.

Il refréna le désir impérieux qui recommençait à l'aiguillonner et se concentra.

— Tu voulais fonder une famille, n'est-ce pas ?

Flora s'immobilisa.

— Mais, toi, tu ne veux pas d'enfants.

— C'était avant de te connaître. Maintenant, je ne suis plus aussi catégorique. Une petite fille serait même la bienvenue, surtout si elle a les yeux d'or de sa mère et ses boucles folles.

— Ou un petit garçon très brun, avec les yeux noirs de son père et son tempérament fougueux, suggéra Flora, le cœur battant.

Vito l'embrassa ardemment.

— Qui sait ? Nous verrons bien. Ce sera la surprise.

Rome, un mois plus tard

Vito attendait impatiemment devant l'autel, à l'église. Flora était en retard. Les gens commençaient à chuchoter.

Avait-elle décidé de ne pas venir, pour lui rendre la monnaie de sa pièce ?

Il tripota nerveusement les boutons de manchettes qu'elle lui avait offerts. Non, c'était impossible. Elle ne renierait jamais sa promesse.

Flora est incapable de se comporter ainsi. Elle n'est pas comme toi.

Sa tension se relâcha quand un murmure parcourut l'assistance. Elle était là. Elle l'aimait.

Incapable de se retenir, il se retourna.

Dans sa robe blanche, elle avait l'air d'un ange. Le corsage de dentelle rebrodée de perles dénudait ses jolies épaules et la jupe retombait en flots de tulle jusque par terre. Une simple guirlande de fleurs retenait ses cheveux longs.

Il la regarda s'avancer dans l'allée avec un mélange de timidité et de fierté.

Elle était à peu près au milieu lorsque, n'y tenant plus, il marcha à sa rencontre. *Au diable le protocole !*

Elle lui sourit malicieusement.

— Tu as eu peur ?

Vito pressa un baiser sur sa bouche, sans se soucier des exclamations, ni du prêtre qui s'impatientait.

— J'avoue que je n'étais pas tranquille, reconnut-il. Mais je suis rassuré.

Ils s'approchèrent de l'autel main dans la main pour prononcer leurs vœux d'amour éternel. Un avenir radieux, plein de promesses et de joie, s'offrait à eux.

Vous avez aimé ce roman ?
Retrouvez en numérique l'histoire
de Massimo Black & Carrie dans :
L'étreinte d'un comte

CAROLE MORTIMER

L'offre d'un milliardaire

Traduction française de
HERVE PERNETTE

AZUR

HARLEQUIN

Titre original :
THE BILLIONAIRE'S MARRIAGE BARGAIN

Ce roman a déjà été publié en 2020.

1

Dominick fut tiré de ses pensées par la sonnerie de l'Interphone, ce qui l'agaça prodigieusement. Il aurait dû avertir sa secrétaire que, pendant deux heures, il ne souhaitait être dérangé sous aucun prétexte. Cela faisait quatre mois qu'il peaufinait ses plans. Désormais, il était sur le point d'atteindre son but et, confortablement installé dans son bureau surplombant la Tamise, il savourait cette victoire toute proche.

Ces quatre mois lui avaient paru une éternité. Mais, s'il s'était précipité, la revanche qu'il s'apprêtait à prendre n'aurait pas été aussi exquise.

Selon le dicton, la vengeance est un plat qui se mange froid. Alors il comptait bien apprécier chaque instant de la déchéance de l'homme qui, quatre mois auparavant, en lui ravissant Kenzie, avait blessé son orgueil.

Il fit pivoter son fauteuil et pressa le bouton de l'Interphone.

— Oui ? demanda-t-il d'une voix irritée.

— Dominick, vous avez Mme Masters sur la ligne 1, lui annonça Stella, sa dévouée secrétaire.

Sa mère lui téléphonait ?

Et d'abord, pourquoi s'obstinait-elle à se faire appeler Masters alors qu'après avoir divorcé de son père il y avait plus de trente ans, elle s'était remariée et avait de nouveau divorcé deux fois ? Il n'en avait vraiment aucune idée.

— Dites-lui que je suis occupé.

— C'est ce que j'ai fait mais elle prétend que c'est urgent, répliqua Stella avec aplomb.

Il poussa un soupir.

— Rappelez-moi d'oublier de vous verser votre prime de Noël cette année..., marmonna-t-il, n'obtenant de sa secrétaire qu'un petit rire entendu avant qu'elle lui passe la communication. Maman, commença-t-il d'un ton sec, peux-tu être brève ? J'ai...

— Dominick...

Le temps se figea.

Entendre cette voix chaude et sexy prononcer son prénom suffit à l'ébranler.

Cela faisait quatre mois qu'il n'avait pas parlé à Kenzie et il se demandait bien pourquoi elle l'appelait aujourd'hui. Toutefois, qu'elle le fasse aujourd'hui était une coïncidence qui ne lui échappa pas...

— Dominick ?

Bien. Ce n'était pas sa mère qui lui téléphonait mais celle qui, quelques mois plus tôt encore, était son épouse. Et qui, officiellement, l'était encore, même si elle l'avait quitté pour un autre.

Il inspira et plissa les yeux.

— Kenzie...

Kenzie ne fut pas surprise par son ton froid et distant. D'ailleurs, au cours de la querelle qui avait mis fin à leur bref mariage, elle lui avait reproché d'être un homme de glace.

Une querelle ?

Non, à vrai dire, il n'y avait pas eu de véritable querelle, corrigea-t-elle, le cœur lourd. Dominick lui avait adressé de froides accusations qui l'avaient laissée incrédule, sous le choc.

Elle serra son téléphone portable pour se donner du courage. Elle aurait donné cher pour ne pas être la première à se manifester après ces longs mois de séparation. D'autant qu'elle était consciente qu'en quittant Dominick, elle avait froissé son orgueil et que, depuis, sa haine pour elle ne pouvait qu'avoir grandi.

— Eh bien ? la pressa-t-il comme elle ne disait rien.

Il n'avait pas changé ! Il était toujours impatient, toujours pris par ses affaires, et n'avait jamais le temps de l'écouter ou tenter de la comprendre.

Elle sentit un point de tension entre ses épaules et écarta ces pensées négatives. Ressasser le passé n'avait pas de sens.

Au moment de l'appeler, elle n'était même pas certaine qu'il était à Londres mais, désormais, elle l'imaginait très bien installé dans son luxueux bureau ultramoderne à la vue imprenable, symbole de la puissance de l'empire financier que Dominick avait bâti. Il possédait sa propre compagnie aérienne, une chaîne de télévision, un casino dans le sud de la France et des hôtels dans les plus grandes capitales du monde.

Oh oui, elle l'imaginait très bien, avec ses cheveux noirs épais qu'il portait légèrement trop longs, ses yeux marron qui pouvaient s'assombrir sous le coup d'une forte émotion, son nez aristocratique et arrogant, ses fines lèvres ciselées. Elle voyait ses larges épaules, sa taille impeccable et ses longues jambes. Sans doute portait-il un de ses costumes sur mesure achetés en Italie, tout comme ses chaussures.

Il lui suffisait d'imaginer son allure pour sentir son cœur battre un peu plus fort et les paumes de ses mains devenir légèrement moites…

— Soit tu me dis pourquoi tu m'appelles, soit je raccroche. J'ai du travail, insista Dominick d'un ton implacable.

— Oh ! voilà qui n'est pas habituel, rétorqua-t-elle.

— Qu'est-ce que tu veux ? reprit-il, refusant de répondre à son sarcasme.

Il n'était pas préparé à entendre la voix de Kenzie et encore moins à bavarder tranquillement avec elle.

Cependant, avec elle, rien n'avait jamais été tranquille. Au contraire, il avait toujours éprouvé des émotions fortes : un désir ardent la première fois qu'il l'avait vue, une fureur noire quand elle l'avait laissé tomber pour un autre.

— Je... Je dois te parler, Dominick, dit-elle calmement.

— N'est-ce pas un peu tard ? Dois-je te rappeler qu'il y a un mois, tu m'as envoyé une demande de divorce ?

Il avait rangé ces papiers dans un tiroir de son bureau et n'y avait plus touché depuis.

Mais peut-être était-ce de cela qu'elle voulait lui parler...

Etait-elle impatiente de mettre un terme à leur mariage au point de souhaiter lui parler en personne pour obtenir une réponse positive de sa part ?

Parce qu'elle avait déjà un nouveau mari en vue... ?

Mais oui, Jerome Carlton, bien sûr, qui était sans doute déterminé à lui offrir tout ce que lui n'avait pas su lui donner. Kenzie pensait-elle déjà à se remarier avant même que leur divorce soit prononcé ?

Il n'aurait jamais dû l'épouser. Après tout, avant de la rencontrer, il considérait que le mariage n'était pas fait pour lui.

Le mariage de ses parents, ainsi que leurs remariages successifs, avaient été des fiascos, ce qui ne l'avait pas encouragé à chercher à se marier lui-même, et encore moins à avoir des enfants. Dans sa propre enfance, il avait connu divers beaux-pères et belles-mères qui ne s'intéressaient pas à lui et qui étaient d'ailleurs tous rapidement sortis de sa vie.

Cependant, environ quatorze mois plus tôt, il avait rencontré Kenzie lors d'une soirée d'ouverture d'un de ses hôtels, et il lui avait suffi de poser une seule fois les yeux sur ce top model connu dans le monde entier pour éprouver le désir impérieux de la mettre dans son lit. Elle était d'une beauté éblouissante, d'une sensualité troublante. En outre, elle avait la réputation de se tenir à l'écart des hommes et on ne lui connaissait pas d'aventures, ce qui avait constitué un défi d'autant plus piquant à relever.

Il l'avait invitée plusieurs fois à boire un verre, puis à dîner, et elle l'avait de plus en plus intrigué. Quand il avait commencé à mieux la connaître — et à la désirer de plus en plus —, il avait compris pourquoi elle était aussi pudique. Car Kenzie avait beau être une des femmes les plus glamour au monde, au fond, elle était restée la petite fille qui avait grandi avec ses trois sœurs et ses parents dans un village de l'Angleterre profonde. Les paillettes et les mondanités n'étaient qu'une façade. Ce qu'elle désirait plus que tout, c'était rencontrer l'homme de sa vie et vivre heureuse avec lui jusqu'à la fin de ses jours.

Quand il avait découvert qu'elle était encore vierge, se réservait pour son prince charmant et n'avait aucune intention de se lancer dans une aventure, pas plus avec lui qu'avec un autre, il était tombé de haut.

Qu'avait-il véritablement éprouvé alors ? Il n'aurait pas su le dire. Peut-être avait-il ressenti le besoin de posséder une femme encore plus unique, de conquérir un privilège qu'aucun autre homme avant lui n'avait connu et ne connaîtrait jamais. Tout ce qu'il savait, c'est que son désir pour elle était allé crescendo, au point qu'il en avait négligé ses affaires, ce qui ne lui était jamais arrivé auparavant.

Il avait vite compris qu'il ne pourrait pas continuer ainsi longtemps.

Il n'avait entrevu qu'une seule solution.

L'épouser...

Après tout, pourquoi pas ? s'était-il dit après avoir eu du mal à se faire à cette idée. De toute façon, il ne serait pas assez stupide pour tomber amoureux et resterait hermétique à la douleur et à la désillusion qu'engendraient les sentiments et un trop grand attachement.

Il avait trente-sept ans, avait-il songé, et prendre pour épouse — et par la même occasion, mettre dans son lit — une femme magnifique à la renommée internationale ne pouvait qu'être bénéfique pour ses affaires. Il n'avait pas tenu compte du fait qu'il n'était pas amoureux de Kenzie et était déterminé à ne jamais s'attacher à une femme.

Neuf mois plus tard, quand elle l'avait quitté pour un homme qui pouvait lui offrir ce qu'elle désirait, il l'avait amèrement regretté.

Kenzie était soulagée que cette conversation ait lieu au téléphone. Ainsi, Dominick ne pouvait pas voir combien elle était pâle et à quel point il lui coûtait de devoir lui parler de nouveau.

Elle était tombée amoureuse de lui au premier regard et, quand elle avait compris que son attirance était réciproque, elle en avait été bouleversée. Les deux semaines suivant leur première rencontre, ils avaient été inséparables. Et, finalement, il l'avait prise par surprise en l'emmenant dans son jet privé à Las Vegas pour l'épouser.

Sur le moment, elle avait éprouvé quelques regrets à l'idée que sa famille ne puisse pas assister à la cérémonie, car ses parents avaient toujours été persuadés qu'elle se marierait en robe blanche, dans la plus grande tradition.

Mais elle était tellement éprise de Dominick, tellement impatiente de devenir sa femme qu'elle avait bien vite laissé ses états d'âme de côté. Son rêve devenait réalité et, après leur mariage, ils avaient passé deux semaines seuls sur une île des Caraïbes dont il était propriétaire.

Mais elle n'avait pas compris que, même si Dominick l'avait demandée en mariage, ses sentiments n'étaient pas partagés. Il la convoitait physiquement et, pour lui, elle était avant tout un moyen d'asseoir sa position dans le monde.

Mais, à l'instant, ces mauvais souvenirs ne lui étaient d'aucun secours !

— Je ne t'appelle pas pour te parler de notre divorce, Dominick, lui dit-elle avec douceur.

— Ah non ? répliqua-t-il sur un ton cinglant. Cela fait quatre mois que tu es partie, Kenzie. Tu n'as pas encore réussi à convaincre Jerome Carlton de te demander en mariage ?

Son sarcasme lui fit mal. Comment avait-elle pu être assez stupide pour croire que cet individu l'aimait ? Mais elle n'avait pas l'intention de se lancer dans une joute verbale. Quand il l'avait accusée de l'avoir trompé avec Jerome Carlton, elle avait eu beau clamer son innocence, rien n'y avait fait. Il ne l'avait pas crue et ne la croyait toujours pas.

— Je suis encore mariée avec toi, Dominick, lui rappela-t-elle d'un ton las.

— Plus pour longtemps, rétorqua-t-il sèchement.

Plus pour longtemps, en effet. Une fois que les papiers de divorce auraient été signés et leur séparation légalement reconnue, peut-être pourrait-elle songer à reconstruire sa vie.

Même si elle n'avait aucune intention de se remarier.

Comment l'aurait-elle pu alors qu'elle aimait toujours Dominick ?

Elle l'aimait, mais elle ne pouvait plus vivre avec lui. Dans son univers, elle n'avait été qu'un faire-valoir.

— Je dois te parler sérieusement, Dominick, et je ne peux pas le faire au téléphone...

— Tu souhaites qu'on se voie ? la coupa-t-il, incrédule.

Kenzie soupira. Elle n'avait pas plus que lui envie de le rencontrer. Ce serait si pénible d'avoir devant elle l'homme qu'elle aimait, alors que lui ne l'avait jamais aimée et ne l'aimerait jamais.

Cependant, elle savait que, s'il ne voulait pas la voir, c'était avant tout parce qu'elle représentait le seul échec de sa vie. Or Dominick Masters ne supportait pas l'échec.

— Il faut que je te voie. Je dois te... demander une faveur, osa-t-elle ajouter.

— Une faveur ? A moi ? répliqua Dominick, sans parvenir à masquer sa surprise.

Il se rappelait clairement que, le jour de son départ, Kenzie lui avait affirmé que plus jamais elle ne lui réclamerait quoi que ce soit.

Sauf le divorce, bien sûr.

— Tu as un sacré toupet pour croire que tu peux revenir dans ma vie après quatre mois et faire comme si…

— Dominick, s'il te plaît…

— Non, c'est toi qui m'écoutes ! l'interrompit-il avec véhémence. Tu m'as laissé tomber, Kenzie. Tu as mis fin à notre mariage pour aller te jeter dans les bras d'un autre ! Et maintenant tu veux que je *te* fasse une faveur ?

— Je ne t'ai pas quitté pour un autre homme !

— Il se trouve qu'on m'a informé du contraire, répliqua-t-il d'une voix grinçante.

— Tu ne sais rien de moi, Dominick, soupira-t-elle. Tu n'as jamais rien su.

Désormais, le choc d'entendre de nouveau sa voix était passé et il était certain que le fait qu'elle l'appelle précisément aujourd'hui n'était qu'une pure coïncidence. Après tout, Kenzie n'avait aucun moyen de savoir que l'épée de Damoclès suspendue au-dessus de la tête de son amant était sur le point de s'abattre sur lui.

— Je ne… La faveur que je souhaite te demander n'est pas pour moi, Dominick, reprit Kenzie avec difficulté. Enfin… pas vraiment, ajouta-t-elle, mal à l'aise.

— Peut-être devrais-tu m'en laisser juge. Dis-moi ce dont tu as besoin et je te dirai si je suis d'accord pour te le donner.

— Pas au téléphone, répéta-t-elle. Je dois d'abord te fournir quelques explications. Es-tu d'accord pour déjeuner avec moi ?

Cette suggestion lui fit hausser les sourcils. Lui parler au téléphone était une chose, la voir pour de bon, se retrouver face à elle en était une autre.

— Aujourd'hui ?

— Oui, bien sûr, répondit-elle avec impatience. Enfin, si c'est possible…

Dominick posa les yeux sur l'agenda ouvert sur son bureau à la date du jour, ce qui n'était pas nécessaire car il savait déjà qu'il n'avait pas d'engagement pour le déjeuner.

— Je crains que ce soit difficile, répondit-il cependant. En revanche, ce soir, je dîne chez Rimini à 20 heures. Souhaites-tu te joindre à moi ?

A la perspective de dîner avec lui, Kenzie fit la grimace. Un déjeuner, c'était informel, mais un dîner dans un des luxueux restaurants qu'ils fréquentaient quand ils étaient officiellement mari et femme, c'était différent...

— Ne pourrais-je pas me contenter de te rejoindre au bar pour prendre un verre ? suggéra-t-elle. Je n'en aurai pas pour longtemps et...

— Tu as peur, Kenzie ? la coupa Dominick sur un ton de défi.

Elle contint sa colère.

— De toi, certainement pas ! contra-t-elle, même si ce n'était pas tout à fait vrai.

Elle n'avait pas peur de lui, mais elle était consciente qu'avec son influence et son argent il pouvait infliger des châtiments terribles.

— Je ne vois pas l'intérêt de gâcher nos soirées respectives.

— Ou alors seulement la mienne, peut-être..., ironisa-t-il, méprisant. C'est toi qui souhaites cette rencontre, Kenzie, pas moi. Compte tenu des circonstances, je considère que j'ai le droit de poser mes conditions. Donc, c'est ce soir au dîner ou rien !

Kenzie avait anticipé cette réponse.

— Dans ce cas, je suppose qu'il ne me reste plus qu'à accepter, n'est-ce pas ? dit-elle en comptant les heures qui la séparaient de cette rencontre.

— N'aie pas l'air aussi impatiente, je pourrais mal l'interpréter.

— Si j'étais toi, j'éviterais ! Rien n'a changé. J'ai besoin de te parler, c'est tout, s'empressa-t-elle d'ajouter.

— Ce doit être très important pour que tu acceptes de me

revoir, la provoqua-t-il, en imaginant avec un certain amusement à quel point cette situation humiliante devait contrarier Kenzie.

Cela faisait quatre mois qu'il n'avait pas souri ainsi. Depuis qu'elle l'avait quitté, justement.

A cette pensée, son sourire s'évapora.

Kenzie l'avait quitté parce que, selon elle, il était incapable d'éprouver des sentiments semblables à ceux qu'elle avait pour lui. Et cela, neuf mois à peine après leur mariage...

Mais ses arguments n'étaient qu'un tissu de mensonges destiné à dissimuler sa relation avec Jerome Carlton.

Imaginer un autre homme dans la vie de Kenzie lui fit reprendre son sérieux. Malgré ses grandes déclarations sur l'amour, le mariage et la fidélité, elle l'avait trompé !

Et maintenant, voilà qu'elle souhaitait lui demander une faveur.

Il avait prévu de se venger de Jerome Carlton et de lui seul. Toutefois, il était conscient que, par ricochet, la chute de ce dernier atteindrait également Kenzie.

Maintenant, voilà qu'elle réapparaissait dans sa vie.

C'était un peu le jeu de la mouche et de l'araignée.

2

Kenzie se demandait bien ce qu'elle faisait dans ce restaurant, où elle s'apprêtait à dîner en compagnie de Dominick Masters, qui serait bientôt son ex-mari.

Il était en retard.

Il le faisait exprès pour l'agacer, elle en était certaine.

Comme si elle n'était pas déjà suffisamment nerveuse !

Les autres clients du restaurant avaient remarqué sa présence. Le visage de Kenzie Miller était bien connu. Il y a peu, elle était apparue dans un spot publicitaire diffusé par les télévisions du monde entier. Kenzie Miller était *le* visage de Carlton Cosmetics.

Kenzie Miller, top model internationale, attendait depuis un quart d'heure que son rendez-vous arrive !

Sans doute était-ce l'idée que Dominick se faisait d'une plaisanterie, une petite vengeance mesquine pour l'avoir quitté. Il n'empêche, faveur ou pas, s'il n'arrivait pas dans les trois minutes, elle s'en irait et…

Il venait d'entrer dans le restaurant.

Même si elle ne l'avait pas vu franchir la porte, elle l'aurait deviné. Dès qu'il était dans les parages, elle sentait des picotements le long de la colonne vertébrale et un feu ardent couver entre ses cuisses.

Oui, son attirance physique pour lui était toujours aussi forte.

Cela ne l'étonnait pas.

Mais ce rappel à la réalité était difficile à vivre. Elle devait bien admettre que, dans son costume sombre sur mesure et sa chemise de soie blanche, il était magnifique. Elle imagina son corps musclé, contempla ses cheveux noirs dans lesquels elle avait l'habitude de plonger les doigts pour l'attirer à elle et...

Qu'il soit maudit ! Il ne regardait même pas dans sa direction. Elle l'observa tandis qu'il s'arrêtait tranquillement pour parler au maître d'hôtel.

L'estomac noué, elle prit soudain conscience de l'audace de sa démarche. Mais avait-elle le choix ?

Non, elle n'en avait aucun.

Dominick se dirigea vers leur table, saluant plusieurs connaissances au passage, comme s'il n'avait toujours pas remarqué sa présence. Et ignorait avoir vingt minutes de retard.

— J'espère ne pas t'avoir fait attendre, dit-il froidement en s'asseyant en face d'elle. J'ai été... retenu.

Il avait repéré Kenzie dès qu'il avait pénétré dans l'établissement et il avait pu constater qu'il lui suffisait toujours de poser les yeux sur elle pour rester sans voix pendant quelques secondes. Il avait senti sa bouche s'assécher, et s'était délibérément arrêté auprès du maître d'hôtel pour se donner un peu de temps et se préparer à se retrouver face à elle.

Elle était très en beauté. Ses longs cheveux bruns tombaient en cascade dans son dos, sa robe moulante sans bretelles révélait ses épaules satinées et laissait deviner ses seins. La couleur de sa robe était assortie à ses yeux émeraude, des yeux bordés des plus longs cils qu'il eût jamais vus. Quant à ses lèvres pulpeuses, elles étaient toujours la promesse d'une intense passion...

Mais Kenzie n'était pas simplement belle : elle avait quelque chose en plus, une grâce, une sensualité innées toujours apparentes, comme à l'instant.

La première fois qu'il l'avait vue, il en avait eu le souffle coupé.

Aujourd'hui, en dépit de circonstances bien différentes, il avait la même sensation.

Aucune de ces émotions ne transparaissait sur son visage tandis qu'il la fixait avec arrogance.

— Tu as l'air en forme, Kenzie, lui dit-il en remerciant de la tête le sommelier qui les servait en vin. Indéniablement, avoir un amant te fait du bien, ajouta-t-il d'un ton amer.

— Ton imagination continue de te jouer des tours, Dominick, rétorqua-t-elle.

Elle fit de son mieux pour ignorer la force qui la poussait vers lui et repoussa ses cheveux pour le dévisager sans détour.

Elle avait soigné sa tenue, choisi de porter une robe qui soulignait sa silhouette et de laisser ses cheveux libres, car c'est ainsi que Dominick la préférait.

Pour venir à bout du mépris qu'il éprouvait désormais pour elle, elle aurait besoin de toutes ses armes. Elle avait donc décidé de mettre en valeur ce qui lui avait plu chez elle lors de leur première rencontre, ne serait-ce que pour lui rappeler ce qu'il avait perdu en la laissant partir au lieu d'essayer de la retenir.

Cependant, dans son regard qui la détaillait, elle ne décelait aucun regret.

A vingt-sept ans, et pourtant mannequin depuis huit ans, elle n'avait jamais pu supporter le regard détaché, scrutateur de Dominick, qui ne laissait filtrer aucune émotion.

Si tant est qu'il en éprouvât, car jamais elle n'avait perçu d'amour dans ses yeux sombres, ni pour elle ni pour aucune autre personne.

— Quand je pense à Jerome Carlton et toi, je t'assure que je préfère ne pas trop laisser gambader mon imagination, lui assena-t-il avant de prendre une gorgée de vin blanc. Je ne faisais que constater que la fin de notre mariage ne semble pas avoir affecté ta beauté.

— Ah, il faut être précis, alors ! répliqua-t-elle en le maudissant de faire preuve d'un tel contrôle de lui-même.

Si, un mois plus tôt, il l'avait vue à l'hôpital, prostrée au chevet de son père, à prier pour qu'il survive, il se serait rendu compte qu'elle n'était pas toujours en beauté et que, parfois, la douleur la laissait hagarde.

— Bien, reprit-elle avec la volonté de changer de sujet, puis-je t'expliquer pourquoi j'avais besoin de te parler…

— Si ça ne t'ennuie pas, j'aimerais d'abord passer commande, la coupa-t-il d'un ton qui ne supportait pas de réplique.

Même s'il l'avait contrainte à le retrouver au restaurant, elle ne se sentait pas la force d'avaler quoi que ce soit. Le revoir, comprendre qu'elle l'aimait toujours autant et ne rien obtenir en retour la déchirait.

Elle déglutit.

— Je t'en prie, vas-y. Personnellement, je ne prendrai rien.

Elle ferma son menu sans même l'avoir regardé, les yeux baissés.

Dominick l'observa en silence. Kenzie n'avait jamais fait partie de ces mannequins qui ne mangent presque rien par peur de grossir, et sa ligne impeccable était aussi naturelle que sa beauté.

Il tendit la main pour lui prendre le menton entre deux doigts et la forcer à lever les yeux vers lui.

Tandis qu'elle soutenait son regard, il songea qu'au cours de ces quatre derniers mois, elle était devenue plus experte dans l'art de dissimuler ses émotions.

Pourtant, après de longues secondes, il perçut de la fatigue dans ses yeux verts ; malgré son maquillage, elle était très pâle et paraissait presque frêle.

— Que s'est-il passé, Kenzie ? lui demanda-t-il en retirant sa main. Ne me dis pas que Jerome Carlton ne s'est pas montré à la hauteur de tes espérances !

Elle poussa un soupir las.

— Pourquoi ne veux-tu pas croire que je n'ai jamais eu d'aventure avec Jerome ? lui demanda-t-elle en retour en secouant la tête.

Pourquoi ? Mais parce qu'il savait précisément de quelle manière Carlton, cinq mois plus tôt, l'avait poursuivie de ses assiduités pour la convaincre de devenir le « visage » de sa nouvelle ligne de produits de beauté.

Et, comme à l'époque leur mariage commençait déjà à battre de l'aile, Carlton n'avait eu aucun mal à la séduire.

Il le savait parce que Carlton avait pris un immense plaisir à tout lui raconter !

— Où Carlton croit-il que tu es, ce soir ? Pas en train de dîner avec moi, je suppose.

Elle poussa un nouveau soupir.

— Je ne suis pas venue pour parler de Jerome. Je... En fait, cela fait plusieurs semaines que je ne l'ai pas vu. Mon père a été malade, vois-tu, et...

— Donald a été malade ? la coupa-t-il, repoussant d'un geste le serveur qui s'approchait de leur table pour prendre la commande, trop impatient d'entendre la suite.

S'il ne lui avait pas échappé qu'elle avait déclaré ne pas avoir vu Carlton depuis plusieurs semaines, il voulait également en entendre davantage sur son père. Il ne l'avait rencontré que trois fois, mais Donald Miller lui avait bien plu.

— Mon père ne se sentait pas bien depuis quelque temps et, il y a un mois, il a fait une crise cardiaque...

— Mais... pourquoi ne m'as-tu pas prévenu ? intervint-il.

Kenzie battit des paupières, ébahie. Comme elle l'avait appris à ses dépens, Dominick ne « donnait pas dans les relations familiales ». Il était issu d'une famille qui avait éclaté quand il avait huit ans, et même une famille unie comme la sienne ne pouvait redorer à ses yeux le blason de cette institution. Il ne voulait pas avoir de vie de famille du tout.

— Mais au nom de quoi aurais-je dû te prévenir ? lui

demanda-t-elle, incrédule. Après notre mariage, tu ne t'es jamais intéressé à ma famille. Pourquoi cela devrait-il changer maintenant que nous sommes divorcés ?

— Séparés, la corrigea-t-il sévèrement. Je n'ai pas encore signé les papiers du divorce.

Non, en effet, même si, à vrai dire, elle ne voyait pas pourquoi. Elle pensait qu'il aurait souhaité être débarrassé d'elle et des liens qui les unissaient le plus vite possible.

— Séparés, si tu veux, concéda-t-elle. Je...

Elle s'interrompit quand un serveur vint déposer un plateau de hors-d'œuvres sur la table avant de s'éclipser.

Dominick se tourna vers lui et lui adressa un sourire contrit. Apparemment, le serveur avait perçu la tension à leur table et senti qu'ils risquaient de ne rien commander du tout.

Désarçonnée, Kenzie reprit avec maladresse :

— Et toi, comment vont tes parents ?

Elle avait en tout et pour tout rencontré une fois sa mère et une fois son père. Son père s'était montré très séducteur et sa mère exclusivement intéressée par les produits de beauté qu'utilisait Kenzie pour préserver son teint.

Dans les deux cas, Kenzie avait été parfaite : elle était restée tout sourires avec son père et avait répondu avec chaleur à sa mère.

Dominick reconnut à contrecœur qu'à ces deux occasions elle l'avait impressionné, d'autant que ses parents ne s'étaient guère intéressés à son mariage. Et quand il leur avait annoncé leur séparation, ils avaient à peine réagi.

— Comme d'habitude, répondit-il brièvement. Mais cesse d'essayer de changer de sujet. Parle-moi de ton père.

D'un air absent, elle piqua dans l'assiette posée entre eux et prit une bouchée avant de répondre.

Dominick ne put détacher son regard de ses lèvres pleines, des lèvres qu'il avait embrassées et qui lui avaient donné un plaisir immense.

Mon Dieu, comme il avait envie d'elle !

Et comme il regrettait de l'avoir...

Kenzie se passa la langue sur les lèvres et baissa les yeux.

— Il a fait une crise cardiaque, répéta-t-elle.

Dominick savait que, pour sa mère, ses trois sœurs et elle, qui était l'aînée, ce devait être un coup très dur. Elles adoraient Donald toutes les cinq.

Kenzie avait été son épouse. Elle l'avait quitté et, maintenant, elle était venue lui demander son aide. Mais que pourrait-il faire pour elle ? Elle avait de l'argent, beaucoup d'argent, et assumer les frais médicaux pour son père ne serait donc pas un souci pour elle. Alors que pourrait-il faire de plus ?

Kenzie sentit qu'elle devait cesser de tergiverser. Soit Dominick accepterait de l'aider, soit il refuserait. Mieux valait qu'elle soit fixée le plus rapidement possible.

— Ma sœur Kathy se marie samedi. Elle souhaitait repousser le mariage, le temps que mon père se rétablisse, mais il a insisté pour qu'elle ne change rien.

Dominick fronça les sourcils.

— Et tu souhaites que j'envoie un cadeau de mariage... ?

— Non, bien sûr que non, le coupa-t-elle. Si seulement c'était aussi simple !

— J'imagine que tu n'attends pas de moi non plus que je remplace ton père pour conduire Kathy à l'autel.

— Arrête, tu es ridicule ! le tança Kenzie, exaspérée. Ce que j'ai besoin que tu fasses pour moi, c'est... Ce n'est pas facile, Dominick, murmura-t-elle alors que ses grands yeux verts se remplissaient de larmes.

Il secoua la tête.

— Je ne vois pas ce que je peux faire pour toi.

Peut-être avait-il raison.

Depuis leur séparation, Kenzie avait eu le temps de réfléchir et d'admettre que, si leur mariage n'avait pas fonctionné, ce n'était pas entièrement sa faute.

Il ne lui avait pas menti, il avait toujours été honnête sur ses sentiments. Jamais, ni avant ni après leur mariage, il ne lui avait déclaré être amoureux d'elle. Si elle s'était convaincue du contraire, c'était à cause de son caractère romantique.

Mais elle avait dû finir par accepter la pénible vérité.

— En fait, j'ai besoin que tu m'accompagnes au mariage de Kathy samedi, lâcha-t-elle avant de lever les yeux pour jauger sa réaction.

Dire qu'il semblait abasourdi était un euphémisme, même s'il ne tarda pas à reprendre contenance. En le voyant plisser les yeux et l'observer d'un regard interrogateur, elle comprit qu'il réfléchissait pour deviner la raison de sa requête. Mais il ne parut pas réussir à trouver une réponse satisfaisante.

— Pourquoi ? lui demanda-t-il finalement.

— Parce que tout le monde s'attend à te voir.

— Pourquoi ? insista-t-il.

— Parce que… Parce que je n'ai pas dit à ma famille que nous étions séparés ! finit-elle par admettre.

Dominick fronça les sourcils. Après quatre mois, la famille de Kenzie ignorait leur séparation ?

Heureusement, les journaux non plus ne semblaient pas en avoir eu vent. Mais pourquoi n'en avait-elle pas parlé à ses proches ?

Etant donné que Kenzie l'avait quitté pour un autre, il ne s'expliquait pas son comportement.

Son père avait fait une crise cardiaque un mois plus tôt. Etait-ce avant ou après qu'elle lui eut envoyé les papiers du divorce ?

Après, sans doute. Sinon, elle aurait tout avoué à sa famille.

Kenzie ne parvenait plus à soutenir le regard de Dominick. Elle savait que n'avoir rien dit à sa famille était stupide et qu'elle avait été encore plus idiote d'espérer que leur séparation ne serait que temporaire.

Elle n'arrivait pas à concevoir qu'il ne ressente absolument rien pour elle, elle avait voulu croire que son absence lui ferait prendre conscience de ses sentiments. Elle avait aussi espéré qu'il finirait par se rendre compte qu'elle ne l'avait pas trompé avec Jerome Carlton.

Pour toutes ces raisons, elle n'avait rien dit à sa famille.

Cela n'avait pas été très difficile. Après leur séparation, elle avait passé près d'un mois aux Etats-Unis. Et, comme tout le monde savait que Dominick était très occupé, on ne s'était pas étonné qu'il ne l'accompagne pas quand elle avait rendu visite à ses parents. Lorsque son père était tombé malade, elle avait prétendu qu'il était en voyage d'affaires en Australie, et ses explications avaient été acceptées sans plus de questions.

Mais elle avait attendu en vain qu'il comprenne ses erreurs. Même les documents officiels de demande de divorce ne l'avaient pas fait réagir. Alors, la mort dans l'âme, elle avait accepté qu'il ne l'aimait pas, que leur mariage était bel et bien terminé.

Mais, avant qu'elle puisse l'annoncer à sa famille, son père avait été hospitalisé, et il était devenu sa seule préoccupation.

Il était maintenant en bonne voie de guérison et les médecins avaient déclaré que, s'il ne subissait pas de stress, il ne tarderait pas à se remettre complètement.

Pas de stress. Ce n'était donc pas le moment pour son père d'apprendre que sa fille aînée était en instance de divorce.

Voilà pourquoi elle se retrouvait contrainte de demander à Dominick de faire comme s'ils étaient toujours mari et femme.

Mais encore fallait-il qu'il accepte...

3

— Pourquoi ne leur as-tu rien dit, Kenzie ? insista Dominick.

Lui-même n'était pas allé chanter sur les toits la fin de leur mariage, mais il n'aurait jamais cru qu'elle l'aurait caché à ses proches.

Elle lui retourna un regard noir, les yeux encore emplis de larmes.

— Selon toi, j'aurais dû leur apprendre que notre mariage n'a tenu que neuf mois ? dit-elle, dépitée. Oh ! j'allais le faire, je t'assure que j'en avais l'intention. Mais tout le monde était tellement accaparé par la perspective du mariage de Kathy ! Et puis, peu après, Carly a annoncé qu'elle était enceinte et, juste après, c'était le tour de Suzie. Alors je n'ai pas pu...

— Kenzie...

— Non, tais-toi, le coupa-t-elle en le dévisageant. Tu as été très clair sur ce que t'inspirait le fait d'avoir des enfants.

Quand ils avaient commencé à se voir, puis au début de leur mariage, ils n'avaient jamais abordé la question des enfants. Aussi, quand, au bout de huit mois, Kenzie avait suggéré qu'ils pourraient fonder une famille, il avait été pris de court.

Devant son refus d'envisager cette possibilité, Kenzie avait semblé prendre ses distances avec lui. Elle n'était plus l'amante fiévreuse ni la compagne enthousiaste qu'il avait connue. Ensuite, un mois plus tard, elle lui avait annoncé qu'elle avait accepté la proposition de Jerome Carlton de travailler exclusivement pour Carlton Cosmetics et qu'elle partait pour les Etats-Unis la semaine suivante.

Alors, il avait commis la plus grande erreur de sa vie en lui annonçant que, si elle décidait de partir, ce n'était pas la peine de revenir...

Or, non seulement elle était partie, mais elle l'avait quitté pour Jerome Carlton.

Dominick savait maintenant que Carlton Cosmetics était une affaire de famille. Jack Carlton avait pris sa retraite cinq ans plus tôt et transmis les rênes de l'entreprise à son fils aîné. Adrian et Caroline, ses frère et sœur, détenaient également des parts importantes de la société.

Il le savait car, au cours des derniers mois, il s'était fait un devoir de le découvrir.

— Je... Est-ce que tu comprends mon problème, Dominick ? s'enquit Kenzie avec anxiété.

Il posa sur elle un regard froid.

— Oh ! oui, je le comprends très bien. Je comprends très bien que cela ferait mauvais genre si tu débarquais au mariage de ta sœur avec ton amant.

— Je ne l'ai jamais envisagé. Je compte dire la vérité à ma famille, mais j'ai juste...

Elle s'interrompit pour soupirer et reprit :

— Viendras-tu avec moi samedi, oui ou non ? Ne serait-ce que pour le bien de mon père, ajouta-t-elle.

— C'est du chantage affectif, Kenzie, tu le sais très bien !

Vraiment ? Possible. Elle ne le faisait pas pour elle, mais pour son père.

Hélas, Dominick ne voyait pas les choses ainsi.

— Je sais que je t'en demande beaucoup et si je n'étais pas persuadée que c'est important, je ne le ferais pas. Cependant je te serais reconnaissante de faire cela pour moi...

En réponse, son expression devint encore plus froide, son regard encore plus sombre.

— Dis-moi si je me trompe, Kenzie, reprit-il tout bas, mais j'ai comme l'impression que tu t'offres en sacrifice pour me pousser à être ton mari encore un jour de plus.

— Mais bien sûr que non ! protesta-t-elle, incrédule. Je n'insinuais pas que... Ce n'était pas mon intention de te laisser croire que...

Impuissante, elle leva les mains.

— Oublie ce que je t'ai dit. Oublie même que je t'en ai parlé. Je trouverai une autre solution, déclara-t-elle d'un ton ferme.

Dominick observa ses longues mains délicates, des mains qui, avant, le touchaient, le caressaient...

Des mains qui maintenant caressaient un autre homme.

Désormais, il comprenait pourquoi elle n'avait pas vu Jerome Carlton depuis plusieurs semaines. Elle ne pouvait pas rendre visite à son père à l'hôpital avec lui alors que sa famille ignorait qu'elle avait un amant !

— Qu'est-ce que tu vas faire, Kenzie, leur dire que je suis trop pris par mes affaires pour venir au mariage de ta sœur ?

En fait, le week-end dernier, elle avait déjà essayé cette tactique.

— J'ai déjà dit à mes parents que tu étais en Australie pour affaires mais mon père est certain que tu feras l'effort de rentrer à temps pour le mariage de ta belle-sœur.

— C'est agréable de savoir qu'au moins un membre de ta famille a un peu de foi en moi.

Kenzie ouvrit la bouche pour répondre mais se ravisa. Que pouvait-elle dire sans que la situation empire ?

— Ce n'est pas le bon endroit pour avoir une telle conversation, décréta alors Dominick avant de vider son verre et de se lever. Allons-nous-en ! reprit-il en la prenant par le bras pour l'inciter à le suivre.

Quand elle sentit sa main sur elle, Kenzie s'efforça de ne pas trembler pour éviter de lui montrer qu'il lui faisait toujours autant d'effet.

Dominick la conduisit à travers la salle, saluant le maître d'hôtel au passage.

— Où allons-nous ? lui demanda Kenzie, qui sentait désormais sa main au bas de son dos, une fois qu'ils furent dehors et alors qu'il venait de héler un taxi.

— A mon appartement, dit-il sèchement.

Kenzie hésita à monter dans le taxi.

— Ton... Tu veux dire l'appartement où tu... où nous...

— Où nous nous sommes installés après notre mariage ? acheva-t-il pour elle. Oui. C'est ma résidence principale à Londres depuis cinq ans. Pourquoi voudrais-tu que j'en change ?

Pourquoi, en effet ? Fataliste, elle s'assit dans le taxi, prenant soin de s'installer assez loin de lui pour que leurs jambes ne s'effleurent pas.

Au cours des neuf mois de leur mariage, elle avait découvert que Dominick était un homme d'habitudes. Même s'il voyageait beaucoup pour ses affaires, il possédait un pied-à-terre toujours prêt à l'accueillir dans chaque pays car il n'aimait pas séjourner à l'hôtel. Pas même dans un hôtel dont il était propriétaire.

Elle avait mis ce besoin de se sentir partout chez lui sur le compte de son enfance instable...

La perspective d'aller chez Dominick ne l'enchantait pas. Ils avaient vécu ensemble dans cet appartement encore chargé de souvenirs de leur vie à deux. C'était aussi là-bas qu'avait éclaté la scène qui avait scellé leur rupture.

Mais elle devait prendre sur elle car, tant qu'il n'avait pas catégoriquement refusé de l'accompagner au mariage de sa sœur, elle devait poursuivre cette conversation avec lui.

— Je te sers quelque chose ? lui proposa-t-il une fois qu'ils furent arrivés.

Un verre l'aiderait-elle à se calmer ? Peut-être un peu.

— Oui, merci, répondit-elle avant d'accepter le verre qu'il lui tendait.

Dominick observa la courbe de son cou tandis qu'elle buvait une gorgée, admira sa peau douce et soyeuse. Il devait admettre que, ces derniers mois, elle lui avait manqué, et pas seulement au lit. Parfois aussi, il avait souffert de ne pas pouvoir bavarder et rire avec elle.

— Bien, il me semble que nous discutions du sacrifice que tu semblais prête à effectuer pour me persuader de t'accompagner au mariage de Kathy.

Kenzie fut si scandalisée par sa façon de présenter les choses qu'elle avala de travers et fut prise d'une quinte de toux.

— Doucement, intervint Dominick qui vint lui taper dans le dos pour l'aider à se reprendre.

Avec un peu trop de véhémence.

— Tu fais exprès de taper aussi fort ! lui reprocha-t-elle une fois qu'elle eut repris son souffle.

Elle avait les joues empourprées et son regard brillait de colère.

— Je te ressers ? lui proposa-t-il avec ironie en lui prenant son verre des mains.

— Non, merci, contra-t-elle. Je n'aurais jamais dû...

— Comment peux-tu le savoir alors que je ne t'ai pas encore donné ma réponse ?

Elle secoua la tête.

— Tu ne fais que jouer avec moi. Tu prends un malin plaisir à me voir me débattre tout en sachant que, de toute façon, tu finiras par dire non...

— Non, ça, je n'en sais rien, la coupa-t-il. Pas plus que toi.

Kenzie poussa un soupir d'exaspération.

— Je me demande bien pourquoi j'ai cru que faire appel à ton fonds d'humanité pourrait...

— Alors que nous savons tous deux que je n'ai aucune humanité ?

Ce n'était pas vrai. Dominick avait de nombreux défauts, mais jamais elle ne serait tombée amoureuse de lui si elle n'avait pas perçu qu'il dissimulait la meilleure part de lui-même.

Mais, encore une fois, se retrouver en sa compagnie lui faisait comprendre qu'elle avait été naïve de croire qu'il pourrait encore vouloir d'elle, qu'elle réussirait à le faire tomber amoureux alors que jamais auparavant il n'avait aimé une femme. Oh oui ! Elle avait été stupide, et beaucoup trop romantique...

Et, depuis le jour où elle lui avait annoncé sa décision d'accepter la proposition de Carlton Cosmetics, ce qui l'obligeait à partir aux Etats-Unis pour un mois, il s'était montré odieux.

A cette époque, ils vivaient une période difficile et elle pensait sincèrement que se retrouver séparés pendant quelques semaines leur donnerait un peu d'air pour réfléchir chacun de leur côté, et trouver un compromis sur leur différend au sujet des enfants.

Au lieu de cela, Dominick l'avait accusée d'avoir une relation avec Jerome Carlton et avait refusé de croire ses dénégations.

— Quand nous nous sommes rencontrés, tu n'étais pas aussi sarcastique et blessant, Dominick, dit-elle, le front plissé.

— Peut-être que je jouais au gentil parce que je voulais te mettre dans mon lit, rétorqua-t-il avec dérision. Ou peut-être que voir sa femme quitter son lit pour celui d'un autre produit cet effet-là, qui sait ? Mais dis-moi, Kenzie, c'est un bon amant, au moins ? Meilleur que moi ?

Il lui suffisait d'imaginer Kenzie dans les bras de Jerome Carlton pour perdre toute retenue.

— Au moins, j'espère qu'il m'est reconnaissant d'avoir été un bon professeur pour toi ! poursuivit-il, comme elle gardait le silence.

Etait-il en train de perdre la raison ? Furieux contre lui-même, il se retourna. Revoir Kenzie le faisait plonger dans un abîme au bord duquel il se tenait depuis quatre mois.

Il ne voyait pas d'autre explication à la jalousie qui le dévorait.

— Ecoute, Dominick, à part continuer à t'affirmer que Jerome et moi n'avons jamais été amants, ni pendant notre mariage ni depuis notre séparation, je ne dispose d'aucun moyen de te convaincre que tu te trompes sur mes rapports avec lui.

Elle savait que le lui dire était vain. Dès le jour où elle avait accepté la proposition de Jerome Carlton, tout avait été terminé.

Dominick pensait que le fait que Kenzie n'avait jamais partagé l'intimité d'un homme avant leur rencontre lui assurerait sa fidélité. Mais son aventure avec Carlton avait prouvé qu'elle n'était pas plus digne de confiance que n'importe quelle autre femme.

— Je crois que je ferais mieux de m'en aller avant que cette conversation ne prenne un tour encore plus désagréable, déclara Kenzie.

Ils se faisaient du mal, Dominick en était conscient. Il s'efforça d'évacuer la tension de ses épaules et se retourna pour lui faire face et lui annoncer sa décision.

— A quelle heure est la cérémonie, samedi ?

Kenzie, sur ses gardes, écarquilla les yeux.

— Pourquoi me demandes-tu cela ?

Il lui adressa un sourire ironique.

— Si j'arrive trop tard, ça ne va pas beaucoup t'aider, n'est-ce pas ?

Alors, en fin de compte, il acceptait de l'accompagner ? Il allait l'aider à dissimuler la vérité à son père ?

Elle déglutit.

— Si tu es sérieux, si tu es réellement déterminé à venir, nous sommes attendus vendredi soir chez mes parents pour le dîner, lui dit-elle.

— Kenzie, au départ, tu m'as demandé de t'accompagner au mariage. Je suppose que tu souhaites aussi que j'assiste à la réception. Tu ne crois pas que tu exagères en me demandant en plus d'être présent la veille chez tes parents ? protesta-t-il.

— En fait, ce n'est pas tout… Mes parents souhaitent que nous passions la nuit de vendredi à samedi chez eux.

Avant même que Dominick accepte, elle avait su que cela constituerait un problème. Mais pas insurmontable. Les trois chambres chez ses parents étaient équipées de lits jumeaux. Ils n'auraient donc pas à partager le même lit, mais seulement la même chambre.

Toutefois, sa réaction physique quand Dominick lui avait simplement posé la main sur le bras puis en bas du dos lui avait fait comprendre qu'elle risquait de passer un moment de promiscuité difficile…

Dominick l'observait en silence. Il contempla ses longs cheveux, revint sur son visage et le regretta, car à peine eut-il croisé son regard qu'il eut la sensation de se noyer dans ses yeux émeraude.

Des yeux qui savaient si bien mentir, se rappela-t-il, songeant à son obstination à nier sa relation avec Jerome Carlton.

Mais, à l'instant, Kenzie était là, prête à retomber sous son emprise…

— Je suis sûr que passer la nuit chez tes parents ne sera pas un souci.

— Vraiment ? répliqua-t-elle en l'observant d'un air songeur.

— Oui, j'en suis certain, insista-t-il, satisfait. Nous avons partagé le même lit pendant neuf mois, nous pouvons donc bien partager la même chambre pendant une nuit.

Kenzie fut un peu déstabilisée car elle s'était attendue à devoir de nouveau argumenter.

— Je… bien, dit-elle avec maladresse, trop soulagée qu'il ait accepté pour chercher à déterminer ce que cachait sa réponse.

Elle aurait tout le temps d'y réfléchir plus tard.

— Nous sommes attendus dans le Worcestershire aux environs de 19 heures.

— Très bien, nous prendrons ma voiture. Ça te va si nous partons vers 16 heures ?

— Oui, c'est parfait, dit-elle, toujours méfiante.

— Mon adresse est…

— Je connais ta nouvelle adresse, coupa-t-il avec mépris.

Il savait où elle habitait ? Il était au courant qu'elle avait acheté un appartement et s'y était installée à son retour des Etats-Unis ?

— L'adresse figure sur les papiers de divorce, précisa Dominick. Maintenant, si ça ne t'ennuie pas, j'ai déjà perdu beaucoup de temps avec cette histoire et j'ai du travail.

Elle lui retourna un sourire entendu.

— Bien sûr…

Elle se dirigeait déjà vers la porte lorsqu'il ajouta :

— Oh ! au fait, Kenzie…

Elle se retourna lentement.

— Oui ?

Il prit une expression moqueuse.

— Je te ferai savoir ce que je souhaite en échange de ce petit service.

Kenzie se sentit pâlir.

— Ce que tu souhaites en échange ? répéta-t-elle.

— Oui, bien sûr. Tu ne pensais tout de même pas que je le ferais pour tes beaux yeux ?

Elle avait été tellement préoccupée par le fait qu'il accepte de venir au mariage qu'elle n'avait pas réfléchi plus loin.

Il secoua la tête.

— Tu es toujours aussi naïve, Kenzie. Je vais réfléchir pendant un jour ou deux et je te dirai ce que je souhaite.

Elle n'obtiendrait rien de plus ce soir, songea-t-elle avec résignation avant de quitter l'appartement, certaine qu'elle ne serait pas prête à lui donner ce qu'il exigerait.

Le pire, cependant, serait qu'il lui demande quelque chose qu'elle était prête à lui offrir, mais qui signerait à coup sûr sa perte…

4

— Un peu d'entrain, Kenzie ! déclara Dominick en se tournant vers elle après avoir garé sa Ferrari dans l'allée, derrière la Mercedes de son père, plus conventionnelle. Souris, voyons !

En effet, au lieu de paraître heureuse d'être chez elle pour fêter le mariage de sa sœur, Kenzie faisait une tête de condamnée qu'on mène à l'échafaud.

— Je suis tout disposé à jouer mon rôle du mieux possible pour convaincre tes parents que nous sommes toujours un couple marié qui nage dans le bonheur. Mais si tu n'y mets pas du tien, tous mes efforts seront réduits à néant, lui reprocha-t-il.

Il était d'autant plus irrité qu'il trouvait cette épreuve beaucoup plus difficile qu'il ne l'aurait cru.

Depuis quatre mois, il avait vu un peu partout des photos de Kenzie et les avait regardées avec détachement. Mais, en chair et en os, elle était très différente.

Il avait oublié combien elle était sexy avec ses cheveux en cascade sur les épaules et un léger maquillage. Avec ce T-shirt blanc cintré et ce jean délavé qui épousait comme un fourreau la forme de ses jambes longilignes, elle dégageait une sensualité folle.

Autant dire qu'au cours des deux heures de trajet il avait été extrêmement sensible à sa présence à côté de lui.

Mais il n'avait pas l'intention de lui montrer à quel point et ne lui avait parlé que quand c'était nécessaire.

— Désolée, répondit Kenzie avec une grimace contrite, j'étais ailleurs...

Elle devina à l'expression de Dominick que sa réponse ne lui plaisait pas.

Il devait croire qu'elle pensait à Jerome et espérait en avoir terminé au plus vite avec ce week-end pour retourner dans ses bras.

En vérité, elle ne parvenait pas à oublier Dominick et le sentir près d'elle la faisait vibrer de tout son être.

Sans doute aurait-il été surpris d'apprendre qu'elle était dans un tel état à cause de lui. En tout cas, une chose était sûre : son T-shirt noir tout simple et son jean lui donnaient une allure plus abordable — et incroyablement sexy — que ses costumes d'homme d'affaires...

Depuis deux jours, elle se demandait aussi ce qu'il allait lui demander en échange de sa présence pendant ce week-end et à quel moment il allait lui dévoiler sa requête.

Dominick lui adressa un dernier regard impatient avant de descendre de voiture. Quand il vint lui ouvrir sa portière, il avait déjà sorti leurs affaires.

— Dominick ? l'arrêta-t-elle en lui posant la main sur le bras.

— Quoi ?

Elle ôta sa main, ce simple petit contact suffisant à la troubler, puis déclara d'un air contrit :

— Tu as raison, nous n'avons pas l'air d'un couple heureux.

Il se passa la main dans les cheveux.

— A vrai dire, je ne sais pas vraiment quelle tête nous devrions faire pour avoir l'air heureux.

Kenzie fronça les sourcils.

— Peut-être que si tu t'efforçais d'avoir l'air moins... distant ?

— Un peu moins distant, répéta-t-il, songeur.

— Dominick...

Elle n'eut pas le temps de continuer, car il lui passa un bras autour des épaules pour la serrer contre lui. Elle eut tout juste le temps de sentir son corps vigoureux et ferme contre le sien avant qu'il n'incline la tête et capture ses lèvres pour l'embrasser.

Franchement.

Intensément.

Passionnément !

Après qu'il se fut montré aussi silencieux au cours du trajet, c'était la dernière chose à laquelle elle s'attendait, mais elle était si déroutée qu'elle s'accrocha à ses larges épaules pour s'offrir à son baiser, qu'il prolongea encore et encore.

Enfin, il releva la tête pour la regarder d'un air triomphant.

— Comme ça, c'est mieux ?

Beaucoup mieux.

Beaucoup trop…

Elle n'apprécia pas la lueur de victoire dans ses yeux et s'écarta de lui.

— Je ne crois pas que ce soit la peine d'aller aussi loin…

— Les mariages produisent toujours cet effet sur moi aussi ! les interrompit son père d'une voix joviale tandis qu'il venait les accueillir.

— Nous en reparlerons plus tard, marmonna Kenzie.

— Peut-être, répondit Dominick qui, de nouveau, entoura ses épaules de son bras tandis qu'il se tournait vers Donald Miller.

« Le grand jeu a commencé… », songea Kenzie avec dépit tout en s'avançant vers son père pour s'écarter de Dominick.

Silencieux, Dominick regarda Kenzie et son père s'embrasser chaleureusement et remarqua une fébrilité inhabituelle chez Donald Miller. Ses traits tirés trahissaient sa convalescence récente et il flottait un peu dans ses vêtements.

Cependant, quand il lui serra la main, sa poigne était ferme et franche, et ses yeux verts chaleureux, à l'opposé de ceux de sa fille aînée quand il était passé la chercher chez elle, deux heures plus tôt.

— Ça fait plaisir de vous revoir, Dominick, lui dit Donald avec sincérité.

— Bonjour, monsieur...

Il n'avait jamais été très proche de la famille de Kenzie et ce n'était pas maintenant que cela allait changer.

— Je suis vraiment désolé de ne pas avoir pu me libérer pour venir vous voir plus tôt.

— Oh ! nous savons à quel point vous êtes occupé. Et puis, maintenant, je vais bien, répondit Donald en balayant ses scrupules d'un geste. Allez, venez saluer Nancy. Elle sera ravie de vous voir.

Dominick savait que la famille de Kenzie était l'exact opposé de la sienne. Après trente ans de mariage, Donald et Nancy s'aimaient toujours, et leurs quatre filles étaient toutes très proches d'eux.

Nancy le serra dans ses bras et il se sentit mal à l'aise d'être aussi bien accueilli alors que, s'il était là, c'était avant tout pour profiter du désarroi de Kenzie et se venger de son infidélité.

Les sœurs de Kenzie le saluèrent avec la même bienveillance et les deux cadettes l'informèrent que Colin et Neil, leurs maris respectifs, ne tarderaient pas à arriver.

Les quatre sœurs Miller avaient les mêmes cheveux bruns et les mêmes yeux verts, et ces quatre beautés rassemblées offraient un spectacle étonnant. Quand mère et filles se lancèrent dans une discussion sur les robes qu'elles porteraient le lendemain, il fut soulagé.

— C'est le moment pour nous de battre en retraite, lui glissa Donald. Dominick et moi, nous allons aller promener le chien, annonça-t-il à voix haute.

Son épouse lui adressa un regard entendu.

— Je te rappelle que nous n'avons pas de chien, Donald, et que tu n'as pas le droit non plus d'aller au pub, si c'est ce que tu as en tête, ajouta-t-elle sur un ton de reproche.

— J'ai tout à fait le droit de me rendre au pub, la corrigea

Donald. Je dois seulement éviter de commander la pinte de bière que je boirais en temps normal.

— De plus, je suis sûre que Dominick n'a aucune envie d'aller au pub. N'est-ce pas, Dominick ?

En effet, passer un moment seul avec le père de Kenzie ne l'intéressait pas. Mais il n'avait pas non plus envie de rester là à regarder Kenzie bavarder avec ses proches.

Elle lui avait demandé d'être là pour elle et il l'avait fait. En retour, elle lui donnerait ce qu'il voulait. Mais partager l'intimité de sa famille ne faisait pas partie de leur marché.

Soudain, il remarqua que Kenzie le regardait fixement. Sans doute avait-elle perçu son manque d'enthousiasme à la perspective de passer un peu de temps avec son père.

— Je crois que Dominick et moi devrions commencer par aller poser nos affaires dans notre chambre et nous rafraîchir un peu.

Elle s'avança vers lui et lui prit le bras.

— Tu pourras aller promener le chien dans une demi-heure, d'accord, papa ? dit-elle à son père sur un ton taquin.

— Une demi-heure, une heure… Tant que je peux m'éloigner un moment de vos bavardages, c'est tout ce qui compte, répliqua Donald avec un sourire.

Tandis qu'ils montaient à l'étage, Kenzie sentit à quel point Dominick était tendu. Elle savait que les relations chaleureuses au sein de sa famille l'avaient toujours déstabilisé et qu'il avait toujours voulu s'en tenir à l'écart.

Pour un homme qui n'avait connu que l'instabilité familiale, c'était compréhensible. Mais cela rendait plus surprenante encore sa décision d'accepter de l'accompagner au mariage de sa sœur. Et plus inquiétante la perspective de ce qu'il allait lui demander en échange…

— Je suis désolée pour tout ça, dit-elle avec une grimace en s'asseyant sur un des lits jumeaux de leur chambre. Tu penses que tu vas tenir un week-end entier ?

— Oh ! je survivrai, répliqua-t-il en se mettant à arpenter la chambre, les mains dans les poches. Que disent les médecins, pour ton père ?

— Ils sont optimistes, répondit-elle en baissant les yeux. Il nous a fait une grosse frayeur, mais il se remet bien. Ma mère souhaiterait néanmoins qu'il vende son agence immobilière et cesse de travailler.

Elle n'était pas certaine que Dominick ait envie d'en savoir autant, mais elle parlait pour chasser sa nervosité.

— Et... ?

Elle haussa les épaules.

— Mon père met en avant le fait qu'il n'a pas encore soixante ans et n'a pas suffisamment d'économies pour prendre sa retraite. Hélas, mes parents n'accepteront jamais que je leur prête de l'argent, ajouta-t-elle avec un soupir.

Il imaginait très bien ce qu'éprouvaient Donald et Nancy à l'idée de se faire prêter de l'argent par leur fille aînée. Mais si...

Oh et puis, à quoi bon ? Il n'avait aucune envie de se mêler des affaires de cette famille unie !

Pour sa part, cela faisait vingt ans qu'il s'était émancipé de ses parents qu'il voyait le moins souvent possible.

Plutôt que d'aller à l'université, il avait choisi de travailler dans un hôtel ; il avait rapidement gravi les échelons pour se retrouver directeur à vingt-trois ans. Ensuite, il avait investi toutes ses économies dans le rachat de cet hôtel et l'avait transformé en un établissement très rentable.

Désormais, il possédait des hôtels partout dans le monde — et aussi d'autres entreprises. Très prochainement, après quatre mois de secrètes tractations, il comptait bien s'offrir une marque de cosmétiques...

S'il avait réussi à atteindre ses objectifs, c'est parce qu'il n'avait jamais laissé ses émotions prendre le dessus sur la raison.

Jusqu'à ce qu'il rencontre Kenzie.

C'était la fissure dans son armure.

Une fissure qu'il avait néanmoins colmatée en faisant d'elle son épouse.

Mais la fissure s'était rouverte quand elle avait commencé à lui demander pourquoi il ne lui disait jamais qu'il l'aimait et lui avait parlé d'avoir un enfant.

Kenzie avait argué que leur enfant ne souffrirait pas d'un manque d'affection ni d'instabilité, contrairement à ce qu'il avait vécu. Il était cependant resté hermétique à cet argument, ce qui l'avait beaucoup attristée.

Il n'avait jamais compris l'intérêt d'avoir un enfant. Ils étaient heureux ensemble, alors à quoi bon bousculer le quotidien ?

Kenzie n'avait pas vu les choses comme lui et, petit à petit, leurs relations s'étaient tendues. Lentement, une barrière invisible s'était érigée entre eux et, même quand ils faisaient l'amour, ils n'y prenaient plus le même plaisir.

La proposition de Carlton Cosmetics avait donné le coup de grâce à leur union.

Mais il n'avait pris la mesure de la débâcle que quelques semaines plus tard, quand il avait parlé à Jerome Carlton.

A ce moment-là, c'était déjà trop tard : Kenzie avait fait son choix et décidé de sortir de sa vie.

Avec un soupir, Kenzie se leva, tirant Dominick de ses pensées.

— La salle de bains est ici, dit-elle en désignant une porte. Prends tout ton temps et ne te sens pas obligé de redescendre si tu n'en as pas envie. Je suis sûre que mes sœurs et mes parents comprendront qu'après une journée de travail et le trajet jusqu'ici, tu es fatigué.

— J'ai trente-huit ans, Kenzie, pas quatre-vingt-huit ! rétorqua-t-il, vexé. Et je me rappelle très bien être allé travailler le matin après l'un de nos éreintants marathons sexuels, il n'y a pas si longtemps que cela.

— Et voilà toute la différence entre nous, Dominick, rétorqua-t-elle, blessée.

C'était là en effet une différence cruciale qui avait toujours existé entre eux.

— Tu vois, moi, je croyais que nous faisions l'amour, pas que nous effectuions un « marathon sexuel ».

Il lui retourna une moue dédaigneuse.

— Tu as toujours aimé enjoliver les choses.

— Alors que toi, tu portes des œillères, ce qui te donne une vision extrêmement étriquée du monde ! jeta-t-elle avant de quitter la pièce et de fermer la porte derrière elle.

Elle retint les larmes qui lui piquaient les yeux et redescendit l'escalier pour rejoindre sa famille. Au moins, avec eux, elle retrouverait un peu d'amour et de chaleur.

Dominick garda les yeux rivés sur la porte.

L'amour...

C'était bon pour les gens comme Kenzie, pas pour lui. Bon pour des gens qui n'avaient pas été élevés par des parents qui ne pensaient qu'à se tromper l'un l'autre. Car, aimer une personne pour la vie entière était impossible.

« Et Donald et Nancy, alors ? », lui souffla une agaçante petite voix intérieure.

L'exception qui confirmait la règle...

Il avait appris très tôt qu'on ne pouvait pas faire confiance à l'amour. L'amour ne faisait que se jouer du monde, et il n'entendait pas être du lot.

5

— De quoi as-tu parlé avec mon père, tout à l'heure ? demanda Kenzie à Dominick, curieuse, tandis qu'elle sortait de la salle de bains avant de se mettre au lit.

Les deux hommes avaient disparu après que Dominick fut redescendu et, tout le temps de leur absence, elle avait été inquiète. Cela lui avait valu quelques taquineries de la part de ses sœurs, qui croyaient que Dominick lui manquait.

Sa famille l'ignorait, mais cela faisait plusieurs mois qu'il lui manquait. Elle n'avait jamais réellement accepté leur séparation, tout en étant consciente que se lamenter ne servait à rien : Dominick ne changerait jamais.

Elle avait répondu à ses sœurs par des sourires et, ensuite, l'arrivée de Neil et Colin avait détendu l'atmosphère. Comme Dominick et son père étaient revenus peu après et qu'ils avaient dîné tous ensemble, elle n'avait pas eu l'opportunité de lui parler en privé avant qu'ils regagnent leur chambre.

Elle avait besoin de s'exprimer pour ne pas laisser s'installer le malaise qu'elle éprouvait à se retrouver seule avec lui en tenue légère dans l'intimité d'une chambre à coucher.

Dominick, allongé tout habillé sur un des deux lits, tourna la tête pour la regarder.

— Très sexy, dit-il tout bas en la détaillant de la tête aux pieds.

Autant que je me rappelle, tu avais l'habitude de dormir toute nue. Depuis quand portes-tu un de ces pyjamas tue-l'amour ?

— Depuis que je sais que je vais devoir dormir dans la même chambre que mon ex-mari ! rétorqua-t-elle, les yeux brillants de colère.

Quand ils étaient ensemble, elle dormait nue parce que porter quoi que ce soit était inutile. Dominick avait tôt fait de tout lui enlever.

— *Futur* ex-mari, corrigea-t-il en se redressant. Je n'ai pas encore décidé si j'allais signer ces papiers ou pas, ajouta-t-il tandis qu'il révisait son jugement sur le pyjama de Kenzie.

En effet, la soie soulignait joliment la courbe de ses seins et il ne lui échappa pas que, sous son regard, ses tétons s'étaient dressés.

Cela signifiait qu'il ne lui était pas indifférent, contrairement à ce qu'elle voulait lui faire croire.

— Tu n'as pas répondu à ma question, reprit Kenzie, évitant son regard. De quoi as-tu parlé avec mon père ?

Il haussa les épaules.

— De tout et de rien, se contenta-t-il de répondre d'un air vague.

En fait, Donald s'était réjoui de savoir que, le lendemain, ses quatre filles seraient mariées.

A son expression, Dominick avait compris pourquoi Kenzie n'avait pas pu se résoudre à annoncer leur séparation à ses parents. Lui-même ne s'était pas senti la force de décevoir Donald en lui avouant la vérité.

— Tu ne m'as pas dit ce que Jerome Carlton valait comme amant, déclara-t-il d'un ton de défi.

Imaginer Kenzie dans les bras d'un autre lui était toujours aussi insupportable. Pis, ça le mettait en rage.

Kenzie le regarda quelques secondes en silence en se demandant si le fait de savoir si elle avait un amant la tourmentait vraiment.

Car, à sa grande déception, son regard brillait davantage de colère que de jalousie. En faisant allusion à Jerome, il ne cherchait qu'à déclencher une nouvelle dispute.

Elle leva la tête d'un air méprisant.

— Pour un homme, parler de sa vie intime ne se fait pas, du moins s'il a quelques manières, et c'est la même chose pour une femme.

Soudain, Dominick bondit de son lit pour la saisir par les épaules.

— Lâche-moi ! En fait, tu te moques bien de savoir si Jerome et moi sommes amants, tu...

— Tu crois ça ?

Elle secoua la tête, et ses cheveux soyeux ondulèrent autour de son visage.

— Pour t'en soucier, il faudrait déjà que tu éprouves des sentiments !

Il reprit son calme mais ne la lâcha pas. Son visage était à quelques centimètres du sien.

— Peut-être que je me demande seulement ce que penseraient tes parents s'ils savaient que leur petite Kenzie trompe son mari.

— Ce n'était pas tout à fait ce que tu disais.

— Espèce de...

Dominick la dominait de sa hauteur. Elle était grande, mais il faisait une bonne dizaine de centimètres de plus qu'elle. Cela rendait d'autant plus impressionnant le contrôle qu'il devait exercer sur lui-même pour ne pas céder à la fureur.

— Tu te moques de savoir ce qui se passe entre Jerome et moi puisque tu ne crois pas à l'amour, continua-t-elle.

Non, c'est vrai, il n'y croyait pas, reconnut-il. Il n'aurait pas su dire ce qu'il ressentait pour Kenzie à l'instant même. Tout ce qu'il savait, c'était que l'imaginer dans les bras de Carlton le rendait fou.

Depuis leur séparation, il n'avait pas fréquenté d'autres femmes, comme si le départ de Kenzie avait tué tout désir en lui.

Un désir qui s'était violemment réveillé quand il l'avait revue, mercredi soir…

Mais il devrait attendre pour satisfaire son désir. Résigné, il laissa retomber les bras le long de son corps.

— Non, je ne crois pas à l'amour… Maintenant, j'ai besoin d'une douche. Et, je te préviens, moi, je n'ai pas prévu de changer mes habitudes. Alors si tu ne veux pas être choquée, je te conseille de te coucher et de tourner le dos avant que je sorte ! dit-il avant de passer dans la salle de bains et de fermer la porte.

Kenzie regarda cette porte fermée, les larmes aux yeux. Il n'y avait pas d'espoir pour eux. Alors que Dominick ne ressentait que colère et rancœur à son égard, elle éprouvait pour sa part de l'amour, encore et toujours de l'amour…

— Par pitié, reste tranquille et dors ! l'implora Dominick à voix basse dans l'obscurité de la chambre à coucher.

Dans le lit voisin, Kenzie s'immobilisa.

— Désolée, j'ignorais que tu étais réveillé, répondit-elle, mortifiée que son agitation soit si perceptible.

Dominick poussa un long soupir.

— Tu crois peut-être que tout ce qui concerne les émotions ne m'affecte pas, Kenzie, mais je t'assure que ma mémoire fonctionne très bien.

Que voulait-il dire ?

Qu'il l'imaginait toujours avec Jerome Carlton ?

Ou bien… autre chose ?

— Je n'arrive pas à dormir, se plaignit-elle.

— Oui, ça, je l'aurais deviné ! Hélas, moi non plus.

Désolée…

Dominick se redressa et bondit hors du lit.

Seule la lune produisait un peu de lumière dans la pièce, et il ne distinguait que la pâleur du visage de Kenzie et ses cheveux étalés autour d'elle sur l'oreiller.

— Tu veux que je vienne te rejoindre ?

Certainement pas !

En était-elle si sûre ?

Elle ne pouvait pas nier que sa présence la troublait. Partager la même chambre que lui était une torture pour ses sens.

Elle n'aurait pas pensé que ça se passerait ainsi. Bien sûr, elle était toujours amoureuse de lui, il l'attirait physiquement, mais elle avait cru que son manque de confiance en elle aurait raison de son désir.

Hélas, ce n'était pas le cas. Même s'il n'était pas dans le même lit qu'elle, elle percevait son parfum, sa respiration, et même la chaleur de son corps...

— Non, je ne veux pas que tu viennes dans mon lit, répondit-elle sans conviction.

— C'est bien vrai ?

Son ton moqueur l'irrita.

— Oui, j'en suis sûre.

— Tu n'es pas très convaincante.

— Je ne nie pas que la situation est... délicate, dit-elle calmement.

— A quel point ? la pressa-t-il en se levant, révélant sa nudité dans la lueur de la lune.

Kenzie en eut le souffle coupé.

— Ecoute, Dominick, je ne doute pas que nous pourrions faire l'amour, là, maintenant...

— Nous pourrions... ?

— Oui, avoua-t-elle, un peu à contrecœur. Les statistiques montrent que la plupart des couples qui se séparent refont l'amour ensemble au moins une fois avant de divorcer pour de bon. En général, c'est une déception et cela ne fait que renforcer la volonté de chacun de...

— Je me fiche des statistiques ! Tu ne m'as jamais déçue au lit et je ne pense pas t'avoir jamais déçu non plus...

— Une fois encore, tu ne parles que de sexe ! le coupa-t-elle, exaspérée.

Il secoua la tête et tourna quelques secondes en rond avant de s'asseoir au bord de son lit.

— Et parler n'a jamais rien arrangé entre nous, n'est-ce pas ? admit-il avec contrition en tendant la main pour lui caresser doucement la joue. La vérité, c'est que je préférerais te montrer ce que ton départ t'a fait perdre plutôt que d'en parler.

Il se pencha vers elle et l'embrassa.

Kenzie lutta contre le désir qu'elle sentait monter en elle et s'arracha à son baiser.

— Non !

— Si, Kenzie. Tant que nous n'aurons pas évacué la tension sexuelle entre nous, nous ne connaîtrons pas le repos.

— Mais ça ne résoudra rien...

— Ça prouvera que tu as toujours envie de moi ! Car c'est la vérité, n'est-ce pas ? dit-il d'une voix rauque tandis qu'il laissait glisser lentement un doigt sur sa gorge.

Kenzie se sentit incapable de dissimuler qu'un brasier s'éveillait en elle.

— Tu ne cherches qu'à me punir, qu'à te venger de moi parce que j'ai osé te quitter...

— Oh ! non, détrompe-toi, ce n'est pas un petit moment ensemble chez tes parents qui suffira à me calmer, lui assura-t-il. Mais, étant donné les circonstances, je ne serais pas contre une petite récompense. Et tu m'es redevable, tu te souviens ?

Elle ne se souvenait que trop bien. Et elle commençait à avoir une idée de ce qu'il allait lui demander en échange de sa présence.

— Dominick...

— Ce n'est pas le moment, Kenzie, la coupa-t-il en laissant descendre sa main sur ses seins.

Du pouce, il excita ses tétons déjà durcis de désir et captura de nouveau ses lèvres.

Kenzie sentait une chaleur de plus en plus intense monter en elle, elle voulait continuer à résister mais son corps ne lui obéissait plus. Sentir les lèvres de Dominick sur les siennes la faisait fondre et elle ne put résister à l'envie de passer la main dans ses cheveux pour l'attirer à elle et lui rendre son baiser.

Il fit courir ses mains sur son dos pour la presser contre son torse vigoureux, il lui écrasait les seins et continuait à l'embrasser passionnément.

Kenzie émit un long gémissement de plaisir ; Dominick se redressa et, sans cesser de la caresser, déboutonna son haut de pyjama.

Il l'ouvrit complètement et sa bouche abandonna ses lèvres pour prendre possession de ses seins. Le plaisir était si fort qu'elle s'arqua pour s'offrir davantage à ses baisers et ses caresses.

Elle sentait sa virilité presser contre son intimité et un feu de plus en plus ardent se consumer en elle.

Alors, elle l'attira de nouveau à elle puis laissa descendre sa main vers son sexe dressé. Elle savait ce qu'il aimait et comment le satisfaire.

Comme il levait la tête, elle vit ses yeux briller dans l'obscurité.

— Tu veux que je te prenne, Kenzie ? Tu veux me sentir en toi ?

— Oui, oh oui ! gémit-elle, sous l'emprise de la passion.

— A quel point as-tu envie de moi ? insista-t-il en continuant de faire monter son excitation. Dis-le moi...

— Dominick..., gémit-elle.

— A quel point, Kenzie ? répéta-t-il d'un ton légèrement plus dur.

— Dominick, qu'est-ce que tu attends de moi ? geignit-elle, perdue tant le désir qu'il avait éveillé était intense.

— A l'instant ? répliqua-t-il en se redressant pour s'écarter d'elle. Rien du tout. La prochaine fois que je te mettrai dans mon lit, Kenzie — et ne doute pas que cela arrivera —, ce sera quand je le souhaiterai et selon mes conditions. Ce soir, je voulais seulement vérifier si tu étais aussi insensible que tu le prétendais quand tu es partie.

Non, elle ne l'était pas, mais cela ne suffisait pas. Ça ne suffirait jamais.

— Pitié, ne fais pas cela, Dominick… Ne détruis pas le respect que nous avons encore l'un pour l'autre.

Il se leva.

— C'est *toi* qui es partie, Kenzie, ne l'oublie pas !

Oui, elle était partie et, même s'il n'en croirait certainement rien, cela l'avait anéantie.

Comment pouvait-il penser que cela avait été facile pour elle ?

— Tu es partie pour aller te jeter dans les bras de Jerome Carlton, ajouta-t-il, amer.

Jerome Carlton, encore.

Il en revenait toujours à lui.

Kenzie ne savait même pas pourquoi il était tellement persuadé qu'elle avait une aventure avec lui.

Jerome n'avait rien fait de plus que lui proposer un contrat et la réconforter dans l'avion pour les Etats-Unis, alors qu'elle était encore sous le choc de sa brutale séparation d'avec Dominick. Ensuite, il s'était montré bienveillant et attentif, même s'il ignorait la cause de son chagrin.

Mais il ne s'était rien passé entre eux.

Pourtant, Dominick s'obstinait à penser le contraire. Pour lui, l'amitié entre un homme et une femme était impossible. Il ne savait même pas ce qu'était l'amour, alors comment espérer qu'il comprenne ce qu'était l'amitié ?

— Pitié, ne fais pas cela, sinon je vais te haïr, Dominick, l'implora-t-elle.

Il eut un petit rire cynique.

— Pourquoi pas ? Selon l'adage, l'amour et la haine sont très proches. Alors, quoi que tu ressentes, ce sera toujours mieux que la froideur dont tu as fait preuve à mon égard, dans les dernières semaines avant notre séparation. Et toujours mieux que la politesse distante avec laquelle tu m'as traité toute la soirée !

Mais cette politesse, c'était sa protection, songea Kenzie. C'était la seule façon pour elle d'éviter de souffrir davantage.

— Dors un peu, Kenzie, lui conseilla-t-il en se rhabillant.

— Où vas-tu ?

— Je n'en sais rien. Mais ne t'inquiète pas, je ne déserte pas.

Il la regarda et ajouta :

— Je n'aime pas les mariages, mais je respecterai ma part du marché. Alors, le moment venu, tiens-toi prête à remplir la tienne.

6

Kenzie ne savait pas où Dominick avait passé la nuit. Il n'était pas revenu dans leur chambre.

Elle n'avait pas dormi, trop agitée et perturbée par ce qui s'était passé entre eux.

Au matin, le miroir de la salle de bains fut impitoyable : elle était encore plus pâle que d'habitude et avait les yeux cernés.

Quelle belle demoiselle d'honneur elle allait faire !

Elle n'était pas très impatiente de revoir Dominick, mais elle n'avait pas le choix. Il avait affirmé qu'il resterait et il tenait toujours parole. Il assisterait donc au mariage, ne serait-ce que pour respecter sa part du marché, comme il le disait si bien.

Mais que comptait-il faire exactement pour se venger d'elle ?

Elle avait bien une petite idée, mais oserait-il aller jusqu'à lui faire l'amour tout en sachant qu'au fond d'elle, elle détesterait cela ?

Du moins essayait-elle de s'en convaincre. Car, la nuit dernière, n'avait-elle pas été prête à s'offrir à lui ?

Sa revanche consisterait à lui démontrer que, face à son charme, elle était désarmée. Quand et où envisageait-il de lui faire cette démonstration ? Elle l'ignorait encore.

Lorsqu'elle descendit, elle découvrit Dominick dans la cuisine, en compagnie de sa mère, et eut du mal à faire le lien avec l'homme revanchard et vindicatif de la veille. Tout sourires, il essayait le nœud papillon qu'il était censé porter pendant la cérémonie.

L'entendre plaisanter et voir sa mère rire à ses propos était éprouvant alors que, la nuit précédente, elle avait dû affronter un homme froid et arrogant.

Elle resta à l'entrée de la pièce à les observer. Se rendait-il compte à quel point il paraissait à l'aise, détendu ? Sans doute que non... Il ne baissait pas souvent la garde. Et il lui avait bien fait comprendre qu'avec elle, ça n'arriverait jamais.

Mais, à l'instant, était-il naturel ou jouait-il un rôle ? Etait-ce une façon de lui prouver qu'il respectait leur accord ?

Elle penchait pour cette hypothèse.

— Je vous dérange ? intervint-elle finalement en s'approchant.

Dominick cessa de rire et tourna un regard interrogateur vers elle, ce qui lui confirma que son attitude n'était qu'une façade.

Sa mère continua à sourire.

— Dominick et moi étions seulement en train de nous dire qu'il ressemblait aux strip-teaseurs qui arrivent sur scène en costume et terminent avec leur seul nœud papillon.

Kenzie évita le regard de Dominick et haussa les sourcils.

— Et à quelle occasion as-tu vu des strip-teaseurs, maman ?

— Aucune, hélas ! répondit sa mère avec un soupir de déception.

— Maman, voyons ! la gronda Kenzie avec un rire affectueux.

Nancy Miller secoua la tête.

— Voilà le problème avec vous, les jeunes. Vous êtes persuadés d'être les premiers à avoir découvert la nudité.

— Ah non ! Je ne me compte pas dans le lot, intervint Dominick, qui se laissait gagner malgré lui par l'ambiance joyeuse qui régnait dans la maison à la perspective du mariage. Il est évident que Donald et vous l'avez découverte au minimum quatre fois...

Nancy rougit.

— Bien joué ! répliqua-t-elle en souriant. Kenzie, je dois appeler le fleuriste, alors je vous laisse, Dominick et toi, prendre le petit déjeuner tout seuls. Et n'oublie pas que nous devons partir chez le coiffeur dans une demi-heure, ajouta-t-elle avant de quitter la pièce pour aller passer son coup de téléphone.

Une fois seul avec elle, Dominick commença à détacher son nœud papillon en observant Kenzie.

Avec son jean, son T-shirt vert assorti à ses yeux et ses cheveux attachés, elle avait l'air d'avoir seize ans.

Elle releva la tête et croisa son regard. Dans ses yeux, il perçut le souvenir de ce qui s'était passé la nuit précédente.

Ce même souvenir l'avait hanté toute la nuit, qu'il avait passée dans la cuisine à boire du café. Une part de lui avait eu envie de remonter à l'étage pour terminer ce qu'ils avaient commencé, une autre savait que ce n'était ni le lieu ni le moment. Ce qui se passerait à l'avenir entre eux se ferait selon ses conditions. Il ne pouvait en être autrement.

Mais, d'ici là, il devait s'appliquer à jouer au mari idéal pour qu'elle ne puisse rien lui reprocher et, au contraire, lui soit encore plus redevable.

— Je crois que ta mère a parlé de petit déjeuner, intervint-il, davantage pour briser le silence que par appétit.

Cependant, avec tout le café qu'il avait ingurgité, manger était sans doute raisonnable.

Kenzie poussa un soupir. Elle avait espéré l'entendre parler d'autre chose que du petit déjeuner, même si évoquer la nuit précédente n'était pas une bonne idée non plus…

— Oui, bien sûr, dit-elle en se dirigeant vers les étagères. Toasts ? Céréales ? Les deux ?

— Des céréales, ce sera très bien. Que comptes-tu faire avec tes cheveux ? s'enquit-il tandis qu'il sortait une bouteille de lait du réfrigérateur.

— Une coiffure tressée avec des fleurs, répondit-elle distraitement avant de déposer deux paquets de céréales sur la table. Dominick…

— Je n'aurais pas cru qu'un mariage requérait autant d'organisation...

Il posa les yeux sur les deux paquets de céréales et ne put s'empêcher de sourire.

— Ah, j'ai le choix : flocons d'avoine ou flocons d'avoine...

— Désolée, dit-elle en faisant la moue. Avec ce mariage, j'ai la tête ailleurs.

— C'est normal, commenta-t-il en se servant du lait.

Ils étaient obligés de s'en tenir aux banalités, incapables d'avoir une conversation de fond, songea Kenzie avec amertume en se rappelant qu'un peu plus tôt, avec sa mère, Dominick était beaucoup plus à l'aise.

— Tout cela t'a manqué, n'est-ce pas ? dit-il soudain, songeur.

Kenzie battit des paupières et le regarda d'un air interrogateur.

— Quoi, la maison ? Mais cela fait des années que je me suis installée à Londres...

— Non, je ne parle pas de la vie ici, Kenzie. Mais n'aurais-tu pas aimé avoir un mariage semblable à celui d'aujourd'hui, avec une cérémonie à l'église et ta famille autour de toi, plutôt que de filer à Las Vegas comme nous l'avons fait ?

— Eh bien... oui, ça ne m'aurait pas déplu, avoua-t-elle. Mais ce n'était pas ce que tu voulais, alors...

— Je ne faisais pas allusion à mes souhaits.

Kenzie évita son regard perçant.

— Je ne vois pas l'intérêt de discuter de cela maintenant, répliqua-t-elle d'un ton las.

— Pourquoi ? insista-t-il. Carlton t'a-t-il déjà promis un mariage en robe blanche ?

A cette provocation, Kenzie poussa un soupir de lassitude.

— Même s'il m'aimait, ce qui n'est pas le cas, je n'ai pas l'intention d'épouser Jerome Carlton. Ni aucun autre homme, d'ailleurs. Crois-moi, Dominick, poursuivit-elle en se levant, une fois que notre divorce aura été prononcé, il se passera du temps avant que je ne songe de nouveau à me marier !

Dominick lui agrippa le bras.

— Ce sentiment est réciproque, je peux te l'assurer !

— Ecoute, Dominick, il ne nous reste qu'une douzaine d'heures à passer ensemble. Pouvons-nous essayer de nous montrer aimables jusqu'à ce que ce soit terminé ?

— Oh ! mais il me semble que je me montre extrêmement aimable !

Hélas, il ne l'était que par intérêt, songea Kenzie, le cœur lourd. En le quittant, elle avait blessé son orgueil, et ça, il le lui ferait payer toute sa vie.

Elle avait été idiote de retomber sous sa coupe. Elle lui avait offert sur un plateau l'occasion de se venger d'elle. Même l'expression radieuse de son père, la veille, ne valait pas ce prix-là...

Elle chercha à dégager son bras mais il resserra son étreinte.

— Dominick, tu me fais mal !

Il lui retourna un sourire crispé.

— Tu ne sais même pas ce que cela veut dire, rétorqua-t-il avant de la lâcher.

— Certainement plus que tu ne le penses ! Si tu souhaites présenter tes excuses à mes parents et repartir dès ce soir pour Londres au lieu de demain matin, je suis sûr qu'ils comprendront. Moi, je prendrai le train. Comme ça, tu pourras retourner plus vite à ta vie d'avant...

Dominick songea qu'elle avait véritablement envie qu'il s'en aille.

Qu'il quitte la maison de sa famille.

Qu'il sorte de sa vie.

Ces quatre derniers mois, il s'était convaincu que c'était mieux qu'ils ne soient plus ensemble, qu'il n'aurait jamais dû l'épouser et que son départ ne faisait que confirmer tout le mal qu'il pensait du mariage.

Pourtant, la voir s'en aller et se découvrir impuissant à la retenir avait été la plus terrible épreuve de sa vie. Certes, jamais il n'avait envisagé de l'implorer de rester. Mais après neuf mois de mariage, se retrouver seul, manger et dormir seul, avait été plus difficile qu'il l'aurait cru.

Pendant des semaines, il avait été furieux contre tout et tout le monde, contre Kenzie et Jerome Carlton bien sûr, mais plus encore contre lui-même. Car il était conscient qu'il avait toujours envie d'elle.

Mais il s'était dit qu'ayant vécu seul auparavant, il survivrait au départ de Kenzie.

Et, en effet, il avait survécu. Du moins si on appelait survivre le fait de continuer à se lever le matin pour aller travailler…

Désormais, Kenzie était de retour dans sa vie. Provisoirement, certes, mais de retour quand même. Et il avait bien l'intention d'assouvir le désir qu'il ressentait pour elle.

Il lui adressa un sourire suave.

— Je ne vais nulle part, Kenzie. Et nous repartirons demain, comme prévu.

Elle s'était doutée de sa réponse.

— Bien. Maintenant, excuse-moi, je dois me préparer pour partir chez le coiffeur.

Elle quitta la pièce sans un regard pour lui. Elle détestait le mal qu'ils se faisaient l'un à l'autre, mais elle ne voyait pas comment briser ce cercle vicieux.

Au contraire, si elle avait vu juste sur les intentions de Dominick, les choses ne feraient qu'empirer…

7

Assise à côté de lui pendant la réception, Kenzie était tendue comme un arc, nota Dominick. Le repas était terminé, les discours tiraient à leur fin, mais à aucun moment elle ne s'était détendue.

Qu'avait-elle attendu de lui ? Que, pendant la cérémonie religieuse, il se lève et clame que le mariage, c'était du vent ?

Après s'être appliqué à faire bonne figure pendant plus de vingt-quatre heures, ç'aurait été un comble, et Kenzie aurait dû savoir qu'il détestait par-dessus tout perdre son temps.

Il s'était préparé à jouer son rôle du mieux possible et s'était montré charmant avec tous les membres de la famille que lui avait présentés Nancy.

En revanche, il n'avait pas été préparé à voir Kenzie remonter l'allée de l'église à côté de Kathy dans une longue robe verte, avec des fleurs dans les cheveux. A cet instant, elle lui avait réellement fait penser à une princesse de conte de fées.

Cette vision l'avait remué, il devait bien le reconnaître, mais il s'était vite repris. Tout comme lui, Kenzie jouait un rôle et elle n'était pas plus une princesse que lui le prince charmant !

— Oh ! regarde, murmura Kenzie avec un sourire, les yeux brillants. Kathy et Derek vont ouvrir le bal.

Le bal ?

Oui, évidemment, dans tout mariage, il fallait danser, se rappela-t-il.

Avait-il déjà dansé avec Kenzie ?

Non, pas qu'il se souvienne...

— Nous les rejoignons ?

Kenzie détourna les yeux de sa sœur et de son tout nouveau mari pour le regarder, alors qu'il s'était déjà levé et se tenait à côté de sa chaise. Il avait une expression indéchiffrable. Il lui tendit la main.

— Je crois que c'est ce qu'on attend de nous, insista-t-il, remarquant que les parents de Kenzie ainsi que ses sœurs et leurs maris étaient déjà sur la piste.

Il avait raison, reconnut Kenzie à contrecœur. Elle était demoiselle d'honneur et Dominick était son mari.

— Les gens commencent à nous regarder, Kenzie, lui chuchota Dominick comme elle ne bougeait toujours pas.

— Oui... Pardon, dit-elle en acceptant sa main.

Il la conduisit sur la piste et, quand il posa la main sur ses reins pour la serrer tout contre lui, elle eut le souffle coupé.

Alors qu'ils commençaient à évoluer au rythme de la musique, son cœur se mit à battre la chamade. La chaleur du corps de Dominick l'enveloppait, elle sentait sa respiration sur sa joue. Elle était dans tous ses états.

Dominick dansait avec grâce, ses mouvements étaient très fluides. Décidément, il faisait tout très bien. Il menait très bien ses affaires, c'était un bon danseur, il faisait très bien l'amour...

Cette dernière réflexion la fit tressaillir. Malgré tous les événements de la journée, le souvenir de la nuit précédente ne l'avait pas quittée et être dans ses bras ne faisait que raviver son désir.

— Attention, suis bien le rythme, lui dit Dominick en resserrant son étreinte.

Il était totalement concentré sur elle, comme si les autres danseurs et les invités qui les regardaient n'existaient pas.

Il avait tout oublié, pour lui, seule Kenzie comptait. Avec ses talons hauts, elle était presque aussi grande que lui, sa robe virevoltait et lui donnait la sensation qu'elle flottait au-dessus du sol. Encore une fois, elle lui faisait penser à une princesse. Sauf qu'elle était toujours aussi crispée.

— Par tous les diables, détends-toi, Kenzie ! Si c'est ce qui te fait peur, n'aie crainte, je ne vais pas te violer au milieu de la piste de danse !

Elle croisa son regard. Dans la pâleur de son visage, ses yeux étaient deux immenses lacs vert émeraude.

— Je n'ai jamais cru que tu en serais capable, rétorqua-t-elle sèchement.

— Tu en es sûre ?

— Oui ! Je... La danse est terminée, dit-elle soudain en s'écartant de lui avec un soulagement palpable pour applaudir sa sœur et son mari.

Devant le bonheur de Kathy, le visage de Kenzie rayonna de nouveau.

Dominick garda les yeux fixés sur elle. Il détailla la forme de ses sourcils, ses yeux brillants, ses longs cils délicats, la petite fossette sur sa joue et ses lèvres pleines, pulpeuses, si délicieuses.

Elle était magnifique.

Kenzie était la plus belle femme qu'il ait jamais vue.

Sa femme.

Enfin, plus vraiment...

En tout cas, ce n'était pas encore la femme d'un autre. Et elle lui était toujours redevable.

— Merci encore pour tout ce que tu as fait ce week-end, déclara Kenzie à Dominick le lendemain matin en sortant de sa voiture, qu'il avait garée devant chez elle.

Elle était extrêmement soulagée que ce soit terminé pour pouvoir échapper à son emprise.

Une fois encore, la nuit précédente, elle avait mal dormi. Dominick, en revanche, n'avait pas paru avoir les mêmes soucis, car elle avait entendu sa respiration calme et régulière peu de temps après qu'il eut posé la tête sur l'oreiller.

Elle pensait que seuls les innocents pouvaient dormir ainsi.

Il sortit de voiture et la contourna, son sac à la main.

— Je vais le porter jusqu'à chez toi, lui proposa-t-il.

— Non, c'est inutile, je peux le porter moi-même.

— Je n'en doute pas, répliqua-t-il avec un sourire, mais nous devons finir de discuter les termes de notre accord.

Kenzie redressa les épaules et le fixa droit dans les yeux.

— Ce n'est pas le moment, je ne suis pas d'humeur, Dominick.

— Pas d'humeur pour quoi ?

— Pour entendre ce que tu as en tête ! répliqua-t-elle, furieuse.

Dominick sourit, mais son regard s'assombrit.

— Pour l'instant, je souhaite simplement porter ton sac et boire un café. Si jamais j'ai autre chose en tête, je te le ferai savoir.

Kenzie ne voulait toujours pas le laisser monter chez elle. Elle n'avait rien à cacher mais elle n'avait pas envie qu'il envahisse l'espace qu'elle s'était créé après l'avoir quitté. Ce nouvel appartement symbolisait sa vie sans lui et elle désirait qu'il en reste ainsi.

— Kenzie, ne t'ai-je pas prouvé récemment que je savais contrôler mes pulsions, même quand j'étais seul avec toi ?

Elle s'empourpra de fureur.

— Ecoute, Dominick, tu n'as fait que jouer avec moi...

— Oh ! non, ma chère Kenzie, je t'assure que je n'ai pas encore commencé à m'amuser avec toi. Par ailleurs, c'est vraiment important que nous discutions de ce que tu vas m'offrir en échange de ma présence à tes côtés ce week-end.

— T'offrir ? répéta-t-elle, inquiète.

— M'offrir, répéta-t-il à son tour. Ne prends pas un air aussi soucieux, ça va finir par te donner des rides. Qu'en dirait Carlton Cosmetics, et plus précisément Jerome Carlton ?

Carlton Cosmetics et Jerome étaient à mille lieues de ses

préoccupations. Elle était beaucoup plus préoccupée par ce qu'il comptait exiger d'elle.

— Si tu veux monter pour discuter, ne perdons pas de temps, dit-elle en lui prenant son sac des mains.

Dominick la regarda s'éloigner et admira le balancement de ses hanches et la façon dont ses cheveux ondulaient dans son dos.

Cette femme si sensuelle allait de nouveau être à lui, mais elle ne le savait pas encore.

Quand il pénétra dans l'ascenseur, qu'elle avait retenu pour lui, il souriait. Et son sourire s'élargit quand il remarqua sa contrariété grandissante. C'était beaucoup plus facile d'affronter une Kenzie en colère qu'une Kenzie indifférente et distante.

— Je t'en prie, entre, l'invita-t-elle sans chaleur après avoir ouvert la porte.

Il prit tout son temps pour passer en revue les lieux, intrigué. L'appartement était tout en teintes nuancées, et des gravures du XIXe siècle représentant des hommes en redingote et des femmes en crinoline et chapeau décoraient les murs.

En comparaison, son appartement à lui, qu'il avait partagé avec Kenzie, était très moderne, avec mobilier design et tableaux originaux d'artistes contemporains en vogue.

Il n'avait jamais eu conscience qu'elle avait des goûts aussi différents des siens.

Mais, après avoir passé un week-end chez ses parents, il comprenait qu'elle était restée très marquée par sa jeunesse à la campagne.

— C'est sympa, chez toi, commenta-t-il en adressant un petit signe appréciateur à Kenzie.

Elle était sur ses gardes et semblait redouter qu'à tout moment il se jette sur elle, songea-t-il.

Eh bien, elle allait être déçue !

Il comptait prendre son temps avant d'exiger sa rétribution, histoire de la faire souffrir un peu, comme lui-même avait souffert en l'imaginant dans le lit de Jerome Carlton.

Kenzie répondit d'un petit signe de tête impatient pour lui faire comprendre qu'elle se moquait de savoir ce qu'il pensait de son appartement.

— Dis ce que tu as à dire, et ensuite, va-t'en ! lui lança-t-elle avec un regard hostile.

Il resta impassible et se laissa tomber dans un confortable fauteuil.

— Tu es un peu rude, Kenzie. Je t'ai dit qu'un café ne me ferait pas de mal.

— Mais bien sûr, je suis à ton service !

Son indignation le ravissait au plus haut point. Il continua de sourire et précisa :

— Noir, le café, si possible.

— Tu as la gueule de bois, peut-être ? rétorqua-t-elle d'un ton acerbe.

— Non, pas du tout. A la réception, je n'ai bu qu'une seule coupe de champagne. Mais, d'expérience, tu devrais savoir que j'aime le café noir.

Lui faire un café lui permettrait de disparaître quelques minutes dans la cuisine, ce qui lui donnerait un peu de répit. Mais combien de temps allait-il rester chez elle ?

Il ne lui avait toujours pas dit ce qu'il voulait et, tant qu'il ne l'aurait pas fait, il ne partirait pas.

Elle était certaine qu'il s'amusait énormément. Depuis le début de la matinée, il souriait et arborait un air satisfait.

Loin de sa famille, c'était beaucoup plus difficile pour elle de le tenir à l'écart.

Qu'il aille au diable !

Kenzie quitta la pièce et Dominick se carra dans le fauteuil et s'étira pour se détendre. La nuit précédente, il avait fait semblant de dormir mais, en vérité, il était resté éveillé.

A ressasser ses plans.

A savourer d'avance sa vengeance.

Il n'allait certainement pas se précipiter alors que songer aux événements à venir lui donnait autant de plaisir.

— Voilà ! lança Kenzie avec froideur quand elle revint avec une tasse de café.

— Merci infiniment, répondit-il avec une politesse exagérée. Et toi, tu n'en prends pas ? ajouta-t-il alors qu'elle s'installait sur la chaise en face de lui et l'observait d'un air maussade.

— Dis-moi ce que tu veux, Dominick, et arrête de jouer.

— Maintenant que j'ai respecté ma part du contrat, tu ne te donnes même plus la peine de te montrer sympathique ! répliqua-t-il sur un ton de reproche.

Elle voulut répondre mais se ravisa, car il y avait un fond de vérité dans sa remarque.

C'est lui cependant qui avait transformé cette histoire en marché, et ce, *après* lui avoir donné son accord pour l'accompagner au mariage de sa sœur !

Oui, mais...

Il n'y avait pas de mais. Elle lui avait demandé une faveur, il l'avait acceptée, et ce n'était finalement pas étonnant qu'il attende quelque chose en retour.

— Désolée, marmonna-t-elle, un peu contrite. Alors qu'attends-tu de moi, Dominick ?

— Bien, soyons clairs, dit-il en posant sa tasse avant de la fixer droit dans les yeux. Je n'ai jamais forcé une femme à coucher avec moi.

Il n'en avait jamais eu besoin, songea-t-elle. Elle savait qu'avant leur rencontre il collectionnait les conquêtes et que, chaque fois, c'était lui qui mettait un terme à ces liaisons éphémères. Sans doute était-elle la première femme à l'avoir quitté. Ce qui, bien sûr, expliquait sa colère.

Mais ils ne pouvaient pas... Elle ne pouvait pas...

Coucher avec lui, comme ça, parce qu'il l'aurait exigé, allait à l'encontre de tous ses principes.

Elle s'évertua à rester calme en inspirant lentement et soutint son regard.

Après tout, il venait d'affirmer que jamais il ne contraindrait une femme à se donner à lui. Elle devait donc seulement s'assurer qu'elle n'en aurait jamais envie…

Dominick se leva d'un bond et se mit à détailler le contenu des bibliothèques.

— Apparemment, tu aimes beaucoup lire, dit-il en désignant les ouvrages bien rangés.

— Oui, acquiesça-t-elle, déstabilisée par ce changement de sujet.

— Eh bien, moi aussi. D'ailleurs, j'ai lu la plupart de ces titres.

Le regard de Kenzie s'agrandit de surprise.

— Quand nous étions ensemble, je ne t'ai jamais vu lire autre chose que des contrats ou les pages économie des journaux !

Il haussa les épaules.

— Ce doit être parce que, quand nous étions ensemble, nous avions toujours mieux à faire que lire.

Comme faire l'amour, par exemple…

Apprendre maintenant que l'homme dont elle avait partagé la vie avait le même goût qu'elle pour la lecture était vraiment étrange.

Quels autres aspects de sa personnalité avait-elle ignorés durant les neuf mois de leur mariage ? Quand ils n'étaient pas pris par leurs activités professionnelles, ils ne pensaient qu'à être ensemble…

Dominick perçut l'étonnement et le trouble dans son regard et songea qu'il en avait assez fait pour aujourd'hui. Laisser l'autre intrigué et désireux d'en savoir plus était un bon moyen de parvenir à ses fins…

Et, avec Kenzie, il était déterminé à atteindre son but. Il voulait non seulement qu'elle revienne dans son lit, mais qu'elle y revienne de son plein gré. Ça, c'était le plus important.

— Es-tu libre le week-end prochain ? lui demanda-t-il en se dirigeant vers la porte.

— Je... Oui, je pense, répondit-elle, troublée par sa question.

Dominick ouvrit la porte puis se retourna.

— Alors réserve-le.

— Pourquoi ? s'enquit-elle en se levant pour le rejoindre à la porte.

Il secoua la tête d'un air énigmatique.

— J'ai quelques détails à régler avant de pouvoir tout t'expliquer. Peut-être pourrions-nous dîner ensemble dans la semaine...

— Dîner ensemble ? répéta-t-elle, abasourdie. Dominick, je n'ai pas envie de sortir avec toi !

— ... pour en reparler, termina-t-il, sans tenir compte de son intervention.

— Mais...

— Tout comme la semaine dernière quand tu as souhaité me rencontrer pour me demander de t'accompagner au mariage de ta sœur.

— Oh ! mais oui, bien sûr.

— Sauf que, cette fois, j'aimerais que nous mangions bel et bien quelque chose, ajouta-t-il sur le ton de la plaisanterie.

— Dans ce cas, ne m'emmène pas chez Rimini, ça me rappelle trop la période où nous étions mariés.

La période où ils étaient mariés ?

Mais enfin, ils l'étaient toujours !

Cependant, si cela pouvait contribuer à la faire se détendre, il voulait bien dîner ailleurs. Quelque part où ils n'étaient jamais allés, peut-être.

— Ça te rappelle peut-être aussi tes soirées avec Jerome Carlton ? lui lança-t-il comme cette pensée le traversait.

Kenzie secoua la tête d'un air irrité.

— Tu sais, Dominick, un jour, il va bien falloir que tu m'écoutes quand je t'affirme qu'il n'y a jamais rien eu entre Jerome et moi.

— Oh ! mais je t'écoute, Kenzie. Sauf qu'il se trouve que je sais que tu mens.

Juste avant leur rupture, puis quand elle était partie aux Etats-Unis, elle avait passé beaucoup de temps avec Jerome Carlton et elle voulait bien accepter que cela ait pu éveiller quelques soupçons.

En revanche, elle n'avait jamais compris et ne comprenait toujours pas son refus de la croire quand elle lui avait juré qu'il ne s'était rien passé entre Jerome et elle.

A l'instant, à son regard, elle devinait qu'elle n'avait toujours pas ébranlé sa conviction.

— Bien, tu me tiens au courant pour ce dîner, d'accord ? dit-elle, sa seule envie étant qu'il s'en aille au plus vite.

— Mais oui, Kenzie, je te tiens au courant.

Elle était très pâle, elle avait les yeux fatigués et il savait qu'il en était responsable.

Et ça ne faisait que commencer.

8

— Ecoute, c'est clair, Dominick, je refuse de te laisser jouer avec moi plus longtemps !

Occupé à contempler la vue sur Londres par la baie vitrée de son bureau, Dominick fit lentement tourner son fauteuil pour se retrouver face au visage embrasé de fureur de Kenzie.

Il remarqua sa secrétaire dans l'encadrement de la porte et lui adressa un petit signe de tête.

— Merci, Stella, dit-il pour lui faire comprendre qu'il n'avait pas besoin d'elle.

— Amusez-vous bien, glissa la secrétaire avant de quitter la pièce et fermer la porte derrière elle.

Dominick porta de nouveau son attention sur Kenzie.

— Tu disais ?

Elle le fusilla du regard. Que n'aurait-elle pas donné pour effacer l'expression de suffisance de son visage !

— J'ai dit que j'en avais assez que…

— Oui, ça, j'avais compris, la coupa-t-il en se laissant retomber au fond de son fauteuil en cuir. Mais tu en as assez de quoi ?

— J'en ai assez que tu joues avec moi, répéta Kenzie, exaspérée par son arrogance.

— Ça aussi j'avais compris, mais…

— Comment oses-tu exiger que Stella m'appelle pour me demander de te retrouver chez Tonio ce soir à 20 heures ? le coupa-t-elle à son tour, sachant qu'il était ravi de la voir dans une telle colère.

— Ah…, fit Dominick d'un air faussement ennuyé. 20 heures, c'est trop tôt pour toi ? Ou trop tard, peut-être ?

Kenzie plissa les yeux.

— Ne te moque pas de moi ! Je ne supporte pas que tu claques des doigts pour me convoquer quand bon te semble.

— Ah bon ?

— Et je te rappelle que, moi aussi, je travaille. D'ailleurs, ce soir, je suis prise.

Même si elle avait été libre, son attitude autoritaire l'aurait poussée à refuser ce rendez-vous.

Dominick l'observa en silence pendant plusieurs secondes. Il appréciait bien plus la Kenzie qui laissait éclater sa colère que celle du week-end dernier, qui s'efforçait de contrôler toutes ses émotions.

D'autant que sa colère ne changerait rien à l'issue de cette entrevue. Elle ne faisait que rajouter un peu de piquant.

— Pourquoi n'as-tu pas dit tout cela à Stella quand elle t'a appelée ? On peut reporter à demain soir, si tu préfères. Ça ne changera rien à ce que j'ai en tête.

Seul l'endroit où ils se trouvaient à l'instant ne convenait pas à ses plans, songea-t-il avec amusement. Et pourtant, avec ses cheveux libres qui tombaient en cascade sur ses épaules, ses yeux verts flamboyants, Kenzie était si belle ! Son chemisier et son pantalon noir étroit soulignaient la perfection de ses courbes et il aurait voulu la prendre là, maintenant, sur son bureau, jusqu'à ce qu'elle demande grâce.

Mais cela ne cadrait pas avec ses projets, dut-il reconnaître pour calmer ses ardeurs.

Kenzie parut se détendre légèrement.

— Et qu'est-ce que tu as en tête ? lui demanda-t-elle en continuant à l'observer avec soupçon.

Il sourit.

— Dans un premier temps, je souhaite dîner et bavarder avec toi, dit-il d'un air nonchalant. A moins que tu n'aies une autre suggestion pour agrémenter la soirée ?

L'éclat de colère réapparut dans ses yeux émeraude.

— Je t'ai déjà dit que j'en avais assez de tes petits jeux. Et puisque je suis là et que j'ai un peu de temps pour parler, je ne vois pas pourquoi nous devrions à tout prix dîner ensemble.

« Remarque pertinente », admit-il. Mais, s'il cédait, il laisserait Kenzie reprendre le contrôle de la situation, ce qu'il voulait à tout prix éviter.

En acceptant de l'épouser, il avait déjà lâché une fois les rênes de son existence et il n'avait pas l'intention de recommencer.

— Mes projets ne sont pas encore complètement arrêtés, expliqua-t-il. Mais j'espère que, ce soir, ce sera le cas.

Kenzie n'avait cessé d'émettre des hypothèses sur ce qu'il allait exiger. Ses commentaires lui avaient laissé comprendre qu'il avait l'intention de la convaincre de faire l'amour avec lui mais, en dehors de cela, elle n'en savait pas davantage.

Mais cette simple pensée avait suffi à l'inquiéter et, quand Stella l'avait appelée, elle avait décidé que le jeu n'avait que trop duré.

C'est pourquoi elle avait pris l'initiative de se rendre à son bureau.

Mais, une fois encore, elle n'était pas plus avancée.

— As-tu réservé ton week-end, comme je te l'avais demandé ?

— Comme tu me l'avais ordonné, plutôt, corrigea-t-elle. Mais je n'irai nulle part avec toi tant que tu ne m'auras pas dit où tu comptes m'emmener et pourquoi.

Dominick posa les coudes sur son bureau, se prit le visage entre les mains et l'observa à travers ses paupières plissées. Elle soutint son regard sans ciller.

— Maintenant que ta sœur est mariée, tu n'es plus aussi déterminée à respecter notre marché, dit-il sèchement.

Kenzie haussa les épaules.

— Peut-être pas, en effet.

Il prit une expression sévère.

— Eh bien, peut-être que demain j'irai rendre visite à tes parents pour leur expliquer que, le week-end dernier, nous avons joué la comédie.

Kenzie le dévisagea et ne vit qu'une froide détermination sur ses traits.

— Je ne doute pas que tu en serais capable, admit-elle avec fatalisme en se laissant tomber sur la première chaise venue.

Depuis qu'il était parti de chez elle, trois jours plus tôt, elle s'était convaincue qu'il ne pourrait pas la forcer à faire quoi que ce soit.

Mais, dans ses réflexions, elle avait oublié combien il pouvait se montrer résolu quand la situation l'exigeait...

— Tu sais que j'en suis capable, confirma-t-il. Mais quelle est la véritable raison de ta présence ici aujourd'hui ? s'enquit-il, intrigué et de plus en plus persuadé qu'elle n'était pas venue seulement parce que le coup de téléphone de Stella l'avait irritée.

Elle lui retourna un regard troublé, comme prise en faute.

— Je t'ai expliqué que...

— Je t'ai entendue, la coupa-t-il en se levant pour contourner son bureau et venir se poster à côté d'elle. Pourquoi ? insista-t-il en lui posant deux doigts sous le menton pour lui faire lever la tête.

Elle tenta de se libérer mais il ne se laissa pas faire.

— Je t'ai dit que j'en avais assez que tu joues avec moi...

— Et tu m'as également affirmé que, ce soir, tu étais prise. Oserais-je deviner qui tu dois voir ?

Kenzie fronça les sourcils et se demanda comment il pouvait savoir.

— Comment sais-tu que Jerome doit venir en Angleterre ? lui demanda-t-elle, car elle était persuadée qu'il était déjà au courant. Elle le lisait dans son regard.

Quand, la veille, Jerome l'avait appelée pour lui annoncer

qu'il venait à Londres et souhaitait la voir pour qu'ils discutent des prochains engagements qu'elle devait honorer, elle avait été contrariée. Mais comme c'était son employeur, elle pouvait difficilement refuser de le rencontrer.

En revanche, le coup de téléphone de Stella plus tôt dans la matinée n'aurait pas pu survenir à un pire moment.

Dominick pinça les lèvres.

— Je ne le savais pas, j'ai juste eu de la chance, prétendit-il avant de la lâcher pour retourner derrière son bureau. Et tu nies toujours que Carlton et toi êtes ensemble ?

— Bien sûr ! rétorqua Kenzie. Jerome vient à Londres pour affaires, et le fait que je dîne avec lui ce soir n'est qu'une coïncidence.

Il l'observa en silence et se demanda comment une femme aussi belle et à l'air aussi innocent pouvait se montrer aussi fourbe.

— Vraiment ?

— Oui, vraiment. Mais je ne m'attends pas à ce que tu me croies. En fait, tu sembles prendre plaisir à ne pas me croire.

— Non, je n'y prends aucun plaisir, Kenzie, commenta-t-il, amer. Je croyais qu'entre nous il y avait un minimum de franchise. Mais je me trompais.

Elle lui avait menti et l'avait trompé avec Jerome Carlton, qui lui-même avait pris grand plaisir à ne pas lui dissimuler la nature de ses relations avec Kenzie. Tous deux s'étaient moqués de lui et il ne pouvait pas en rester là.

Il était si dur, si implacable, songea Kenzie en observant son expression inflexible. Avait-il toujours été ainsi ? Peut-être. Mais, avant, cette dureté n'était pas dirigée contre elle. Désormais, elle en faisait les frais.

— Je ne pense pas qu'il soit utile de discuter du passé.

— Je suis d'accord, répliqua-t-il. Alors oublions le dîner de ce soir et parlons de nos arrangements dès maintenant. Je passerai te prendre chez toi samedi à 15 heures. Prépare-toi à être absente jusqu'au dimanche soir.

Kenzie fronça les sourcils.

— Mais, je n'ai pas… Où allons-nous, exactement ?

Il haussa les épaules.

— Je ne pense pas que tu aies besoin de le savoir…

— Oh que si ! lui affirma-t-elle avec véhémence.

Il haussa les sourcils.

— Tu as peur que je cache ton corps dans un endroit où personne ne pourra le retrouver ? rétorqua-t-il avec ironie.

Kenzie se leva, excédée.

— Tu es ridicule, alors…

— Tu trouves ? Tu n'as pas encore compris qu'on ne peut pas me tromper sans avoir à me rendre des comptes ?

— Dominick, ça fait quatre mois…

— Je sais combien de temps ça fait, la coupa-t-il d'un ton sombre.

Kenzie le regarda, dépitée. Que n'aurait-elle pas donné pour que, ne serait-ce qu'un instant, il se montre un peu plus doux, un peu plus indulgent, comme quand ils étaient mariés — et comme le week-end précédent, chez ses parents, même s'il n'avait fait que jouer un rôle.

Toutefois, il lui avait donné deux jours de son temps, elle lui devait deux jours en retour…

— Quel type de vêtements dois-je emporter ?

Il haussa les épaules.

— Une tenue adaptée pour un samedi soir, un maillot de bain — ou pas, plaisanta-t-il en la détaillant délibérément de la tête aux pieds.

Kenzie resta indifférente à son regard. Intérieurement, cependant, elle se demandait bien où il comptait l'emmener et cela la rendait nerveuse.

— Dominick, je sais que tu m'as accompagnée le week-end dernier mais, sincèrement, je doute d'être prête à passer une soirée avec des relations d'affaires à toi.

— N'aie crainte, Kenzie, je t'assure que nous ne serons que tous les deux.

Cette précision la perturba davantage. Mais, à son regard, elle comprit qu'il ne lui en dirait pas plus.

— Très bien, si c'est ce que tu veux...

— Oui, c'est ce que je veux.

— Alors maintenant je vais te laisser à ton... travail, dit-elle d'un ton acide, consciente qu'à son arrivée, il n'était pas du tout en train de travailler.

— Et moi je te laisse au tien, rétorqua-t-il. Oh ! Au fait, Kenzie, appela-t-il alors qu'elle était déjà à la porte.

Elle se retourna avec réticence.

— Oui ?

— Passe une bonne soirée.

Elle l'observa de longues secondes mais, encore une fois, il fit en sorte qu'elle ne puisse rien lire sur son visage.

— Samedi, 15 heures, dit-elle finalement avant de s'en aller.

Quand elle fut sortie, il poussa un long soupir.

Cela faisait quatre mois qu'elle l'avait quitté, lui avait-elle rappelé.

Quatre mois qu'il avait mis à profit pour peaufiner sa revanche contre son amant et elle. Désormais, le dénouement était proche et, bientôt, tout serait terminé.

Il allait savourer chaque instant du prochain week-end, se délecter du plaisir de voir petit à petit Kenzie céder et revenir dans ses bras. Et le plaisir serait complet quand, le lendemain, elle retournerait auprès de son amant.

Alors, Jerome lui apprendrait ce qu'il avait fomenté.

Il attendit quelques secondes pour être sûr que Kenzie avait quitté ses bureaux et pressa l'Interphone.

— Stella, appelez Caroline Carlton à New York, s'il vous plaît, lui ordonna-t-il avant de se renfoncer dans son fauteuil. Avec un grand sourire, il attendit d'avoir son interlocutrice en ligne.

9

Tandis qu'ils roulaient vers leur destination, Dominick jeta un regard à Kenzie derrière ses lunettes de soleil.

Comme d'habitude, elle était splendide. Elle était vêtue d'une robe d'été vert émeraude à petites bretelles qui offrait à sa vue ses épaules satinées et la naissance de ses seins ronds, et portait des sandales à talons hauts et des lunettes noires.

Oh oui, elle était très belle et très lointaine, songea-t-il. Depuis qu'elle l'avait salué en montant en voiture une heure plus tôt, elle n'avait plus prononcé une seule parole.

Comment allait-il s'y prendre ? se demanda-t-il en concentrant son attention sur la route. Il était si excité à l'idée de briser le cocon de silence dans lequel elle s'était réfugiée !

Il décida d'en faire la démonstration.

— Alors, ce dîner avec Carlton, l'autre soir, c'était bien ?

Kenzie se crispa aussitôt, et le regarda plusieurs secondes sans rien dire.

— Pourquoi poses-tu la question puisque tu n'en as rien à faire ?

— Mais si ! assura-t-il avec légèreté. Vos retrouvailles ont-elles été un grand moment d'émotion ?

— A vrai dire, il n'y a pas eu de retrouvailles. Jerome a dû repousser son voyage, expliqua-t-elle.

— Un événement plus important que te revoir est survenu, alors, ironisa-t-il.

Jerome l'avait appelée mercredi en fin de journée pour annuler leur dîner. Il lui avait expliqué devoir repousser son voyage en Angleterre pour régler un problème urgent qui l'empêchait de quitter New York.

Etant donné qu'ils étaient censés dîner ensemble pour affaires, elle n'avait pas été particulièrement contrariée et ils étaient convenus de se rencontrer le lundi suivant, Kenzie lui ayant précisé qu'elle s'absentait pour le week-end. En revanche, elle ne lui avait pas dit avec qui elle partait. Même si Dominick n'en croyait rien, sa vie privée ne regardait pas Jerome Carlton.

— Je suppose, oui...

— Pauvre Kenzie ! murmura Dominick. Je me souviens que tu me reprochais de faire passer mes affaires avant tout le reste, précisa-t-il comme elle le regardait sans comprendre.

Elle ne se donna même pas la peine de répondre. Il n'y avait aucune comparaison entre ses rapports avec Jerome Carlton et les leurs.

— Sommes-nous bientôt arrivés ? voulut-elle savoir alors qu'ils traversaient la campagne du Hampshire.

— Oui, ce n'est plus très loin, répondit-il en se demandant ce que Kenzie penserait de Bedforth Manor.

Ce n'était pas très important puisque, après ce week-end, elle n'y retournerait jamais. Mais tout de même, sa réaction serait intéressante.

Quand il s'engagea dans la longue allée de gravier bordée d'arbres qui menait à l'imposante demeure de trois étages en pierre claire, elle se tourna vers lui.

— Bedforth Manor, dit-il simplement avant de descendre de voiture pour sortir leurs affaires du coffre.

Kenzie le suivit sans un mot jusqu'au pied de l'escalier.

— Est-ce un hôtel ? lui demanda-t-elle.

— Si c'en était un, il semblerait bien vide ! lui fit-il remarquer en tournant la tête de tous côtés, comme s'il cherchait la trace d'une autre présence que la leur.

— Mais...

— Ce n'est qu'une maison, Kenzie. Ma maison, dit-il avant de gravir les marches.

— Ta maison ? répéta-t-elle en le suivant, l'air un peu hébété.

— Oui, ma maison, répéta-t-il.

Dire qu'elle était étonnée était un euphémisme. Certes, elle savait qu'il possédait des biens un peu partout dans le monde, mais c'étaient pour la plupart des appartements qui pouvaient rester fermés pendant plusieurs mois entre deux visites. En revanche, une demeure comme celle-ci, c'était autre chose...

Cette vaste propriété ne cadrait d'ailleurs pas avec sa personnalité, lui qui se méfiait des engagements à long terme...

Si Dominick n'était pas surpris de lire autant d'incrédulité sur le visage de Kenzie, il n'avait pas l'intention de lui avouer qu'au départ, il avait acheté cette maison pour elle et que, six mois plus tôt, il voulait lui offrir la demeure de ses rêves.

Six mois auparavant, alors qu'elle était sa femme, il était prêt à lui offrir tout ce qu'elle désirait.

Mais ça, c'était avant qu'elle le trahisse.

Il n'aurait pas su dire pourquoi, après son départ, il n'avait pas cherché à revendre cette propriété, car il n'avait aucune envie de l'entretenir et encore moins d'y vivre.

Cependant, désormais, il était heureux de l'avoir conservée. Il y avait quelque chose de terriblement moral dans le fait qu'il finisse par l'y emmener et qu'elle voie de ses yeux cette demeure qu'il avait achetée pour elle mais qui ne serait jamais la leur...

Une maison qu'il vendrait sans doute après ce week-end...

— Je... C'est magnifique, dit-elle, ébahie, quand il ouvrit la porte et qu'ils pénétrèrent dans le grand vestibule.

Dominick regarda autour de lui, satisfait. La gouvernante avait suivi à la lettre les instructions qu'il lui avait données la veille au téléphone. Des fleurs au parfum délicat ornaient la table posée au centre du vestibule ; sans doute leur dîner était-il prêt et ne demandait plus qu'à être réchauffé. Il était également certain qu'à l'étage la chambre principale avait été préparée pour eux…

La gouvernante ayant quitté les lieux, ils étaient seuls.

— Pourquoi ne vas-tu pas dans la cuisine nous préparer du café pendant que je porte nos sacs à l'étage ? lui suggéra-t-il en désignant de la tête la porte devant eux.

Kenzie regardait de tous côtés, émerveillée par les boiseries, les chandeliers, les appliques à pendeloques de cristal, les parquets cirés. Et elle adorait le ravissant escalier qui menait à l'étage. Elle était si surprise qu'il l'ait emmenée dans une maison comme celle-ci alors qu'elle s'attendait à se retrouver dans un hôtel design froid et impersonnel qu'elle se dirigea sans un mot vers la cuisine, éberluée.

Elle aurait rêvé d'avoir une cuisine comme celle-ci : des casseroles et des poêles en cuivre pendaient au-dessus d'une grande table patinée. Le réfrigérateur et le lave-vaisselle, les seuls équipements de style plus moderne, étaient habilement dissimulés derrière des portes du même chêne que les placards.

Mais pourquoi Dominick avait-il acheté une demeure comme celle-ci ?

Et où étaient les employés de maison ? se demanda-t-elle soudain, certaine qu'il fallait plusieurs personnes en permanence pour entretenir une aussi vaste propriété.

Il devait au minimum y avoir un cuisinier. A moins que Dominick ne compte sur elle pour préparer les repas ?

Elle en était capable et elle adorait cuisiner mais, même si Dominick lui avait assuré qu'elle n'aurait pas à fréquenter d'autres personnes pendant le week-end, elle n'avait pas vraiment cru qu'ils se retrouveraient seuls.

— Pas de café ? intervint Dominick en pénétrant dans la

cuisine. Ce n'est pas grave, il ne faut pas longtemps pour en faire. Peut-être aimerais-tu d'abord aller voir la piscine ?

Il y avait une piscine ?

Pourquoi pas, après tout ? Certes, il vivait rarement plus de quelques mois consécutifs au même endroit, mais cela ne voulait pas dire qu'il n'avait pas fait en sorte de rendre ses nombreuses propriétés le plus confortables possible.

— Oui, d'accord...

— La roseraie, dit Dominick sans autre commentaire en pointant le doigt tandis qu'ils sortaient de la maison. Là-bas, les écuries, ajouta-t-il en lui montrant les bâtiments tout au fond. Et voici la piscine, dit-il d'un air satisfait en sortant une clé de sa poche pour ouvrir la porte devant laquelle ils se tenaient.

Appeler cela une piscine ne rendait pas justice aux lieux, songea-t-elle en pénétrant dans une grande verrière qui s'ouvrait sur une terrasse et abritait un bassin de mosaïque bleue bordé de piliers d'albâtre et de statues grecques représentant des femmes à demi nues.

— C'était le fantasme d'un autre, pas le mien, commenta Dominick quand elle se tourna vers lui pour le regarder.

Elle l'aurait deviné. Elle aurait eu du mal à croire qu'un décor aussi romantique soit à son goût.

En revanche, elle adorait ce cadre à la fois enchanteur et chaleureux. Au point qu'elle était impatiente de passer son maillot de bain pour plonger dans l'eau limpide.

Sauf si Dominick se joignait à elle.

Car elle était toujours aussi sensible à sa présence. Quand elle était montée dans la voiture, il avait encore les cheveux humides, il était rasé de frais et le polo cintré et le jean étroit qu'il portait laissaient deviner son torse et ses cuisses musclées.

Au premier regard, son cœur s'était emballé.

Tout le long du trajet, son émotion n'avait fait que croître et seules ses lunettes noires lui avaient permis de masquer son trouble.

— Nous pouvons peut-être aller prendre un café, maintenant, déclara-t-elle, trouvant ce décor beaucoup trop intime et attirant pour s'y sentir à l'aise.

Tandis qu'ils retournaient à la maison, Dominick lui posa une main sous le coude, comme pour l'aider à gravir les marches. Comme il l'espérait, elle poussa aussitôt un petit soupir et se raidit à son contact. Elle finit par se libérer et pressa le pas pour s'éloigner de lui.

Intérieurement, il sourit. Sa réaction révélait que, bien qu'elle le nie, Kenzie le désirait toujours.

— Je voulais juste me montrer galant...

De retour dans la cuisine, il prépara le café. Maintenant qu'ils étaient à l'intérieur, Kenzie ne pouvait plus se cacher derrière ses lunettes noires et elle le regardait faire de ses grands yeux verts après s'être installée à la table.

— J'espère que tu seras plus coopérative pour le dîner, lui dit-il d'un ton léger, car j'imagine que tu te souviens que mes compétences culinaires se bornent à faire du café et à appuyer sur le bouton du micro-ondes !

En effet, elle s'en souvenait et elle savait aussi qu'avant leur mariage il mangeait à l'extérieur ou avait une cuisinière à domicile qui lui préparait ses repas.

— Où sont les employés de maison ? lui demanda-t-elle avec méfiance.

— Il n'y en a pas, répondit-il d'un ton désinvolte. Une dame du village voisin vient vérifier que tout est en ordre. Elle a mis des fleurs dans les vases et apporté des provisions pour le week-end, mais, sinon, le reste du temps, il n'y a personne.

Ce qui signifiait qu'ils seraient seuls pendant deux jours.

Mais quand, dans la semaine, il lui avait dit avoir quelques détails à régler avant de confirmer le rendez-vous de ce week-end, il ne faisait sans doute pas allusion aux fleurs et aux provisions.

Et qu'allaient-ils faire, seuls pendant deux jours ? Qu'est-ce...

— Et si tu arrêtais de cogiter et que tu allais piquer une tête dans la piscine ? intervint Dominick, les yeux brillants. Et dire que c'est toi qui m'accusais d'avoir trop d'imagination. Je croyais t'avoir déjà dit que je ne couchais pas avec des femmes qui n'en avaient pas envie !

Et qu'en était-il de celles qui en avaient envie ?

Elle n'avait pas besoin de réfléchir longtemps pour parvenir à la conclusion qu'avec lui, qui était toujours l'homme qu'elle aimait, elle ne ferait jamais partie des femmes qui n'en avaient pas envie.

Dominick avait été son mari, le seul homme qui avait partagé son intimité, et plus elle passait de temps avec lui, plus elle avait du mal à séparer l'homme dont elle était tombée amoureuse de l'étranger qu'il aurait dû devenir pour elle.

Etait-ce ce que toutes les femmes qui avaient été mariées à un homme et envisageaient de refaire l'amour avec lui éprouvaient ? Cette envie de savoir si un vestige de sentiments, d'espoir, ne subsistait pas entre eux ?

Elle se leva brusquement.

— Je vais aller me baigner, si ça ne t'ennuie pas.

Un plongeon dans l'eau fraîche serait sans doute salutaire.

— C'est moi qui te l'ai proposé, alors pourquoi veux-tu que ça m'ennuie ? répliqua-t-il en haussant les épaules. La chambre est à l'étage, première porte sur la gauche, lança-t-il alors qu'elle quittait la pièce à grands pas.

Elle se comportait comme une idiote, songea-t-elle en montant les marches quatre à quatre, comme si elle avait le diable aux trousses.

Dominick jouait avec ses émotions et il ne faisait aucun doute qu'il y prenait un grand plaisir.

Mais, quand elle pénétra dans la chambre et se retrouva face à un immense lit à baldaquin recouvert d'un plaid en brocart où étaient posés leurs sacs, elle songea qu'il ne comptait certainement pas se contenter de jouer avec ses sentiments.

10

Quand, une heure plus tard, Dominick entra sous la verrière de la piscine, il découvrit Kenzie allongée sur un transat flottant, les mains délicatement posées sur la surface de l'eau, les yeux fermés, comme si elle dormait.

Ses cheveux libres flottaient sur l'eau et son maillot de bain rouge une pièce, qui épousait son corps souple et gracieux, la rendait encore plus désirable que si elle avait porté un Bikini.

A sa vue, il sentit aussitôt sa virilité s'éveiller et son pouls s'accélérer.

Elle était belle, d'une beauté exquise, et ces quatre mois d'abstinence forcée ne faisaient qu'amplifier son désir d'explorer chaque centimètre de son corps.

Lentement, il se déshabilla puis entra sans bruit dans l'eau.

Elle s'était assoupie. La baignade et le calme qui régnait sous la verrière l'avaient détendue et elle rêvait de Dominick. Elle se revoyait faisant l'amour avec lui, elle se remémorait ses mains caressant son corps, ses seins, descendant vers…

Mais non, ce n'était pas un rêve !

Elle ouvrit grand les yeux, tourna la tête et découvrit Dominick dans l'eau à côté d'elle. Son mouvement lui fit interrompre ses caresses.

Ce qu'elle lut dans son regard était très clair.

D'autant que la même émotion s'était emparée de son corps.

C'était du désir.

Un désir brûlant.

Intense.

Dominick reconnut l'éclat dans les yeux de Kenzie.

Quand ils se posèrent sur son torse, son regard fut telle une caresse. Une caresse qui s'intensifia lorsqu'elle passa la main sur sa peau. Il était tellement excité que ce petit contact lui fit fermer les yeux et pousser un gémissement de plaisir.

Sa main atteignit son bas-ventre et elle découvrit sa nudité. Il rouvrit les yeux et laissa échapper un soupir.

— Dominick…

— Non, Kenzie, pas maintenant, murmura-t-il, le souffle court. Ce n'est pas le moment de parler, ajouta-t-il, en la prenant dans ses bras pour la porter là où l'eau était peu profonde.

Il avait raison, l'instant était trop intense, trop fragile pour qu'ils songent à y mettre fin.

Il la laissa poser les pieds au fond du bassin et, tandis qu'elle se tenait debout face à lui, il lui ôta délicatement son maillot de bain en la fixant droit dans les yeux et l'invita à s'asseoir sur le rebord de la piscine. Puis il fit un pas vers elle et l'embrassa avec avidité.

Elle répondit à son baiser avec le même empressement, le même appétit. Elle posa les mains sur ses épaules et joignit sa langue à la sienne tandis qu'elle sentait son érection presser contre sa féminité déjà humide de désir. Il bougeait les hanches en rythme pour faire corps avec elle mais ne la pénétra pas.

Elle écarta davantage les cuisses pour l'inciter à le faire et bascula la tête en arrière pour s'offrir à sa bouche qui explorait son cou pendant que ses mains s'emparaient de ses seins. Elle en voulait plus, beaucoup plus !

Il changea de position pour prendre dans sa bouche la pointe durcie d'un de ses seins. Soudain, il s'interrompit et leva la tête.

— Tu ne me dis pas d'arrêter, Kenzie ? murmura-t-il, le souffle court.

Elle en était bien incapable et, pour seule réponse, elle gémit et s'inclina légèrement en avant pour offrir ses seins à ses baisers.

Il la fixa un long moment de ses yeux sombres pour l'inciter à le regarder tandis qu'il prenait de nouveau un sein dans sa bouche pour en lécher la pointe.

Hypnotisée, elle ferma les yeux tandis qu'une douce chaleur naissait entre ses cuisses. Elle n'en pouvait plus, elle voulait le sentir en elle...

Il recula un peu pour glisser une main entre ses cuisses et caresser son intimité. Comme elle poussait un long gémissement, il glissa un doigt en elle.

Elle était brûlante, ses seins plus fermes que jamais et il comprit qu'elle était déjà tout près d'atteindre l'orgasme.

Il releva la tête et interrompit ses caresses.

Dominick...

Il ne pouvait pas la laisser ainsi, il n'en avait pas le droit !

S'agenouillant dans l'eau, il posa les mains sur ses hanches et fit descendre sa bouche le long de son ventre pour atteindre la fleur de sa féminité.

Elle s'arqua pour s'offrir tout entière à cette nouvelle caresse. Elle aurait voulu que ces sensations délicieuses ne s'arrêtent jamais...

Elle voulait sentir Dominick en elle, elle voulait qu'il la prenne et les emporte tous deux vers les cimes du plaisir. Comme il continuait à explorer sa féminité de sa bouche, de sa langue, toujours plus profondément, Kenzie sentit l'orgasme près de la submerger...

Une vague irrépressible monta en elle et la fit crier de bonheur tandis qu'un long frémissement parcourait tout son corps et que la langue de Dominick continuait d'aller et venir en elle pour prolonger encore et encore ce moment si fort qu'elle en avait les larmes aux yeux.

Elle eut la sensation de tomber dans un gouffre mais, soudain, des bras puissants, les bras de Dominick, se refermèrent autour d'elle. Elle le sentit déposer de petits baisers sur ses joues pour sécher ses larmes puis la porter et l'allonger sur quelque chose de doux et frais. Il la couvrit de son corps et glissa doucement un genou entre ses jambes.

En ouvrant les yeux, elle découvrit une expression de désir primaire sur ses traits. Soudain, elle eut envie de lui rendre le plaisir qu'il venait de lui donner.

Elle le fit basculer et s'installa à califourchon sur lui.

— Et maintenant, Dominick, dit-elle d'une voix triomphante, est-ce que je peux te prendre ? Dis-moi si tu as envie d'être en moi.

— Tu sais que j'en ai envie ! Maintenant ! répondit-il d'une voix rauque.

— Bientôt, lui promit-elle en se penchant sur lui. Très bientôt, ajouta-t-elle avant de l'entendre pousser un gémissement quand elle referma sa bouche sur sa virilité.

— Pitié, arrête, Kenzie, l'implora-t-il après plusieurs minutes, sinon je vais…

Sans un mot, elle se redressa, revint à califourchon sur lui et, sans le quitter du regard, s'offrit lentement, très lentement, à sa virilité.

— Ça te plaît, souffla-t-elle en commençant à bouger les hanches.

— Oh oui ! admit-il en calquant son rythme sur le sien. Donne-moi tes seins, Kenzie !

Elle posa les mains à plat pour se pencher en avant et haleta quand il prit un sein dans sa bouche sans cesser d'aller et venir en elle. Le rythme alla crescendo, ils étaient à l'unisson, elle s'offrait sans retenue à lui et il en faisait autant.

Enfin, quand le plaisir les emporta tous deux, elle se laissa tomber sur lui. Il referma les bras autour d'elle et elle sentit son cœur battre aussi fort que le sien tandis qu'ils respiraient par saccades.

Leurs ébats avaient toujours été intenses, mais ce qu'ils venaient de vivre...

— C'était incroyable, murmura Dominick.

Oui, c'était le mot qu'elle cherchait.

Incroyable... Au-delà de tout ce qu'ils avaient vécu auparavant.

Cela signifiait-il... Etait-il possible que, finalement, Dominick ait des sentiments pour elle ?

— Kenzie..., commença-t-il alors qu'elle était toujours allongée sur lui et qu'il sentait que, déjà, elle s'était mise à réfléchir. Kenzie, cesse de te torturer l'esprit, continua-t-il en la faisant basculer pour la regarder dans les yeux. Prends les choses comme elles sont, ne cherche pas à raisonner.

Il n'était lui-même pas capable de mettre des mots sur ce qui venait de se passer. Il savait juste que ce moment partagé avec elle avait été unique, qu'il n'en avait jamais vécu de semblable. Le plaisir qu'il avait éprouvé était impossible à décrire.

Comment était-ce possible ?

Quatorze mois plus tôt, il désirait Kenzie si fort qu'il était allé jusqu'à lui proposer le mariage pour la posséder et il n'avait pas regretté sa décision. L'avoir dans son lit l'avait comblé au-delà de ses espérances. Depuis, rien n'avait changé car, après l'avoir rencontrée, il n'avait plus eu envie de faire l'amour avec une autre femme.

Mais ce qu'il venait de ressentir était bien différent. Si fort qu'il en avait perdu ses repères.

Et Kenzie avait littéralement hurlé de plaisir !

Qu'est-ce que cela signifiait ?

Rien du tout, se dit-il avec détermination avant de se lever d'un bond pour aller chercher ses vêtements.

Il avait amené Kenzie ici pour assouvir son désir. Et ce qui s'était passé n'était rien de plus que cela.

Il ne devait pas oublier que, depuis quatre mois, elle partageait le lit d'un autre. C'était cela, la différence. Kenzie n'était plus la même. Elle avait appris de nouvelles manières de faire monter l'excitation, de donner du plaisir. Car, finalement, c'était plutôt elle qui lui avait fait l'amour que l'inverse !

Il sentit remonter en lui la colère froide qu'il avait éprouvée quand il avait découvert qu'elle l'avait trompé avec Jerome Carlton.

Il avait de nouveau couché avec Kenzie, mais rien n'avait changé. Il avait eu beau parvenir à la plier à sa volonté, à son grand dépit, il n'en tirait aucune satisfaction. L'imaginer avec Jerome Carlton le mettait toujours en rage.

— Dominick ?

Il était déjà rhabillé alors qu'elle était toujours nue.

— Habille-toi, Kenzie, lui dit-il sèchement. Nous avons fini de jouer pour le moment et j'aimerais aller manger.

Elle le fixa d'un regard incrédule. Il souhaitait aller manger ? Après ce qui venait de se passer ?

Mais que s'était-il passé, au juste ?

Dominick était descendu à la piscine, l'avait découverte à moitié nue et décidé de réclamer son dû, comme il lui avait promis qu'il le ferait la semaine précédente.

La force dévastatrice de son plaisir l'avait poussée à se comporter comme jamais elle n'aurait osé le faire auparavant, mais cela ne signifiait pas qu'il avait éprouvé des sensations pareilles aux siennes.

Pis, le fait qu'il se préoccupe de manger était la preuve que, pour lui, cet instant n'avait rien eu d'exceptionnel.

— Tu vois, Kenzie, finalement, ça n'a pas eu lieu dans mon lit et tu ne l'as pas fait contre ton gré, loin de là, commenta-t-il d'un ton railleur.

Elle éprouva un sentiment d'humiliation qui céda vite le pas à la colère. Elle se leva, déterminée à lui rendre le coup qu'il venait de lui assener.

— Ce n'est pas moi qui t'ai supplié de... Lâche-moi ! s'exclama-t-elle quand il lui saisit les bras pour l'attirer à lui et que son visage se retrouva à quelques centimètres du sien.

Il obtempéra en la dévisageant avec froideur, serra les poings et les mâchoires.

— Habille-toi, puis rejoins-moi à la maison. Le week-end n'est pas encore terminé.

Elle s'en fichait complètement. Elle allait récupérer son sac et s'en aller, et il ne pourrait pas l'en empêcher !

11

Kenzie se changea avant de regagner la maison. A son grand soulagement, Dominick n'était pas dans la cuisine, comme elle s'y attendait.

En revanche, elle eut moins de chance quand elle traversa le salon.

— Un verre ? intervint Dominick en levant le brandy qu'il s'était servi alors qu'elle venait de passer la porte.

Elle avança lentement. C'était une très belle pièce, aux tons crème et or. Le soleil du début de soirée qui y pénétrait par les grandes fenêtres aurait dû la rendre chaleureuse et accueillante, mais la présence de Dominick, debout devant la cheminée avec une expression maussade, produisait l'effet inverse.

Kenzie le dévisagea d'un air de défi.

— Vais-je en avoir besoin ?

Il lui retourna un sourire crispé.

— C'est fort possible, répliqua-t-il avant de se diriger vers le bar.

Il lui servit un verre qu'il déposa sur la table basse devant le canapé.

Soit il ne voulait plus la toucher, même accidentellement, soit il comptait l'inciter à s'asseoir sur le canapé pour la dominer de sa hauteur.

Elle opta pour la seconde solution.

Elle prit son verre et alla se poster devant une fenêtre, à contre-jour.

Elle avait pris son temps avant de regagner la maison et avait réfléchi à la façon de s'y prendre si elle ne parvenait pas à partir sans le croiser. Et, si l'ardeur avec laquelle elle avait répondu à ses avances dans la piscine la mettait en position de faiblesse, elle comptait bien retourner la situation.

— Il me semble que j'ai essayé de t'avertir que, statistiquement, ce genre... d'expérience est souvent décevant, dit-elle en buvant une gorgée sans le quitter du regard.

Il l'observa en silence. Il avait à la fois envie de lui faire mal et de l'embrasser.

De lui faire mal, parce qu'il ne supportait pas d'imaginer qu'elle puisse faire l'amour avec Jerome Carlton comme elle l'avait fait avec lui un peu plus tôt.

De l'embrasser, parce que renouer une fois avec elle n'avait pas suffi à étancher sa soif, loin de là.

— Effectivement, acquiesça-t-il, satisfait de la voir s'empourprer.

Sa réponse ne lui avait pas plu. Tant mieux, parce que lui non plus n'était pas à la fête.

Rien ne se passait comme il l'avait prévu.

Depuis qu'elle l'avait quitté, c'est la certitude qu'il finirait par goûter sa revanche qui lui avait permis de tenir. Pourtant, maintenant que tout s'était passé comme il l'avait espéré, il en était arrivé à la seule conclusion qu'il la désirait plus que tout.

— Ça va mieux ? lui lança-t-il sur un ton de mépris avant de prendre une seconde gorgée.

Kenzie ne réagit pas comme il s'y attendait. Son regard n'était pas luisant de larmes mais brillant de colère.

— Ce brandy est excellent, dit-elle avec calme.

Malgré lui, Dominick admira son attitude. A peine avaient-ils partagé un intense moment de passion qu'il se montrait dur, implacable, et il savait qu'elle devait se poser de nombreuses questions. Mais elle faisait preuve d'une force remarquable en refusant de laisser paraître son désarroi et sa souffrance.

Au contraire, elle le fixait avec aplomb, au point qu'il eut envie de tout faire pour chasser cette expression d'assurance de son visage.

— Alors, tu n'es pas curieuse de savoir pourquoi ton petit ami a été obligé de repousser son voyage en Angleterre de deux jours ?

Kenzie se crispa mais n'en laissa rien paraître. Après l'humiliation qu'il venait de lui infliger, il était hors de question qu'il sache combien elle était bouleversée.

Elle avait répondu d'instinct à ses caresses. Même si elle avait voulu tenir la bride à ses pulsions, elle n'y serait pas parvenue. Il devait d'ailleurs en être ravi. Les commentaires qu'il avait faits par la suite en avaient apporté la preuve.

Pendant un instant, hélas trop bref, elle avait retrouvé l'homme qu'elle aimait, l'homme qui l'avait initiée aux plaisirs de la chair. Et, même s'il refusait de le croire, il restait le seul et unique homme avec lequel elle avait fait l'amour.

Mais le Dominick qu'il était redevenu juste après n'avait rien de commun avec l'homme dont elle était tombée amoureuse.

Avait-elle réellement cru que renouer pourrait le faire changer ?

En fait, elle n'avait pas du tout réfléchi, et c'était bien là le problème.

— Si par l'expression « petit ami » tu fais référence à Jerome...

— Pourquoi, combien d'autres amants as-tu, Kenzie ?

Elle ne put se retenir de rougir.

— Tu sais, l'expérience de notre mariage ne m'a pas incitée à faire de nouvelles rencontres, rétorqua-t-elle d'un ton accusateur.

Elle n'était pas certaine qu'il pût en dire autant. Il ne croyait peut-être pas à l'amour, mais cela ne l'avait jamais empêché d'avoir des aventures.

— Cependant, cela n'explique pas pourquoi Jerome Carlton

a repoussé son voyage. Car je suis sûr qu'il ne souhaite pas plus que moi te partager avec un autre.

Kenzie poussa un soupir agacé.

— Mais enfin, combien de fois devrais-je te répéter qu'il n'y a jamais rien eu entre Jerome et moi ?

Dominick haussa les épaules d'un air désinvolte.

— C'est toi qui éprouves le besoin de me le répéter, pas moi.

— Et d'abord, que sais-tu des raisons qui ont poussé Jerome à décaler son voyage ? répliqua-t-elle, certaine qu'il n'avait pas abordé la question fortuitement.

L'expression hostile de Dominick se mua en un sourire radieux.

— Je sais beaucoup de choses, figure-toi.

Kenzie déglutit.

— Pourrais-tu m'en dire un peu plus ?

— Je comptais laisser à Carlton le soin de le faire mais après tout, pourquoi pas ? Il y a deux ans, Carlton Cosmetics a connu des difficultés financières, ce qui a poussé Carlton a ouvrir quarante-neuf pour cent du capital de son groupe, à en garder trente et un pour cent à titre personnel et à partager les vingt pour cent restants entre ses frère et sœur.

Kenzie avait rencontré Adrian et Caroline Carlton. Adrian travaillait au sein de la société et y était très impliqué alors que Caroline, au contraire, ne voyait l'affaire familiale que comme un moyen de lui assurer un train de vie confortable.

— Et alors ? l'incita-t-elle à continuer avec appréhension.

Il fit la grimace.

— Eh bien, si tu veux mon avis, ces derniers jours, Carlton a dû s'employer à essayer de comprendre comment il avait pu perdre le contrôle de cinquante et un pour cent des parts de sa société.

Il regarda avec satisfaction la couleur refluer du visage de Kenzie.

— Tu... Dis-moi que ce n'est pas toi qui en es responsable ? bredouilla-t-elle, incrédule.

— Et pour quelle raison te mentirais-je ?

Elle le fixa sans rien dire, comme si elle refusait encore de croire à ce qu'il venait de lui annoncer. Elle dut aller s'asseoir sur le canapé tant elle était abasourdie.

— Je t'avais dit que tu pourrais avoir besoin d'un verre, lâcha-t-il, suffisant.

Sous le choc, Kenzie resta bouche bée. C'était incroyable d'imaginer que, depuis quatre mois, il préparait...

Alors, c'était donc cela les fameux « détails » qu'il devait finaliser mercredi !

Pourquoi avait-il fait cela ? Il ne l'aimait pas, il ne l'avait jamais aimée, alors pourquoi son départ l'avait-il contrarié au point d'aller aussi loin, même s'il persistait à croire qu'elle l'avait quitté pour un autre homme ?

L'orgueil.

Elle avait froissé l'orgueil de Dominick Masters, et il ne le tolérait pas.

— Je n'arrive pas à croire que tu aies fait cela, Dominick, finit-elle par articuler en secouant la tête.

Il lui retourna une moue dédaigneuse.

— Ne doute pas que c'est bien moi qui détiens désormais la majorité des parts de Carlton Cosmetics, Kenzie, dit-il avec assurance avant de vider son verre. En revanche, je pense que Carlton n'a compris la manœuvre que très récemment, quand Caroline lui a dit qu'elle avait vendu ses dix pour cent. A moi, ajouta-t-il avec délectation.

Elle avait une expression à la fois blessée et incrédule. Puis, lentement, elle posa son verre d'un geste sec, se leva et lui adressa un regard assassin.

— Même de toi, je n'attendais pas quelque chose d'aussi méprisable...

— Même de moi ? répéta-t-il. Baisse d'un ton, Kenzie. Au cas où ça t'aurait échappé, le fait que je sois désormais l'actionnaire majoritaire de Carlton Cosmetics signifie que ton contrat m'appartient, lui fit-il remarquer.

Elle le fixa encore une fois pendant de longues et douloureuses secondes. Elle n'arrivait pas à croire que Dominick ait pu prendre le contrôle de Carlton Cosmetics, qui plus est avec l'aide de la sœur de Jerome...

Cela ne l'étonnait cependant pas de la part de Caroline, qui n'avait jamais dissimulé que ce qui l'intéressait avant tout, c'était l'argent. Or, Dominick avait dû lui faire une offre très alléchante pour lui racheter ses parts.

Quant à son contrat avec Carlton Cosmetics...

— Je ne travaillerai jamais pour toi, Dominick.

— Dans ce cas, je devrai te poursuivre en justice pour rupture abusive de contrat.

— J'ai signé un contrat avec Jerome !

— Tu as signé un contrat avec Carlton Cosmetics, corrigea-t-il d'un ton sévère.

Il lui avait fallu quatre mois pour identifier précisément les détenteurs d'actions de la société et les convaincre de lui vendre leurs titres. Et ce n'est que le mercredi précédent qu'il avait obtenu la confirmation d'achat des dix pour cent de Caroline Carlton qui lui permettaient de devenir l'actionnaire majoritaire de la société dirigée par l'homme qui avait séduit et mis son épouse dans son lit. Par la même occasion, il avait mis la main sur le contrat qui liait Kenzie avec Carlton Cosmetics.

Kenzie se tenait toujours devant lui tête haute, mais les révélations de Dominick l'avaient abasourdie.

— Je crains que tu ne doives effectivement me poursuivre en justice, car jamais je ne travaillerai pour toi. A vrai dire, après ce que tu as fait aujourd'hui, je ne veux même plus te revoir du tout, ajouta-t-elle.

— Vraiment ?

— Oui, vraiment, répéta-t-elle avec conviction.

— Cela risque d'être difficile, étant donné que je compte m'impliquer dans toutes les branches de Carlton Cosmetics...

Mais comment avait-il pu faire cela ? Depuis qu'elle l'avait rencontré, il avait été beaucoup pour elle. Il avait été l'homme dont elle était tombée amoureuse, puis l'homme qu'elle avait épousé. Puis, au fil du temps, il s'était révélé incapable de lui rendre ses sentiments, la mettant au défi de le quitter.

Mais le Dominick qu'elle avait devant elle était à ce point dévoré par le besoin de se venger de Jerome Carlton et d'elle qu'il était allé jusqu'à tenter de les anéantir tous deux.

Il avait déjà réussi à détruire Jerome.

Quant à elle, si elle refusait de continuer à travailler pour Carlton Cosmetics, il parviendrait certainement à la ruiner.

Elle secoua la tête, anéantie.

— Je crois que je peux comprendre ton besoin de me rendre la monnaie de ma pièce, Dominick, mais pourquoi a-t-il fallu que tu entraînes Jerome dans ta vengeance...

— Ah bon, tu ne comprends pas ? Alors c'est que tu me connais très mal, la coupa-t-il.

Elle le dévisagea d'un regard vide, dénué d'émotion.

— Une chose est sûre, c'est que je ne te pardonnerai jamais, Dominick. Jamais, insista-t-elle avant de s'éloigner à grands pas.

— Où vas-tu ?

Elle se retourna.

— Loin d'ici. Loin de toi...

— Tu crois sincèrement que ce sera aussi facile, Kenzie ?

Le quitter quatre mois plus tôt avait été une épreuve. En revanche, quitter l'étranger qu'il était devenu ne lui coûterait rien.

Mais ce n'était pas ce qu'il voulait dire, bien sûr ! Il sous-entendait qu'elle n'arriverait pas à rompre son contrat avec Carlton Cosmetics et que, par conséquent, au cours des huit mois à venir, ils se côtoieraient régulièrement.

Elle lui adressa un regard méprisant.

— Tu sais ce qui est le plus triste dans cette histoire, Dominick ? Non, bien sûr, tu n'en sais rien, répondit-elle elle-même. Ton comportement, ce que tu as fait... Oh ! je ne nie pas que les huit prochains mois seront difficiles mais...

— Non, tu ne peux pas le nier.

— Mais tu ne comprends pas vraiment ce que tu as fait, reprit-elle avec un soupir. Peu importe ce que tu crois, jusqu'à aujourd'hui, je n'ai jamais eu qu'une relation de travail avec Jerome. Mais, désormais, tu es parvenu à nous liguer tous les deux contre toi.

— Ce n'est pas nouveau, rétorqua-t-il avec dédain.

— Je me sens désolée pour toi, Dominick. Sincèrement.

— Epargne-moi ta pitié, lui conseilla-t-il d'un ton menaçant.

Elle lui adressa un dernier regard avant de quitter la pièce.

— Oui, tu n'en vaux pas la peine...

Immobile, Dominick la regarda monter l'escalier. Quelques secondes plus tard, il l'entendit redescendre, puis la porte d'entrée se referma avec un claquement sec, définitif. Elle était bel et bien partie.

Kenzie le quittait pour la seconde fois !

Etrangement, il n'éprouvait aucune satisfaction. Il lui avait fait l'amour avant de lui révéler qu'il avait pris le contrôle de Carlton Cosmetics et, au bout du compte, il ne faisait que repenser à son expression de dégoût et d'incrédulité.

Tandis qu'il se resservait un verre, il prit conscience que, désormais, Kenzie le détestait pour de bon.

Bien. En préparant ce week-end, c'est ce qu'il avait souhaité, non ?

Alors, pourquoi sa revanche lui restait-elle sur l'estomac alors qu'il comptait savourer un moment de jouissance totale ?

12

Kenzie ignorait quelle serait la prochaine initiative de Dominick mais, depuis l'affreuse journée à Bedforth Manor, cinq semaines étaient passées et il ne s'était pas manifesté une seule fois.

En soi, c'était un soulagement mais aussi une surprise.

Cependant, le répit touchait à sa fin car, ce soir, c'était la soirée de lancement du nouveau parfum de Carlton Cosmetics, un événement auquel, en tant que visage de la marque, elle se devait d'assister. Elle avait pris un vol pour New York, et plusieurs conversations avec Jerome lui avaient appris que Dominick entendait bien être présent lui aussi.

Jerome et elle avaient rencontré un avocat pour savoir s'ils pouvaient s'opposer au coup de force de Dominick et si elle, à titre personnel, pouvait rompre son contrat. Mais l'avocat avait répondu que Dominick avait usé de voies légales et qu'aucune clause ne prévoyait qu'elle pouvait rompre son contrat du jour au lendemain.

Ils étaient donc pieds et poings liés et, comme c'était prévisible, Jerome vivait très mal la situation.

— Il ne devrait pas tarder à faire son entrée, glissa Jerome à son oreille après l'avoir rejointe dans la salle de réception du grand hôtel new-yorkais où avait lieu la soirée.

Les lustres scintillaient au-dessus des têtes de la jet-set et des médias réunis pour l'occasion, et la salle bruissait de conversations.

— Peut-être nous épargnera-t-il sa présence à la dernière minute, répliqua-t-elle d'un ton qu'elle voulait léger malgré son extrême nervosité, sans quitter des yeux la porte d'entrée.

— Non, je ne crois pas que nous aurons cette chance, répliqua Jerome qui, à quarante-deux ans, avait conservé un visage séduisant.

Mais Jerome ne l'avait jamais attirée. Quand elle avait fait sa connaissance, elle était toujours mariée à Dominick et ne prêtait pas attention aux autres hommes. Ensuite, elle n'avait tout simplement pas senti d'attirance particulière pour lui. Pas plus que pour un autre, d'ailleurs...

— Attention, le voilà, déclara Jerome avec mépris.

Kenzie se crispa si fort qu'elle renversa un peu de son champagne. Elle s'appliqua à desserrer son étreinte pour ne pas risquer de briser la coupe.

— Oh ! bon sang, il a amené Caroline avec lui ! ajouta Jerome avec colère.

Kenzie s'essuyait les doigts tandis que les flashes crépitaient autour de Dominick. Dans son costume de soirée, sa chemise blanche et sa cravate rouge — un rouge semblable à celui de sa robe, nota-t-elle avec consternation —, il en imposait.

A côté de lui, Caroline Carlton arborait une mine triomphante. Ses cheveux blonds tombaient librement sur ses épaules nues et sa robe noire épousait sa silhouette voluptueuse.

Kenzie ignorait qu'il viendrait accompagné, mais le voir avec Caroline n'était pas une surprise totale.

Quand la vente des parts de Caroline avait été révélée, une violente querelle de famille avait éclaté et Jerome et son frère avaient déclaré à leur sœur qu'ils ne voulaient plus la voir.

Elle devait donc être ravie d'apparaître avec Dominick à une soirée à laquelle elle n'avait pas été conviée.

— Peut-être devrions-nous le déstabiliser en prenant l'initiative d'aller lui dire bonsoir, suggéra-t-elle, consciente que, désormais, la majorité des invités regardaient dans leur direction.

La prise de contrôle de Carlton Cosmetics avait fait les gros titres de la presse et tout le monde était curieux de savoir comment allait se dérouler la soirée.

En revanche, comme son divorce avec Dominick n'avait pas encore été prononcé — il n'avait toujours pas signé et renvoyé les papiers —, personne ne savait à quel point leurs rapports étaient détériorés. C'était déjà ça.

— Toi, tu vas lui dire bonsoir, et moi, je vais me resservir un verre, répondit Jerome d'un ton dégoûté avant de disparaître dans la foule.

Kenzie ferma brièvement les yeux. Il lui restait six mois et demi de contrat à honorer. Ensuite...

— Tu es très en beauté, ce soir, Kenzie, intervint alors Dominick qui s'était approché d'elle.

Elle tourna vers lui un regard méfiant et, sous son maquillage très sophistiqué, il lui sembla la voir pâlir .

Il songea qu'elle n'avait pas besoin de ce maquillage, d'ailleurs, tant elle était naturellement belle.

Dans sa robe rouge ajustée, elle était sensationnelle. Ses seins fermes, sa taille fine, ses hanches sensuelles, tout chez elle était parfait. Même au milieu d'une foule belle et élégante, elle éclipsait tout le monde et, dès qu'il était entré, il l'avait repérée, même s'il s'était efforcé de sourire aux photographes sans avoir l'air distrait.

— Champagne ? lui proposa-t-il en lui tendant une des deux coupes qu'il avait en mains.

Elle haussa les sourcils.

— Ne ferais-tu pas mieux de la proposer à Caroline ?

Il haussa les épaules.

— Je crois qu'elle est allée bavarder avec son frère.

Kenzie tourna la tête vers l'autre côté de la salle. Jerome et Caroline semblaient avoir une conversation animée.

— Ils n'ont pas l'air de passer un bon moment, commenta-t-elle en ignorant la coupe de champagne qu'il lui offrait. Ça ne te dérange pas d'avoir semé la discorde dans la famille Carlton ?

Dominick savait à quel point la famille était importante pour Kenzie. Pour elle, c'était peut-être même plus grave que sa prise de contrôle de Carlton Cosmetics.

— Mais non, bien sûr que ça ne te dérange pas ! reprit-elle. Au contraire, ça te permet de démontrer à quel point les liens familiaux sont fragiles.

A ce sarcasme, Dominick pinça les lèvres. Il s'était délibérément tenu à l'écart de Kenzie pendant cinq semaines, et cela n'avait pas été facile. Ses émotions oscillaient sans cesse entre son envie de la revoir et sa conscience qu'il était bien la dernière personne au monde qu'elle désirait rencontrer.

Mais le problème — un problème qui n'avait fait que croître de jour en jour — c'était que lui avait très envie de la voir.

Le souvenir de leur étreinte à Bedforth Manor ne lui était jamais sorti de la tête, tant ce qu'il avait éprouvé avait été fort.

Kenzie lui avait affirmé que leur mariage était terminé, mais lui aurait-elle fait l'amour avec une telle passion si elle n'avait rien ressenti pour lui ?

Mais, question plus pertinente encore, lui aurait-il fait l'amour ainsi s'il n'avait pas de sentiments pour elle… ?

Il avait toujours gardé la maîtrise de ses émotions mais, ce jour-là, il avait perdu le contrôle… et s'était senti vivant pour la première fois depuis plusieurs mois.

En outre, après le départ de Kenzie, la colère qui l'avait habité pendant des mois s'était muée en une sensation d'écœurement dont il n'arrivait pas à se débarrasser.

Au départ, il voulait absolument être présent quand on annoncerait à Jerome Carlton qu'il était devenu minoritaire au sein de sa propre société, mais, après son ultime conversation avec Kenzie et son expression de dégoût face à son attitude, il avait décidé de ne pas se montrer, car il n'aurait pas supporté de revoir cette moue.

Quand elle l'avait quitté, une rage folle s'était emparée de lui. Désormais, il était conscient que son besoin de revanche n'avait fait que réduire en miettes ce qui restait des sentiments qu'elle lui portait.

Il s'était persuadé que cette revanche lui serait délicieuse. Mais il s'était fourvoyé...

Pas étonnant que Kenzie se soit sentie désolée pour lui !

S'il n'avait pas détesté cela, il se serait senti désolé pour lui-même...

Il s'était comporté comme un imbécile, un complet imbécile, mais il s'en était rendu compte trop tard.

— Quand il est question de ta famille, je ne cherche pas à éprouver la fragilité des liens qui vous unissent. Il me semble même me souvenir que j'ai accepté de t'accompagner au mariage de Kathy afin de ne pas perturber ton père après sa crise cardiaque, lui dit-il doucement.

Un bref éclat traversa les yeux verts de Kenzie.

— Tu ne l'as pas fait pour rien, Dominick, lui rappela-t-elle d'un ton amer.

Ce rappel le piqua au vif.

— Je ne suis pour rien dans la discorde entre les Carlton, se défendit-il. C'est la cupidité de Caroline qui en est responsable.

Kenzie haussa les épaules.

— Je suppose que tu lui as fait une proposition qu'elle aurait été stupide de refuser !

Oui, en effet. Et c'était inutile aussi qu'elle exprime ce qu'une telle initiative lui inspirait.

Il éprouva un sentiment de rejet pour lui-même. Un sentiment qu'il n'avait jamais éprouvé auparavant. Il tenta de se défendre.

— Carlton peut toujours me faire une contre-proposition pour racheter mes parts...

Kenzie le dévisagea quelques secondes puis secoua la tête.

— Pour que tu aies le plaisir de lui dire non ?

— Peut-être ne lui dirais-je pas non. Après tout, je suis arrivé à mes fins...

— En te vengeant de Jerome et en m'humiliant ? le coupa Kenzie, qui n'était pas certaine de pouvoir poursuivre cette conversation encore longtemps.

De plus, elle n'avait rien avalé, car la perspective de revoir Dominick lui nouait l'estomac, et elle commençait à se sentir faible. Elle redoutait même de s'évanouir.

— Je n'ai pas..., commença-t-il à répliquer avant de s'interrompre, inquiet. Tu te sens bien ?

— Non, je ne me sens pas bien, répliqua-t-elle, irritée. Cette situation est encore plus impossible que je ne l'aurais cru.

La pâleur de son teint et les cernes sous ses yeux lui apprirent qu'elle ne mentait pas.

— Je crois que tu devrais manger quelque chose, lui conseilla-t-il, réellement inquiet.

— Et moi, que tu devrais me laisser tranquille ! rétorqua-t-elle, agitée.

Maintenant qu'il l'avait revue, il était incapable de s'éclipser, car il ignorait s'il aurait encore l'occasion de lui reparler un jour.

— Excuse-moi, Dominick, reprit Kenzie, déterminée à s'éloigner pour ne pas s'effondrer devant lui.

Il la retint par le bras.

— Kenzie...

— Il faut que j'aille me repoudrer le nez, répliqua-t-elle en se débattant pour se libérer. Si tu veux, tu peux m'accompagner, mais ça pourrait éveiller les soupçons...

Il ne put que la laisser s'éloigner et la suivre du regard.

Mais à quoi donc s'était-il attendu ?

A cause de son stupide comportement quelques semaines plus tôt, il ne pouvait plus espérer qu'elle supporte sa présence.

Au cours de ces cinq interminables semaines, il s'était regardé bien en face, et ce qu'il avait vu ne lui avait pas plu. Il devait reconnaître qu'il n'avait que ce qu'il méritait.

Il était même allé jusqu'à considérer la relation de Kenzie avec Jerome Carlton sous un autre angle. Car elle lui avait dit qu'elle l'aimait, et il avait toujours répliqué être incapable de lui retourner ses sentiments. Alors peut-être l'avait-il lui-même poussée dans les bras d'un autre...

Sauf qu'il avait du mal à croire que Jerome Carlton puisse aimer une femme.

Cinq mois plus tôt, il s'était renseigné et avait découvert que Carlton était quelqu'un de narcissique et d'impitoyable en affaires, des traits de caractère qu'il ne connaissait que trop bien. Carlton collectionnait les aventures et laissait tomber les femmes qu'il fréquentait du jour au lendemain quand il se lassait d'elles ou qu'elles ne lui étaient plus utiles.

Cependant, il n'avait pas encore mis fin à sa liaison avec Kenzie. Pas encore, du moins...

Kenzie eut tout juste la force d'atteindre le fauteuil à l'entrée des toilettes et de s'y laisser tomber. Elle se tint la tête entre les mains et prit une profonde inspiration pour se ressaisir.

C'était affreux.

Elle s'était préparée à ce que cette soirée soit une épreuve, mais elle avait été près de s'évanouir au beau milieu de la foule et de se rendre ridicule devant tout le monde !

Non, elle ne ferait pas ce plaisir à Dominick.

Après avoir récupéré, elle pénétra dans les toilettes et se passa de l'eau sur le visage.

Elle était encore devant le miroir quand Caroline Carlton fit son entrée.

Elle se raidit légèrement puis regarda ailleurs. Caroline et elle n'avaient jamais été proches et, désormais, cela ne risquait pas d'arriver.

Caroline vint se poster juste à côté d'elle.

— Je suppose que vous ne m'aimez pas beaucoup, dit-elle d'un ton nonchalant en sortant son rouge à lèvres de son sac à main.

Kenzie haussa les épaules.

— Ce que vous décidez de faire de vos biens ne me regarde pas, Caroline.

— Allez dire cela à mon frère, rétorqua la jeune femme avec amertume.

— Je ne pense pas disposer de suffisamment d'influence sur lui, répondit Kenzie avec un sourire contrit.

— Ce n'est pas ce que pense Dominick !

Kenzie se crispa.

— Dominick...

— Vous êtes plutôt gourmande, reprit Caroline. Cela fait des mois que Jerome fait tout pour satisfaire vos moindres caprices et, dans le même temps, Dominick est toujours sous votre charme.

— Ce n'est pas ainsi que je vois les choses, ni pour Jerome ni pour Dominick, répliqua Kenzie.

— Tant mieux pour vous, la coupa Caroline. Je suis venue pour m'assurer que vous alliez bien et, apparemment, c'est le cas, alors...

— Et pourquoi vous seriez-vous souciée de mon état ? voulut savoir Kenzie, troublée.

— Personnellement je m'en moque, mais pas Dominick. Il m'a envoyée ici pour vous espionner...

Kenzie n'entendit pas la fin de la phrase de Caroline. Ses vertiges revinrent brusquement et un voile noir tomba devant ses yeux.

13

Quand elle se réveilla, Kenzie était totalement désorientée. Elle ne reconnaissait pas la chambre où elle était et ignorait comment elle y était arrivée.

En revanche, elle reconnut l'homme grand et large d'épaules qui se tenait devant la baie vitrée à observer la ligne des gratte-ciel de New York.

— Dominick ?

Il se retourna au son de sa voix, et son visage s'éclaira quand il la vit se redresser pour s'asseoir au bord du lit.

— Non, ne bouge pas, lui ordonna-t-il, le médecin devrait arriver dans quelques minutes.

— Mais...

— S'il te plaît, Kenzie, insista-t-il en lui posant doucement les mains sur les épaules. Nous ne savons pas encore ce que tu as et, tant que le médecin ne t'aura pas examinée, mieux vaut que tu restes allongée.

D'instinct, elle se raidit à son contact et il retira sa main en ravalant sa contrariété.

— Que s'est-il passé ? lui demanda-t-elle. J'étais en train de parler avec Caroline, et ensuite... Mais où suis-je ? Comment suis-je arrivée ici ?

— Je réside dans l'hôtel où a lieu la soirée et tu es dans ma suite, lui expliqua-t-il en se relevant.

Il ne savait pas encore ce qu'avait Kenzie mais il était conscient que le sentir tout près d'elle la rendait très nerveuse.

— Quant à savoir comment tu es arrivée ici, je t'ai portée...

— Mais j'étais dans les toilettes pour dames quand je me suis évanouie ! le coupa-t-elle alors que le fil des événements lui revenait.

Dominick lui retourna un sourire contrit.

— Eh bien, finalement, je t'y ai suivie et, tu avais raison, cela n'est pas passé inaperçu. Mais c'est avant tout parce que tu étais inconsciente quand je suis ressorti en te portant dans mes bras, précisa-t-il.

Kenzie ferma les yeux, imaginant sans mal les commentaires qu'avait dû causer son malaise. Et dire qu'elle comptait traverser cette soirée sans faire de vagues ! Quant à Jerome, quand il l'avait vue dans les bras de Dominick, il avait dû friser la crise d'apoplexie...

— Pourquoi a-t-il fallu que tu me conduises dans ta suite ? protesta-t-elle en se redressant.

— Je t'ai dit de ne pas bouger !

Elle lui retourna un regard méprisant.

— Je suis sûre que tu as pensé agir pour le mieux en m'amenant ici, Dominick, mais n'en déduis pas que cela te donne le droit de me dire ce que je peux faire ou pas !

— Tu as peut-être raison, concéda-t-il malgré lui.

— J'ai raison, reprit-elle d'un ton définitif. Maintenant, excuse-moi, mais j'ai à faire...

— Tu ne vas nulle part tant que tu n'as pas vu un médecin, insista Dominick.

Kenzie se redressa et posa les pieds au sol.

— Je n'ai pas besoin de voir un médecin. J'ai seulement été... trop occupée pour prendre le temps de manger, c'est tout.

— Tu veux dire que la perspective de me voir ce soir t'a coupé l'appétit ? devina-t-il, n'ayant aucun mal à comprendre ce qu'elle avait éprouvé puisque lui n'avait rien pu avaler non plus.

Kenzie lui jeta un regard dédaigneux.

— Ne te donne pas trop d'importance, Dominick. Ces dernières semaines, je n'ai pas beaucoup pensé à toi, tu sais.

— Ah non ? répliqua-t-il sans parvenir à dissimuler que son commentaire lui avait fait mal, car lui, au contraire, s'était montré incapable de penser à autre chose qu'à elle.

— Non, répéta-t-elle fermement. Maintenant, il faut que je retourne en bas pour réparer les dégâts causés par ton comportement héroïque !

— Tu aurais préféré que je te laisse allongée par terre, c'est ça ?

— Je t'ai déjà expliqué que je préférerais que tu restes à l'écart ! rétorqua-t-elle. Va retrouver Caroline ! Elle sera ravie de te voir.

— Caroline, répéta-t-il en fronçant les sourcils. Que vient-elle faire dans cette histoire ?

— Tu es venue avec elle, non ?

— Non, elle est venue avec moi, la corrigea-t-il. Elle m'a téléphoné dans l'après-midi pour me demander si elle pouvait m'accompagner.

— Vraiment ?

— Oui, vraiment ! insista-t-il en se passant la main dans les cheveux, agacé de devoir se justifier.

— Mais j'imagine que tu étais ravi d'accepter ! l'accusa Kenzie.

— Non, je... Mais quelle importance, Kenzie ?

En effet, qu'est-ce que cela pouvait-il bien lui faire ? se demanda-t-elle.

Revoir Dominick et lui parler lui avaient révélé que ses sentiments pour lui n'étaient pas morts. Ils étaient nichés dans un recoin sombre de son cœur, quelque part où ils ne pourraient plus la faire souffrir.

Les semaines précédentes, elle n'avait songé qu'à la colère et à la déception qu'elle avait éprouvées à Bedforth Manor. Mais, dès l'instant où il était arrivé en compagnie de Caroline Carlton, tout avait été balayé…

Elle avait été jalouse de voir une autre femme à son bras.

Caroline Carlton, en plus !

Une femme qu'elle n'avait jamais beaucoup appréciée et n'apprécierait jamais.

Mais ça n'en restait pas moins de la jalousie. Après tout ce qui s'était passé, toutes les blessures qu'ils s'étaient infligées l'un à l'autre, elle était toujours amoureuse de Dominick.

— Je me moque de savoir de qui tu te fais accompagner, mentit-elle. Je trouve simplement que tu aurais pu avoir meilleur goût.

Dominick lui lança un regard noir.

— Je n'ai pas et n'ai jamais eu de liaison avec Caroline Carlton…

— Je viens de te dire que je m'en fichais.

— Ce n'est pas l'impression que tu donnes.

— Je m'en moque, pense ce que tu veux !

Soudain, on frappa.

— Ce doit être le médecin. Puisqu'il est là, autant qu'il t'examine.

Résignée, Kenzie se rassit au bord du lit pendant que Dominick allait ouvrir. La querelle qu'ils venaient d'avoir l'avait épuisée.

Elle était certaine que le médecin allait lui annoncer qu'elle souffrait de surmenage et qu'elle ne mangeait pas assez. Aussi, quand ce dernier entra dans la pièce et commença à lui poser quelques questions, elle songea que l'expression grave de Dominick était déplacée.

— Dominick, tu veux bien attendre dans la pièce d'à côté ?

Il s'apprêta à obtempérer à contrecœur. Kenzie n'imaginait pas l'inquiétude dont il avait été la proie quand Caroline était sortie des toilettes pour lui annoncer qu'elle s'était évanouie.

Elle n'avait pas vu avec quelle délicatesse il l'avait prise dans ses bras pour la porter jusqu'à l'ascenseur, repoussant au passage sans ménagement les questions de Jerome Carlton et ordonnant au directeur de l'hôtel d'appeler un médecin et de l'envoyer dans sa suite.

Dans ses bras, elle ne pesait rien du tout, ses longs cheveux s'étaient enroulés autour de ses mains et elle était très pâle. Jamais elle ne lui avait paru aussi fragile.

Alors il n'avait pas très envie de passer dans l'autre pièce, car il voulait savoir ce qui lui arrivait.

— Je crois que ce serait aussi bien si votre mari restait ici, madame Masters, intervint le médecin avec un sourire.

Le visage de Kenzie avait repris un peu de couleur.

— Ce n'est plus mon...

— Si tu préfères, je vais rester à l'autre bout de la pièce, près de la fenêtre, la coupa-t-il avant qu'elle puisse terminer de protester parce que le médecin l'avait appelé son « mari ».

Pourtant, officiellement, ils étaient toujours mari et femme, songea-t-il en traversant la pièce, que cela lui plaise ou non.

Au cours des semaines précédentes, il avait sorti une bonne dizaine de fois les papiers de divorce de son tiroir. Non pas pour les signer, mais pour se rappeler que, même s'il avait pris conscience de ses erreurs, Kenzie ne voulait plus de lui.

Perdu dans ses pensées, il eut vaguement conscience de voir Kenzie se rendre aux toilettes et revenir quelques minutes plus tard.

— Bien, je crois que tout est en ordre, déclara alors le médecin en se relevant avant de se tourner vers lui avec un sourire. Il n'y a rien d'inquiétant, monsieur Masters.

— Kenzie s'est effondrée, docteur, alors vous comprenez que je puisse m'inquiéter !

— Votre épouse n'a fait qu'un petit malaise, répliqua le médecin. A ce stade, c'est tout à fait normal, je vous l'assure. Il faudra que Mme Masters voie son médecin traitant dès que possible et, si cela se reproduit...

— Mais qu'est-ce qu'elle a ? le coupa Dominick avec impatience.

— Eh bien, je pense que vous présenter mes félicitations est de circonstance. Votre femme est enceinte, monsieur Masters.

— Enceinte... ?

Kenzie était *enceinte* !

14

— J'ai comme l'impression que si je devais parier sur l'identité du père de ce bébé, j'aurais une chance sur deux de rafler la mise, déclara Dominick qui, une fois le médecin parti, était revenu affronter le regard hostile de Kenzie.

— Ton impression est justifiée, admit-elle entre ses dents, abasourdie.

Ça ne lui était même pas passé par la tête…

Elle n'y avait pas pensé…

Elle attendait le bébé que, six mois plus tôt, elle désirait tant avoir.

Le bébé de Dominick…

En prendre conscience la laissait sans voix. Elle était même étonnée de ne pas s'être de nouveau évanouie quand le médecin avait annoncé la nouvelle.

Enceinte !

Mais elle n'allait pas, comme elle en avait souvent rêvé, avoir un enfant avec l'homme avec qui elle filait le parfait amour et dont elle était l'épouse. Le père de son bébé et elle ne vivaient même plus ensemble et seraient prochainement divorcés.

Toujours était-il qu'elle portait l'enfant de Dominick. Et, s'il n'en voulait pas, tant pis ! Elle avait assez d'amour pour deux.

— Je n'ai aucune idée de ce que tu penses, Kenzie, déclara Dominick tandis qu'il cherchait à interpréter les émotions qu'il voyait défiler sur son visage, même si je pourrais essayer de le deviner. Mais je crois que nous ferions mieux de continuer à en parler quand tu auras mangé quelque chose.

Même s'il s'appliquait à se montrer calme, intérieurement, il était très agité. Mais il n'aurait pas su dire ce qu'il ressentait.

Kenzie était enceinte.

De lui ou de Carlton ?

Le fait même de se poser la question suffisait à lui serrer le cœur.

— Je vais demander qu'on nous monte un plateau pendant que tu appelles tes parents.

— C'est beaucoup trop prématuré pour leur annoncer la nouvelle, protesta Kenzie.

Dominick fit la grimace.

— Je ne suggérais pas que tu les informes de ta grossesse mais, quand je t'ai portée jusqu'ici après ton malaise, des photographes ont assisté à la scène et je crains que tes parents trouvent les titres à la une de la presse demain matin quelque peu… inquiétants. Ce serait donc bien que tu prennes les devants pour les rassurer.

Kenzie l'observa plusieurs secondes en silence, ébahie qu'il se soucie de ce que ses parents pourraient éprouver.

— D'accord, acquiesça-t-elle finalement, méfiante.

Où était passé le Dominick vindicatif qui ne cessait de porter des accusations ?

Peut-être était-il aussi choqué qu'elle ?

— Un sandwich club, ça suffira, ou bien tu souhaites quelque chose de plus consistant ? s'enquit-il sur le même ton bienveillant.

— Non, un sandwich club, ce sera très bien.

— Avec un café ou un jus de fruits ? J'ignore si c'est recommandé pour une femme enceinte de boire du café ou pas, avoua-t-il, un peu gêné.

— Un jus de fruits.

Il acquiesça.

— Ce ne devrait pas être long. Je te laisse si tu veux passer un coup de fil, dit-il avant de disparaître dans la pièce d'à côté.

Kenzie resta un moment immobile sans savoir que penser.

Cinq mois, ou même cinq semaines plus tôt, si Dominick avait appris qu'elle était enceinte, elle était certaine qu'il se serait mis dans une colère noire et se serait révolté à l'idée de devenir père. Désormais, elle ignorait ce que cette perspective provoquait chez lui.

Mais c'était certainement parce qu'il ne savait pas si ce bébé était le sien ou pas, songea-t-elle. Car, au cours des cinq mois écoulés, ils n'avaient fait l'amour qu'une seule et unique fois alors qu'il pensait que, pendant tout ce temps, Jerome et elle étaient ensemble.

Ce devait être là l'explication de son comportement.

Mais elle, elle savait bien que ce bébé ne pouvait être que celui de Dominick !

Ce qui la mettait dans une position délicate : devait-elle dire à Dominick que ce bébé était bien le sien ou le laisser croire que ce pourrait être celui d'un autre ?

Quoi qu'elle décide, elle était sûre d'une chose : Dominick n'aurait pas envie d'apprendre que ce bébé était de lui.

Dominick commanda un en-cas, l'esprit en ébullition.

Kenzie et lui avaient fait l'amour cinq semaines auparavant. L'enfant qu'elle portait était peut-être de lui.

Que ressentait-il, au juste ?

Il n'aurait pas su dire ce qu'il éprouvait pour le bébé lui-même ; en revanche, savoir que Kenzie était peut-être enceinte de lui, c'était autre chose…

Si elle portait son enfant, ce qui n'était pas encore certain, il souhaitait assumer ses responsabilités et être là, physiquement ou financièrement.

Restait à savoir si Kenzie accepterait qu'il soit présent d'une manière ou d'une autre...

— Comment vont tes parents ? s'enquit-il en revenant dans la chambre, alors que Kenzie était assise au bord du lit, à côté du téléphone.

Elle leva la tête vers lui, comme s'il l'avait tirée de ses pensées.

— Ça va, répondit-elle sans plus de précisions avant de se lever.

« Reprends-toi ! », s'ordonna-t-elle, songeant qu'elle aurait tout le temps de réfléchir à ce qui lui arrivait une fois qu'elle serait seule.

— Ton père est complètement remis, maintenant ? continua Dominick.

— Oui, oui, il va bien. Ecoute, Dominick, si tu souhaites m'adresser reproches et récriminations, ne te gêne pas. Je commence à... digérer la nouvelle, lui assura-t-elle avec ironie.

— Je ne... Je ne sais pas quoi dire, finit-il par articuler.

Il avait la certitude que, quoi qu'il dise, il aurait tout faux.

— C'est une première, murmura-t-elle.

— Tout ce qui se passe en ce moment est une première pour moi.

— Mais tu veux savoir si ce bébé est de toi ou pas ? le pressa-t-elle.

Avait-il envie de savoir ?

Il ne savait pas ce qu'il voulait. Si Kenzie lui affirmait que cet enfant ne pouvait pas être le sien, tout serait terminé. Carlton s'empresserait de reconnaître l'enfant et il la perdrait à jamais.

Or, ce que lui avaient démontré le moment qu'ils avaient passé ensemble à Bedforth Manor et la réception de ce soir, c'était qu'il ne supporterait pas de la perdre. Il ne supportait pas d'envisager ne plus pouvoir la tenir dans ses bras, bavarder et rire avec elle.

— Ne prends pas un air aussi préoccupé, Dominick, intervint-elle. Que cet enfant soit le tien ou pas, ça ne t'affectera pas...

— Arrête de dire n'importe quoi, Kenzie ! la coupa-t-il en se mettant à arpenter la pièce, les mains dans les poches. Bien sûr que ça m'affectera. Tu portes peut-être mon fils ou ma fille, quand même !

Elle haussa les sourcils.

— Et c'est important pour toi ?

— Evidemment que c'est important ! rétorqua-t-il en lui retournant un regard noir. J'avoue que je n'avais pas envisagé de devenir père...

— Ni désiré le devenir, précisa Kenzie, qui ne savait que trop que ce désaccord avait mis fin à leur relation...

— En effet, dut-il admettre. Mais envisager la paternité et être mis devant le fait accompli, ce n'est pas pareil.

Le fait accompli...

Etait-ce ainsi que Dominick voyait leur enfant ?

Une bouffée de colère s'empara d'elle.

— Eh bien, sois rassuré, Dominick, car ce bébé n'est pas le tien !

Dans son esprit, c'était la vérité. Car elle savait ce qu'il pensait de la paternité. Alors ce bébé était avant tout à elle, à elle et à personne d'autre.

Dominick eut la sensation d'avoir reçu un direct à l'estomac. Il ferma les yeux, le temps de recouvrer une respiration normale.

Ce n'était pas son bébé !

Il avait envie de hurler, de frapper quelqu'un tant la déception et la douleur étaient violentes.

Il avait tant désiré que cet enfant soit le sien, que Kenzie lui revienne !

Après ces cinq pénibles semaines au cours desquelles il avait compris que, sans elle, sa vie n'avait plus de saveur, si elle était revenue à lui seulement par devoir, pour offrir la stabilité à leur enfant, il s'en serait moqué. L'important aurait été qu'elle lui revienne.

Désormais, il l'avait perdue pour toujours...

Il se redressa, fit un énorme effort pour maîtriser ses émotions et la regarder droit dans les yeux.

— Comment penses-tu que Carlton réagira quand il saura qu'il va devenir père ? lui demanda-t-il entre ses dents.

Kenzie eut un éclat de rire dédaigneux.

— Je ne crois pas que ça te regarde.

Peut-être pas, mais il avait quand même envie de savoir.

Carlton était un type creux et égoïste qui, à quarante-deux ans, n'avait jamais eu de relation durable avec une femme. Et, s'il ne voulait pas que Kenzie...

Mais qu'avait-il en tête ?

Que si Carlton refusait d'assumer ses responsabilités, il pourrait la convaincre de renouer avec lui ?

Kenzie avait eu son lot d'émotions pour la soirée. Elle éprouvait le besoin de se retrouver loin de Dominick pour prendre une décision.

— Je crois que..., commença-t-elle avant d'être interrompue par des coups frappés à la porte.

— Masters, ouvrez cette porte ! intervint la voix de Jerome pour accompagner les coups. Je sais que Kenzie est ici et je veux lui parler !

— Non, ne réponds pas, déclara Kenzie en retenant Dominick qui allait se diriger vers la porte. De toute façon, je vais redescendre d'une minute à l'autre.

— Kenzie... ? répliqua simplement Dominick en lui adressant un regard interrogateur et étonné.

Elle s'efforça de lui sourire.

— Je t'ai dit de ne pas t'inquiéter, Dominick. Je suis une grande fille et je saurai m'occuper de mon bébé toute seule si j'y suis contrainte.

Dominick pinça les lèvres.

— S'il refuse d'assumer ses responsabilités, je le tuerai...

— Et ça servirait à quoi ?

— Ça me permettrait de me sentir mieux, rétorqua-t-il.

— Je me demande bien pourquoi, répliqua Kenzie qui souriait toujours. De plus, as-tu oublié que tu as laissé Caroline toute seule en bas ?

— Caroline n'a pas besoin de moi ! rétorqua-t-il d'un ton agacé.

— Kenzie, tu es là ? appela Jerome qui cherchait à tourner la poignée.

— Il faut que j'y aille, reprit-elle. Je… Merci de t'être occupé de moi et d'avoir appelé le médecin.

— Tu n'as toujours rien mangé, lui rappela Dominick pour tenter de la retenir.

— Je prendrai quelque chose en bas, lui assura-t-elle. Je… Au revoir, Dominick, dit-elle en lui adressant un dernier sourire incertain avant de s'en aller.

Elle l'avait remercié poliment, comme elle l'aurait fait pour n'importe qui, songea-t-il avec dépit quand il se retrouva seul.

Allait-il bientôt devenir un étranger pour elle ? Allait-elle épouser Carlton dès que leur divorce serait prononcé ?

Allait-il laisser cela se produire sans rien faire ?

Avait-il seulement le choix ?

Oui, bien sûr qu'il avait le choix. Kenzie l'avait aimé, alors peut-être n'était-il pas trop tard pour la reconquérir.

Contrairement à ce qu'il avait fait cinq mois auparavant, il n'allait pas abandonner sans se battre !

15

— Dominick, qu'est-ce que tu fais là ? demanda Kenzie, abasourdie quand, le lendemain matin, elle le trouva sur le seuil de l'appartement qu'elle louait à New York le temps de son séjour. Et comment as-tu su où je résidais ?

Dominick était beaucoup moins élégant qu'à son habitude, songea-t-elle en détaillant son allure. Ses cheveux étaient ébouriffés, il n'était pas rasé et il donnait l'impression d'avoir dormi dans ses vêtements. Si, du moins, il avait dormi, car les cernes sous ses yeux permettaient d'en douter.

Il haussa les épaules.

— J'ai demandé à Caroline...

— ... et elle t'a donné mon adresse, conclut-elle sèchement.

— Après m'avoir dit tout le bien qu'elle pensait de toi, oui, ajouta-t-il avec un petit sourire entendu.

Etant donné les accusations que Caroline avait proférées la veille à son endroit, il n'était pas très difficile d'imaginer ce qu'elle avait pu lui dire.

— Qu'est-ce que tu veux, Dominick ? s'enquit-elle avec impatience, car Jerome était censé arriver d'une minute à l'autre.

La veille, il n'était pas réapparu à la soirée. Sans doute parce qu'il n'avait pas eu envie de la revoir après avoir appris qu'elle était enceinte.

Ce n'était pas plus mal. Ainsi, elle avait pu s'appliquer à

reprendre son rôle de « visage » de Carlton Cosmetics et rassurer les autres invités en leur affirmant qu'elle n'avait eu qu'un petit coup de fatigue passager.

Mais Jerome, lui, ne s'était pas contenté de cette explication et, après le départ des convives, ils avaient eu une discussion assez vive…

— Dominick ? insista-t-elle comme il ne répondait pas.

Il ne savait pas très bien ce qu'il faisait là. Il voulait savoir comment allait Kenzie après avoir parlé à Carlton. C'était sa seule certitude…

— J'avais un déjeuner de travail alors je me suis dit que j'allais passer voir comment tu te sentais…

— Je vais bien, répondit Kenzie, toujours intriguée par son apparence.

Avec une grimace, il ajouta :

— Je voulais savoir comment Carlton avait pris la nouvelle…

Soudain, il constata qu'elle fuyait son regard.

— Tu ne lui as encore rien dit, n'est-ce pas ?

— Non, pas encore, confirma-t-elle en soupirant. Hier soir, ce n'était pas le moment.

Dominick continua à la fixer.

— Et selon toi, quel est le bon moment pour annoncer à un homme qu'il va être père ?

Tout en posant cette question, il eut un pincement au cœur, car il avait l'impression de se flageller.

Il avait passé une nuit blanche à se demander quoi faire. Il ne pouvait pas laisser Kenzie lui échapper sans qu'elle sache vraiment ce qu'il ressentait. Il lui devait bien cela.

Sans maquillage, avec ses cheveux noués en queue de cheval, vêtue d'un jean et d'un T-shirt rose tout simple, elle était très en beauté.

— Puis-je entrer ? risqua-t-il comme elle gardait le silence. Je ne serais pas contre un café.

Kenzie ne souhaitait pas l'inviter à entrer. Elle n'en voyait pas l'utilité car ils n'avaient plus rien à se dire.

De plus, Jerome allait arriver d'un instant à l'autre et elle n'avait aucune envie que les deux hommes se retrouvent face à face. Elle ne savait pas très bien dans quel état d'esprit était Dominick, en revanche, elle était sûre que, s'ils se rencontraient, Dominick ne manquerait pas de provoquer Jerome au sujet du bébé.

Or, Jerome savait qu'il ne pouvait pas être le père...

— Je ne vois pas l'intérêt de te laisser entrer, répondit-elle fermement en gardant la main sur la porte pour appuyer ses propos. De toute façon, je... ne vais pas tarder à sortir, ajouta-t-elle, ce qui était vrai puisque qu'elle prenait un vol pour Londres dans la journée.

— Pour aller parler à Carlton ?

— Encore une fois, ça ne te regarde pas, répliqua-t-elle avec un soupir agacé.

— Et moi, j'ai décidé que ça me regardait, rétorqua-t-il avec détermination en pénétrant dans l'appartement. Que ça te plaise ou non, tu es toujours ma femme, Kenzie, et...

— Si c'est ce qui te tracasse, signe ces fichus papiers de divorce et finissons-en une bonne fois pour toutes ! le coupa-t-elle avec colère, consciente que les minutes passaient.

Si Dominick parlait à Jerome du bébé, il finirait par découvrir qu'en fait, c'était lui le père. Lui, l'homme pour qui un enfant n'était qu'une « responsabilité »...

— Pour que tu t'empresses d'épouser Carlton ? répliqua Dominick d'un ton railleur.

— Cette conversation devient fatigante, soupira-t-elle.

— Tu ne penses pas qu'il te le proposera ?

— Peut-être que ce n'est pas important...

— Que veux-tu dire par là ? s'enquit Dominick en fronçant les sourcils.

— J'ai de l'argent, je suis indépendante, répliqua-t-elle avec un haussement d'épaules. Pour moi, avoir un bébé maintenant n'est pas un souci.

Non, en effet. Il s'était fait la même réflexion cette nuit tandis qu'il arpentait sa suite dans tous les sens.

En outre, il ne faisait aucun doute que sa famille resserrerait les rangs autour d'elle.

— Ecoute, Kenzie, reprit-il en se passant nerveusement une main dans les cheveux, je ne suis pas venu pour me quereller avec toi...

— Non ? Pourquoi es-tu venu, alors ? Car, j'ai beau chercher, je ne vois pas ce que tout cela peut bien te faire, ajouta-t-elle, alors que la colère lui donnait des couleurs.

Mon Dieu, elle était si belle qu'il aurait pu tomber à genoux devant elle, songea Dominick, au supplice.

Elle était si mince qu'elle en paraissait fragile, et le fait qu'elle ne soit pas maquillée ne faisait qu'ajouter à l'impression de vulnérabilité qu'elle dégageait.

Il ne supportait pas de l'imaginer devoir élever un enfant toute seule. Même si cet enfant n'était pas le sien.

— Je suis venu, se lança-t-il en prenant une grande inspiration, parce que je ne peux pas rester loin de toi !

Le trouble qui se marqua sur le visage de Kenzie était semblable à celui qu'il avait éprouvé pendant la nuit quand il s'était fait cet aveu à lui-même.

La laisser partir avait été une grossière erreur. Il s'en fichait qu'elle porte l'enfant de Carlton, il n'avait pas le droit de la laisser sortir de sa vie une seconde fois.

Elle secoua la tête.

— Je ne te comprends pas.

— Ça ne m'étonne pas, admit-il. Ces derniers temps, j'ai eu du mal à me comprendre moi-même. Mais, Kenzie, si jamais, entre Carlton et toi, ça ne marche pas, je veux que tu saches que...

Il fut interrompu par la sonnette de l'entrée.

— Ce doit être Jerome, dit-elle, encore sous le choc de ses paroles. Dominick...

— Je ne m'en vais pas, Kenzie, la coupa-t-il avec fermeté. Si tu souhaites lui parler en privé, j'irai dans la cuisine ou ailleurs. Mais je n'en ai pas terminé, alors je reste !

Il n'avait pas le même comportement que d'habitude, songea-t-elle, troublée. Où était l'homme froid et cynique qu'elle avait quitté cinq mois plus tôt ?

Qu'était devenu l'homme implacable de Bedforth Manor ?

Elle n'aurait pas su dire ce que signifiait ce changement d'attitude, mais elle était intriguée.

Et que voulait-il qu'elle sache si ça ne marchait pas entre Jerome et elle ?

— Jerome ne sera pas ravi de te trouver ici, soupira-t-elle avec fatalisme.

Mais, finalement, cela ne la dérangeait pas tant que cela car, la veille, Jerome, qui lui avait reproché d'avoir disparu avec Dominick, ne ressemblait plus à l'homme charmant qu'elle avait connu. Et elle aurait parié que, ce matin, Jerome allait de nouveau la surprendre.

— Que cela plaise ou non à Jerome Carlton, ce n'est pas mon souci. C'est *toi* qui m'importes, Kenzie. Toi et ce que tu veux !

La nuit dernière, il s'était persuadé que jamais la Kenzie qu'il connaissait n'aurait fait l'amour avec lui avec autant de passion si elle avait été amoureuse d'un autre homme. Mais cela signifiait-il pour autant qu'elle était amoureuse de lui ?

Elle continua de l'observer avec perplexité et poussa un soupir de dépit quand la sonnette retentit une seconde fois.

— D'accord, Dominick, reste, mais... Non, laisse tomber, dit-elle en renonçant à lui demander d'éviter les provocations.

Chaque fois que les deux hommes se rencontraient, le ton finissait invariablement par monter. Pourquoi serait-ce différent, cette fois-ci ?

— Kenzie !

— Oui ? s'enquit-elle avec méfiance, ses yeux s'agrandissant quand il lui prit le visage entre les mains pour plonger son regard dans le sien avec solennité.

— As-tu envie d'épouser Carlton ? lui demanda-t-il d'une voix rauque.

Kenzie ferma les yeux pour échapper à l'intensité de son regard, consciente que, le soir précédent, en lui affirmant que le bébé qu'elle portait n'était pas de lui, elle l'avait induit en erreur.

— Kenzie, s'il te plaît ! insista-t-il. Enceinte ou pas, veux tu épouser Carlton ?

— Enceinte ou pas... ?

Que voulait-il dire par là ?

— Kenzie, par pitié, ouvre les yeux et regarde-moi !

Enfin, elle entrouvrit les paupières, le regarda et vit...

Que vit-elle ?

Un éclat qu'elle ne connaissait pas. Un éclat que jamais elle n'aurait cru déceler un jour dans le regard de Dominick et qui lui coupa le souffle.

— Non, répondit-elle d'une voix tremblante. Non, je ne veux pas épouser Jerome.

Dominick continua à la regarder en silence. Tenir son visage entre ses mains suffisait à le bouleverser.

— Tant mieux, dit-il tout bas, ému. Car épouser Carlton ou élever seule ton enfant n'est pas la seule alternative. Il y a une autre possibilité.

— Vraiment ? répliqua-t-elle, confuse.

Dominick sourit.

— Tu n'as peut-être pas envie de l'envisager, mais je tiens quand même à te faire savoir que cette possibilité existe, continua-t-il. Tu pourrais rester mariée avec moi, déclara-t-il après avoir pris une grande inspiration.

Les yeux de Kenzie s'agrandirent de surprise.

— Mais…

— Tu devrais aller ouvrir avant que Carlton ne défonce la porte, dit-il tandis que Jerome se mettait à tambouriner.

Elle alla ouvrir, dans un état second. Elle n'était pas certaine d'avoir bien compris ce que Dominick lui avait déclaré ni pourquoi il l'avait fait.

Tout comme elle se demandait si elle avait bien interprété l'éclat de son regard. En revanche, elle était sûre de ce que son instinct y avait lu.

De l'amour.

Intense.

Sincère.

De l'amour… ?

16

Elle avait dû se tromper, songea Kenzie au moment d'ouvrir la porte. Dominick n'aimait personne, et encore moins elle. Il se l'interdisait.

Mais, s'il ne l'aimait pas, pourquoi lui avait-il dit qu'elle pouvait rester mariée avec lui alors qu'il la croyait enceinte d'un autre ?

— Enfin ! lança Jerome une fois qu'elle eut ouvert. Pourquoi as-tu mis aussi longtemps pour...

— Entre et allons nous installer dans le salon, Jerome, le coupa-t-elle. Je n'ai pas très envie que nous fassions profiter le voisinage de notre conversation.

Jerome lui retourna un regard irrité.

— Si tu ne m'avais pas fait attendre dix minutes...

— Je ne pense pas avoir été aussi longue.

— Tu...

— A votre place, j'accepterais l'invitation de Kenzie, Carlton, intervint Dominick au moment où Jerome pénétrait dans l'appartement. Moi, je ne me serais pas montré aussi poli.

Jerome fixa Dominick et plissa les yeux.

— J'aurais dû m'en douter. Vous avez passé la nuit ici, n'est-ce pas, Masters ? dit-il avant d'adresser un sourire entendu à Kenzie.

Elle se sentit pâlir. La veille, elle avait découvert une facette de Jerome qu'elle ne connaissait pas et qui lui avait déplu.

— Que j'aie passé la nuit ou pas avec ma femme ne vous

regarde pas, Carlton ! rétorqua Dominick qui vint se poster à côté de Kenzie, dans une attitude protectrice. Pourquoi n'allons-nous pas tous les trois nous installer dans le salon pour essayer d'avoir une conversation sérieuse et apaisée ?

Dans son état, subir une telle scène n'était pas bon pour Kenzie, et sa présence n'arrangeait rien, reconnut Dominick avec contrariété. Cependant, à l'instant, il n'aurait pu être nulle part ailleurs. Et, à l'avenir, où qu'elle soit, il voulait y être également...

— Une conversation apaisée ? répéta Jerome avec mépris en passant néanmoins dans le salon. En prenant le contrôle de ma société, vous avez fait en sorte que ça ne puisse jamais arriver !

— En prenant le contrôle d'une société *familiale*, le corrigea Dominick qui restait tout près de Kenzie.

— En effet. Toujours est-il que, maintenant, c'est vous qui en avez les rênes !

Kenzie observa tour à tour les deux hommes, sans savoir quoi faire. Finalement, elle alla s'asseoir dans un fauteuil.

Au départ, elle souhaitait faire la paix avec Jerome avant de quitter New York pour retourner en Angleterre, loin de tout ça. Et maintenant, voilà qu'au contraire ces deux hommes étaient en train de se disputer dans son salon...

La confrontation était inévitable, admit-elle, mais elle aurait préféré qu'elle ait lieu ailleurs.

Dominick mit les mains dans ses poches.

— Et si ce n'était pas le cas ?

— De quoi parlez-vous ?

— Si ce n'était pas moi qui tenais les rênes de la société ?

Kenzie leva les yeux vers lui, aussi incrédule que Jerome.

— Etes-vous en train de prétendre que, bien qu'étant l'actionnaire majoritaire de Carlton Cosmetics, vous seriez prêt à me laisser diriger la société ? demanda Jerome avec scepticisme.

Dominick lui retourna un regard moqueur.

— Non, ce n'est pas ce que je voulais dire...

— Le contraire m'aurait étonné ! le coupa Jerome.

— Carlton, si vous étiez performant dans votre gestion, la société ne se serait jamais retrouvée en difficulté il y a deux ans...

— Nous les avons surmontées, se défendit Jerome.

— Seulement parce que vous avez vendu quarante-neuf pour cent des actions et convaincu Kenzie de devenir le nouveau visage de Carlton Cosmetics. Votre père a fondé la société et l'a fait prospérer. Mais, depuis qu'il a pris sa retraite il y a cinq ans et vous a transmis le flambeau, ça va beaucoup moins bien.

— C'est un mensonge ! protesta Jerome.

— Non, c'est la vérité, insista Dominick. Même si vous êtes l'aîné, ce n'est pas vous qui auriez dû assurer la direction de Carlton Cosmetics.

— Parce que vous croyez que mon frère Adrian aurait fait mieux que moi ? répliqua Jerome avec dédain.

— Je me suis renseigné sur lui et j'ai acquis la certitude que c'est quelqu'un de très compétent, déclara posément Dominick. Je suppose que, ce matin, vous n'avez pas parlé à votre frère ? ajouta-t-il.

— A Adrian ? Et pourquoi l'aurais-je fait ?

« Oui, pourquoi ? », se demanda Kenzie qui, malgré elle, était fascinée par cette conversation.

Jusqu'à récemment, elle n'avait vu en Jerome qu'un être raffiné et charmant. Mais, la veille, elle avait compris qu'en vérité il n'était pas du tout ainsi. Et, ce matin, il ressemblait à un fanfaron qui perdait ses nerfs, dominé par un Dominick très calme et sûr de son fait.

Les deux hommes avaient aussi une allure totalement différente. Jerome était un blond au visage d'éternel adolescent tandis que Dominick, avec ses cheveux sombres, en imposait par son élégante maturité. Elle savait et avait toujours su lequel elle préférait.

Même si Dominick refusait de le croire.

Mais s'y refusait-il toujours ?

Leur conversation juste avant qu'elle ouvre la porte avait suggéré le contraire.

— Ce matin, j'ai pris le petit déjeuner avec Adrian, les informa Dominick. Ce fut une entrevue très intéressante et, la prochaine fois que vous lui parlerez, vous apprendrez qu'il détient désormais cinquante et un pour cent des parts de Carlton Cosmetics et qu'en tant que nouvel actionnaire majoritaire, il peut désormais diriger la société comme il l'entend.

Kenzie poussa un gémissement de surprise.

Jerome, lui, s'empourpra de colère.

— Je ne vous crois pas ! Adrian n'a pas assez d'argent pour racheter vos parts.

Pourtant, Kenzie voyait à l'expression assurée de Dominick qu'il disait la vérité.

— Oh ! il ne me les a pas rachetées, répliqua Dominick d'un ton sardonique. Je les lui cède en échange de la rupture du contrat qui lie Kenzie avec Carlton Cosmetics.

— Vous...

— De quel droit as-tu osé proposer ce marché, Dominick ! intervint Kenzie, interloquée.

— Tu ne m'as pas laissé finir, Kenzie, reprit Dominick. Adrian acceptera de rompre ton contrat seulement si *tu* en formules la demande.

— Et pourquoi le ferais-je ? voulut-elle savoir, confuse.

— Parce que tu es enceinte, lui rappela Dominick. Comment comptes-tu continuer à travailler quand tu seras à sept ou huit mois de grossesse ?

— C'était à moi d'en décider, pas à toi, rétorqua Kenzie en secouant la tête.

— Tu es enceinte ? intervint Jerome. C'est pour cela que tu as eu un malaise, hier soir ?

— Oui, c'est pour cela, confirma Dominick.

Il était conscient de ne pas s'être bien expliqué sur son comportement auprès de Kenzie. Il souhaitait sincèrement lui offrir la possibilité d'avoir une porte de sortie si elle le désirait, mais en aucun cas il n'avait voulu décider à sa place.

— Je n'arrive pas à y croire, répliqua Jerome qui se mit à arpenter la pièce. C'est... hallucinant. Avez-vous fait exprès ? dit-il d'un ton accusateur. Etiez-vous déterminé à la récupérer au point de la mettre enceinte pour arriver à vos fins ?

Kenzie sentit le rouge lui monter aux joues.

— Jerome, ne sois pas ridicule...

— C'est ça, n'est-ce pas ? insista Jerome sans se soucier de son intervention.

— Jerome, ne sois pas aussi...

— Non, laisse-le parler, Kenzie, intervint à son tour Dominick en observant Jerome d'un air soupçonneux. Qu'est-ce qui vous rend si sûr que ce bébé est de moi ?

Jerome eut un regard de dédain.

— De qui d'autre serait-il ? Kenzie est si pudibonde qu'elle aurait pu être nonne ! Evidemment, maintenant qu'elle est enceinte, ça va être difficile...

Il dut s'interrompre, car Dominick le saisit par le col.

— Lâchez-moi, Masters !

Ce dernier n'avait aucune envie de le lâcher maintenant que la vérité qu'il avait toujours refusé de croire venait d'éclater.

Quand Carlton lui avait affirmé avoir une liaison avec elle, il avait préféré le croire plutôt que de croire Kenzie.

Mais c'est Carlton qui avait menti !

Et, dans sa colère, celui-ci venait d'en oublier son mensonge.

— Vous m'avez menti, Carlton, déclara Dominick qui finit par le lâcher, dégoûté. Pourquoi m'avez-vous dit que Kenzie et vous aviez une liaison ?

— Quoi ? Tu lui as dit ça ! explosa Kenzie, scandalisée.

— Oui, je lui ai raconté que nous avions une liaison passionnée, irrésistible, rétorqua Jerome d'un ton méprisant. Et que, si tu hésitais à venir à New York, c'était dans le souci de ne pas le blesser !

— Mais pourquoi as-tu fait cela ? voulut savoir Kenzie qui n'en croyait pas ses oreilles.

Au moins, maintenant, elle comprenait pourquoi Dominick avait toujours refusé de la croire. Et elle n'imaginait que trop bien ce qu'il avait dû ressentir en s'entendant dire qu'elle restait avec lui seulement par pitié. Pour un homme aussi orgueilleux, c'était insupportable.

Jerome haussa les épaules, comme s'il ne regrettait nullement ses actes.

— Pour sortir Carlton Cosmetics des difficultés, je devais réussir un gros coup, se justifia-t-il. C'est pour cela que je voulais que tu deviennes le nouveau visage de la marque. Mais, pour te convaincre, il fallait d'abord que je me débarrasse de ton encombrant mari !

Kenzie gifla Jerome, qui n'eut même pas le temps de voir le coup partir.

Il porta la main à sa joue endolorie.

— Vous savez, la question que vous devriez vous poser tous les deux, dit-il d'un ton railleur, c'est pourquoi Masters m'a cru sur parole sans songer à mettre en doute mes propos.

Il avait raison, et cela ne fit que mettre Dominick hors de lui.

— Sortez d'ici, Carlton, lui ordonna-t-il. Sortez avant que je ne me contrôle plus !

Il posa les yeux sur Kenzie, conscient pour la première fois du mal qu'il lui avait fait en refusant de la croire. Jamais elle ne lui pardonnerait cela.

Comment pourrait-il en être autrement ? Il avait écouté et cru les propos d'un homme qui n'était rien pour lui et refusé de croire la femme qui, au contraire, représentait tout...

17

— Dominick..., commença Kenzie d'un ton incertain une fois qu'ils furent seuls, Jerome ayant compris qu'il valait mieux déguerpir.

L'échange entre les deux hommes avait été tendu, mais très instructif...

— Dominick, reprit-elle, quand Jerome t'a-t-il dit que nous avions une liaison ?

Dominick détourna le regard et poussa un long soupir.

— Oublie cela, dit-il. Je me suis complètement trompé, je me suis montré d'une arrogance insupportable. Et je continue, en plus, ajouta-t-il, dépité contre lui-même. Ecoute, si tu souhaites continuer à travailler pour Carlton Cosmetics, je dirai à Adrian que...

— Non, je n'en ai pas l'intention, le coupa-t-elle avec impatience.

Après les révélations d'aujourd'hui, elle se voyait mal continuer à travailler pour la marque, même si Adrian prenait les commandes de la société.

— Ce que je veux, c'est que tu répondes à ma question.

— Tu es en colère, et c'est bien légitime, soupira-t-il en se passant la main dans les cheveux. Qu'est-ce que j'ai pu être stupide ! Pourras-tu me pardonner un jour, Kenzie ? lui demanda-t-il avec un regard grave.

— Je ne suis pas certaine qu'il y ait quoi que ce soit à pardonner, répondit-elle calmement. J'ai plutôt l'impression que nous avons été manipulés par un homme sans scrupules qui a décelé une faille dans notre mariage et s'y est engouffré.

Il esquissa un sourire.

— Tu es très généreuse, Kenzie. Je ne suis pas certain que j'aurais pu me montrer aussi…

— S'il te plaît, Dominick, dis-moi quand Jerome t'a raconté ces affreux mensonges, insista-t-elle.

— C'était juste après l'une de nos plus violentes disputes, expliqua-t-il avec un regard douloureux. Ironie du sort, nous nous étions disputés sur la possibilité d'avoir un enfant. Et aujourd'hui, tu es enceinte !

En effet, c'était ironique. Elle aimait déjà le bébé qu'elle portait, en revanche, elle se demandait bien ce que Dominick éprouvait maintenant qu'il savait que c'était le sien.

Il secoua la tête.

— J'étais si déterminé à ne jamais tomber amoureux pour ne pas m'exposer à la souffrance que mes parents se sont infligée l'un à l'autre ! Même quand je t'ai demandé de m'épouser, je n'ai écouté que ma raison. J'avais trente-sept ans et je me disais qu'être marié, qui plus est à une femme aussi belle que toi, ne pouvait qu'être bon pour mon image et mes affaires. Comment ai-je pu me montrer aussi stupide ?

— Et aujourd'hui ? voulut savoir Kenzie.

— Je crois que j'ai enfin compris, mais j'ai mis du temps. Après ton départ, pendant quatre mois, j'ai vécu l'enfer et me suis dit que c'était parce que j'étais en colère. Car non seulement tu m'avais quitté, mais en plus, je croyais que c'était pour partir à New York avec un autre homme.

— C'est ce que tu croyais parce que Jerome t'avait menti, lui rappela Kenzie.

— Oui, c'est vrai. Mais, avant ton départ, nous ne nous parlions quasiment plus, nous ne faisions plus l'amour. Nous étions devenus deux étrangers qui vivaient sous le même toit. Et tu semblais si décidée à accepter le contrat que te proposait Carlton Cosmetics... Bref, j'ai décidé d'aller parler en personne à Carlton. Je ne sais vraiment pas ce qui m'est passé par la tête. Aujourd'hui, j'ai l'impression que je parle d'un autre. D'un type arrogant et froid qui considère que le monde entier doit se plier à ses désirs. Même quand il s'agit d'avoir des enfants...

— Nous y reviendrons dans une minute, le coupa Kenzie qui sentait l'espoir renaître en elle seconde après seconde. L'important, c'est que tu sois convaincu que Jerome t'a bien menti, que je ne t'ai jamais trompé, ni avec lui ni avec personne d'autre.

— Comment pourrais-je encore en douter ? Mais je m'en veux terriblement de ne pas t'avoir crue dès le départ. Si j'avais eu foi en l'amour que tu me portais...

— Dans ce domaine, tu n'as jamais connu d'expérience très positive...

— Non, ne me cherche pas d'excuses, Kenzie. Mon comportement quand tu m'as annoncé ton intention d'accepter le contrat de Carlton a été inqualifiable. Et il l'a été encore davantage il y a six semaines. Je ne t'en veux pas de me haïr, Kenzie, reconnut-il avec fatalisme. Je le mérite.

Il ferma les yeux, en proie à une douleur évidente.

— Bon sang, si je pouvais revenir en arrière ! Je n'avais pas le droit de te traiter comme je l'ai fait lors de notre rupture et encore moins quand je t'ai forcée à m'accompagner à Bedforth Manor. En fait, j'avais acheté cette propriété pour toi, Kenzie. Peu de temps avant notre séparation.

Dominick avait acheté cette magnifique demeure pour elle ?

— Tout cela semble absurde, n'est-ce pas ? reprit-il quand il lut la surprise sur son visage. Quand je l'ai achetée, je m'imaginais t'y emmener, te la faire visiter et voir ton regard s'illuminer au moment où je t'annoncerais qu'elle était à nous. Et, au lieu de cela, quand j'ai fini par t'y conduire, c'était pour...

— Non, arrête Dominick, ça ne sert à rien de te morigéner de la sorte.

— Mais c'est tout ce que je mérite, Kenzie !

— Et pourquoi ne me laisses-tu pas en décider ?

— D'accord, Kenzie, alors dis-moi ce que je mérite, selon toi, dit-il en redressant les épaules, comme pour se préparer à encaisser des coups.

— Je le ferai, lui promit-elle. Dominick, quand je t'ai rencontré, je suis tombée follement amoureuse de toi, sans réserve...

— Mais je le sais bien ! Mais moi je me croyais incapable de partager cet amour, répliqua-t-il avec un grognement de dépit.

Croyais ? Son emploi du passé était précisément l'encouragement qu'elle attendait pour continuer.

— Ce dont tu ne sembles pas avoir conscience, c'est que je suis toujours autant amoureuse de toi, dit-elle en esquissant un sourire.

Dominick se figea. Son cœur se mit à battre à tout rompre.

— Si j'ai fait l'amour avec toi avec autant de ferveur à Bedforth Manor, c'est parce que je t'aime. Et le bébé que je porte, *notre* bébé, a été, pour ma part, conçu dans l'amour.

Il déglutit, sentant grandir en lui l'admiration et surtout l'amour qu'il éprouvait pour Kenzie.

— Dominick, reprit-elle, avant l'arrivée de Jerome, tu m'as dit que je pouvais choisir de rester mariée avec toi. M'as-tu fait cette proposition parce que tu m'aimes ? Je t'en supplie, réponds-moi sincèrement.

— Oui, je t'aime, répondit-il sans hésiter avant de faire un pas vers elle. Désormais, je sais que je t'ai toujours aimée, mais ce n'est que le jour où nous avons fait l'amour à Bedforth Manor que j'ai commencé à le comprendre. Ce moment a été si dévastateur, si fort... Jamais je n'avais vécu quoi que ce soit de comparable.

— Moi non plus, renchérit-elle.

— Par pitié, crois-moi quand je t'affirme que j'ai changé,

Kenzie. Je t'aime sincèrement, de tout mon être. Je t'aimerai jusqu'à la fin de mes jours, déclara-t-il avec solennité.

Kenzie leva la main pour lui caresser la joue.

— Moi aussi je t'aime, Dominick, répliqua-t-elle d'une voix étranglée par l'émotion.

— Et je t'assure que, pour moi aussi, notre bébé a été conçu dans l'amour, et je souhaite le voir grandir avec toi. Mais ce que nous avons vécu ce jour-là a été tellement magnifique que j'ai pris peur.

Elle éclata de rire, indifférente aux larmes qui coulaient sur ses joues.

— Dans ce cas, ce que tu mérites, Dominick, ce que nous méritons, c'est une seconde chance. Et cette fois, ça marchera ! lui promit-elle avec détermination.

— Tu es sincère, Kenzie ? lui demanda-t-il en la fixant droit dans les yeux. Tu veux bien m'offrir une seconde chance, me laisser être le père de notre enfant ?

— Oui, Dominick, et cette fois, nous ne laisserons rien ni personne se mettre entre nous.

Il ne voulait plus se demander s'il méritait cette seconde chance ou pas. Il voulait la saisir et ne plus jamais la lâcher.

— Je t'aime, je t'aime, je t'aime, murmura-t-il en déposant une pluie de baisers sur son visage.

Il lui faudrait encore apprendre à aimer, mais il ne doutait pas que Kenzie saurait lui montrer comment faire. Ensemble, ils pouvaient tout réussir...

— Tu crois que nous pourrions vivre à Bedforth Manor ? lui demanda Kenzie, quelques heures plus tard. J'adore cette maison, et c'est là-bas que notre bébé a été conçu, après tout.

Ils étaient enlacés sur le canapé, et, au creux des bras de Dominick, elle était aux anges.

— Tant que je suis avec toi, je veux bien vivre n'importe où, répondit Dominick, en proie à un bonheur qu'il n'aurait jamais cru être capable d'éprouver.

Il aimait Kenzie plus que tout, et leur futur bébé serait le fruit de cet amour. Il grandirait avec la certitude que ses parents l'aimaient autant qu'ils s'aimaient.

— Pourquoi ne renouvellerions-nous pas nos vœux de mariage dans l'église où tes sœurs se sont elles aussi mariées ? lui suggéra-t-il.

Elle se tourna pour le dévisager.

— Tu aimerais cela ?

— Oui, Kenzie, j'aimerais vraiment faire cela dans les règles de l'art et partager ce moment avec ta famille.

— Alors c'est d'accord ! acquiesça-t-elle, folle de joie.

Il lui sourit.

— Je me suis également dit que j'aimerais bien acheter une agence immobilière dans le Worcestershire... par le biais d'une société, pour que ton père ne sache pas qu'il s'agit de moi. Qu'en dis-tu ?

Elle lui donna un petit baiser.

— J'en dis que tu ne devrais quand même pas changer trop vite, sinon je ne vais plus te reconnaître, répliqua-t-elle sur le ton de la plaisanterie.

— Dans ce cas, peut-être devrions-nous aller dans la chambre pour nous rafraîchir un peu la mémoire ?

— Peut-être, répliqua Kenzie en se levant avant de lui tendre la main pour l'entraîner à l'étage.

Huit mois plus tard naissait Sophie-Louise, leur fille, et, quand on la lui mit dans les bras, Dominick fondit en larmes.

Elle était si belle !

Si parfaite.

Si semblable à Kenzie, sa magnifique épouse, l'amour de sa vie...